HELENA DIXON

MEURTRE au DOLPHIN HOTEL

Ouvrage original publié par Bookouture
An imprint of Storyfire Ltd.
Carmelite House
50 Victoria Embankment
London EC4Y 0DZ
sous le titre *Murder at the Dolphin Hotel*

TALENT ÉDITIONS

115 rue de l'Abbé Groult, 75015 Paris

Design de couverture : © debbieclementdesign.com
Maquette : © Mathilde Legrand

ISBN : 978-2-37815-479-0

HELENA DIXON

MEURTRE au DOLPHIN HOTEL

Traduit de l'anglais (Royaume-Uni)
par Isabelle Leblond

Talent Éditions

Suivez-nous sur
@talent.romans

Je dédie Meurtre au Dolphin Hotel *à ma famille – mon mari David, mes filles Robyn, Corinne et Alannah, mes parents, mon frère, ma belle-sœur et ma belle-mère. Tous m'ont soutenue et me soutiennent encore de mille manières, et sans eux,* Meurtre au Dolphin Hotel *n'aurait pas vu le jour.*

N°87239 DERNIÈRE ÉDITION 10 JUIN 1916

TORBAY HERALD

10 JUIN 1916, DARTMOUTH, ANGLETERRE

Récompense accordée pour informations concernant la disparition de Mme Elowed Underhay de Dartmouth. Mme Underhay, vingt-sept ans, mère d'une petite fille, a été vue pour la dernière fois deux semaines auparavant, juste avant son supposé départ de la gare de Kingswear pour se rendre chez des amis près de Londres. Sa famille et son entourage, sans nouvelles d'elle depuis, s'inquiètent de sa sécurité. À leur connaissance, Mme Underhay ne souffrait pas de quelconques problèmes de moral ou de difficultés financières au moment de sa disparition. Les signalements la décrivent comme une femme d'un mètre cinquante-huit, blonde aux yeux bleus, habillée le jour de son départ d'un costume de voyage rose, d'un chapeau gris et de gants de même couleur. Transmettre toute information à Mme Treadwell, au Dolphin Hotel, rue Berge-du-Dart, Dartmouth.

CHAPITRE 1

DARTMOUTH, 1933

Kitty Underhay tenait la réception de l'hôtel de sa grand-mère. De l'autre côté des portes tournantes, l'après-midi était vif et ensoleillé. Le hall embaumait d'un parfum de cire d'abeille et de lavande, et des particules de poussière flottaient dans l'air.

— Un corps a été sorti de la rivière ce matin, murmura Cora à Kitty en passant son chiffon sur le dessus du comptoir.

La femme d'âge moyen vérifia rapidement qu'il n'y avait pas de clients à portée de voix avant de poursuivre son récit.

— Un étranger, un Néerlandais, qu'ils ont dit. Une sale histoire, apparemment. L'agent m'a dit qu'il s'était fait fracasser le crâne.

— Cora, vraiment, la réprimanda Kitty en la fusillant du regard. Vous êtes impossible !

Son employée était friande de ragots, et dans une petite ville telle que Dartmouth, bourgade paresseuse située en bord de fleuve, un meurtre de cette envergure était pour le moins inhabituel. Cora s'activait autour du comptoir, son visage rond rayonnant de l'enthousiasme d'avoir des nouvelles fraîches à raconter.

— La police fouille les berges à partir du ferry nord. M. Farjeon a trouvé l'homme dans l'eau quand il a voulu ouvrir sa boutique. Il dit qu'il l'a pris pour un chien mort et qu'il est allé s'emparer d'un long bâton. Et là, il s'est retrouvé devant un visage, les yeux vitreux, tout couvert d'algues, relata la corpulente femme de ménage en frissonnant.

Kitty soupira. Cora était difficile à arrêter une fois lancée, mais elle devait admettre que sa curiosité était piquée, quand bien même elle se serait passée des détails. À Dartmouth comme dans toute ville portuaire et attirant de nombreux vacanciers, on devait bien s'attendre à certains incidents, surtout avec la présence du centre de formation des officiers de la marine, le Naval College, sur la colline au nord-ouest. Malgré tout, un meurtre, d'un non-résident qui plus est, c'était en effet un événement.

— Les étrangers, on ne peut pas leur faire confiance, dit Cora en retroussant les lèvres et en frottant une tache imaginaire devant le registre des clients. J'ai également entendu que…

Ce qu'elle s'apprêtait à ajouter se perdit : la grand-mère de Kitty, une petite dame élégante vêtue d'un costume en tweed et d'un chemisier en soie agrémenté d'un collier de perles, venait d'apparaître à la réception.

— Le comptoir me semble suffisamment propre à présent, merci, Cora. Kitty, ma chère, concentre-toi sur ton travail, s'il te plaît. Il faut que tu sois plus alerte lorsque tu tiens le guichet. Quand on séjourne au Dolphin Hotel, on s'attend à un établissement de prestige.

Cora rangea son chiffon à poussière dans la poche de son tablier blanc amidonné et s'éloigna à pas vifs, clairement vexée de ne pas avoir pu terminer son histoire. Kitty s'arracha à la contemplation du paysage en effervescence de la rivière devant l'hôtel, sans savoir s'il fallait rire ou soupirer. Elle se demanda combien de leurs clients s'étaient rendus tout au bout de la berge pour observer les activités policières au niveau du ferry nord.

— Désolée, mamie.

Sa grand-mère haussa un sourcil parfaitement soigné.

— Tu ne cesses de te perdre dans tes pensées, déplora-t-elle. J'ai peur que tu n'arrives pas à gérer le Dolphin toute seule quand je serai en Écosse. Et ces histoires que nous raconte Cora n'arrangent rien. On devrait pouvoir se sentir en sécurité chez soi.

La femme âgée passa tendrement la main sur le registre vert foncé qui reposait sur le comptoir de chêne verni.

— Mamie, je travaille avec toi à l'hôtel depuis que j'ai l'âge de tenir un plumeau. Tu n'as pas la moindre raison de t'en faire. La police attrapera bien vite le coupable, j'en suis sûre, assura Kitty en faisant de son mieux pour ne pas laisser transparaître sa frustration.

Elle était toute petite quand elle avait commencé à vivre à l'hôtel et avait travaillé à plus ou moins tous les postes jugés adéquats par sa grand-mère, du ménage à la cuisine, et pourtant celle-ci continuait de la traiter comme une enfant – une enfant incapable, qui plus est. Le Dolphin était peut-être l'hôtel le plus luxueux de ce petit centre de villégiature du comté de Devon, mais elle avait confiance en sa capacité à faire tourner la boutique en l'absence de sa grand-mère. Quant à ce meurtre sur le pas de leur porte, eh bien, la nouvelle était perturbante mais n'avait rien à voir avec eux.

— Je sais, ma chérie, mais diriger un hôtel, c'est beaucoup de travail et de responsabilités pour une seule personne. On ne sait jamais à quels problèmes on risque de devoir faire face, surtout au début de la saison touristique. Tout peut arriver : le chef cuisinier qui démissionne, la literie qui fait défaut… Et nous avons beaucoup de réservations. C'est vraiment dommage que Livvy ait eu cet accident à un moment aussi inopportun ; difficile de se faire aider quand on tient à habiter dans une contrée éloignée de toute civilisation.

La femme âgée fronça les sourcils et ajusta le collier de perles impeccable autour de sa gorge.

— Grand-tante Livvy a besoin de ton aide, lui rappela Kitty. Tout ira bien pour moi. Tout ira bien pour le Dolphin. Tu seras de retour d'Écosse avant d'avoir eu le temps de dire « ouf ».

Elle plaqua sur son visage son sourire le plus lumineux et le plus professionnel. Ce n'était pas la faute de Livvy si elle s'était cassé la cheville et l'épaule en tombant dans l'escalier.

— Hmm. Je t'aurais bien demandé de te rendre chez Livvy à ma place, mais puisque c'est toi qui as organisé la nouveauté, cette histoire de concerts de jazz avec l'Américaine, il faut absolument que tu sois là pour assurer la supervision.

— Nous avons beaucoup de chance de pouvoir compter sur la présence de Mlle Delaware pour l'ouverture de la saison estivale. Elle a fait sensation au Cat's Miaow à Londres. C'est très à la mode, en ce moment, comme musique. C'est en partie pour cela que nous avons autant de visiteurs.

— J'espère seulement qu'elle n'attirera pas une clientèle dont nous ne voulons pas. Cette affaire de meurtre juste à côté ne sera pas bonne pour les affaires non plus. Quant à ce bal masqué que tu prévois pour la fin de son contrat, ce sera beaucoup de travail aussi.

Sa grand-mère ne semblait toujours pas convaincue, surtout en ce qui concernait la chanteuse de jazz en tournée avec ses musiciens que Kitty avait commandée pour les deux premières semaines de la saison touristique. C'était son idée d'enrichir leur programme estival de nouveautés au lieu d'engager, comme chaque année, les artistes locaux qui jouaient dans tous les hôtels de la baie tour à tour. Elle serra les dents ; elle était déterminée à prouver à sa grand-mère que toutes ses appréhensions étaient infondées.

Heureusement, une connaissance de celle-ci entra dans l'hôtel par la porte tournante de verre et de chêne foncé, et Kitty put reprendre son travail en paix. Cependant, lorsque deux autres des plus vieilles amies de sa grand-mère passèrent également le seuil quelques minutes plus tard et se dirigèrent vers ses appartements privés, elle soupçonna que quelque chose se tramait.

Ses craintes se confirmèrent à l'arrivée de Mme Craven, une petite femme robuste à la chevelure gris acier bouclée qui arborait un petit chapeau de feutre avant-gardiste sur la tête, une étole en fourrure de renard autour des épaules et une expression déterminée sur le visage.

— Kitty, ma chère, comment va ta pauvre grand-mère ? demanda-t-elle de sa voix de clairon qui retentit à travers le hall.

— Très bien, merci à vous.

De tous les amis de sa grand-mère, c'était Mme Craven qu'elle aimait le moins. Ancienne mairesse de Dartmouth, elle faisait partie de la direction de toutes les associations de voisinage et œuvres de bienfaisance locales et était capitaine de l'équipe de golf féminine de la ville. Elle trouvait toujours le moyen de donner à Kitty l'impression qu'elle était une saleté collée sous sa chaussure.

— Je ne sais pas. C'est tout Livvy, ça, de se mettre dans ce genre de situation. Elle a toujours été sujette aux accidents, depuis qu'elle est petite fille. Casse-cou et tête brûlée, assena Mme Craven en tirant sur ses gants pour les lâcher dans son sac à main. Je présume que ta grand-mère est dans son salon ?

— Oui, je crois qu'elle vient d'annoncer l'heure du thé.

Kitty avait du mal à voir sa grand-tante comme une petite fille casse-cou : Livvy avait eu soixante-quatorze ans à son dernier anniversaire.

— J'espère bien que tu soutiens ta grand-mère, avec tout le souci qu'elle se fait. C'est vraiment bien le genre de Livvy, cet accident. Elle ne pense jamais aux autres. Tout comme ta mère.

Mme Craven s'esquiva avant que Kitty puisse répondre, et tant mieux, car celle-ci avait sur le bout de la langue des mots extrêmement impolis.

— Voilà pour vous, mademoiselle Kitty. Vous avez l'air d'avoir besoin d'une tasse de thé, annonça Cora en réapparaissant pour déposer un plateau sur l'étroit secrétaire dans l'alcôve derrière le guichet. Il y a aussi un petit gâteau, si vous voulez.

— Merci, Cora, lui répondit Kitty en souriant, décidant de lui pardonner son récent commérage.

Cora travaillait à l'hôtel depuis l'enfance de Kitty. C'était une femme bien en chair qui remplissait son uniforme noir soigné et son tablier, aux cheveux grisonnants noués dans un chignon tout aussi soigné sous son bonnet blanc. C'était aussi une incorrigible indiscrète. La grand-mère de Kitty fermait les yeux sur son impudence parce qu'elle travaillait bien et qu'elle était au courant de sa situation familiale difficile.

— J'ai vu entrer cette vieille truite de Ma Craven. Je me demande si on la verra beaucoup une fois que ta mamie sera partie pour l'Écosse… songea Cora en disposant le contenu du plateau.

— Je préfère ne pas y penser. Mamie a réuni toute sa fameuse « clique » aujourd'hui, donc je m'attends à les voir passer « à l'improviste » pour garder un œil sur ce qui se passe, et sur moi aussi, très certainement. D'autant plus après aujourd'hui.

Kitty grimaça. Elle ne connaissait que trop bien sa grand-mère et ses amies.

— Excusez-moi ? les interrompit une voix masculine polie. On m'a dit de venir ici et de demander Mme Treadwell.

Un homme venait d'apparaître au guichet, et Cora s'effaça pour retourner dans le hall.

Il était rasé de près, grand et longiligne, et devait avoir la trentaine bien tassée ; il portait sur le dos un costume usé au niveau des coudes, et à la main une petite sacoche en cuir défraîchie. Il ne ressemblait pas au profil type de la clientèle du Dolphin, ni à un individu avec qui sa grand-mère serait susceptible d'avoir un rendez-vous.

Kitty hésita ; fallait-il interrompre sa réunion matinale avec ses amies ?

— Hmm... Mademoiselle ? Je suis bien au Dolphin Hotel ?

Le spectacle de sa confusion semblait faire pétiller d'amusement ses yeux bleus.

— Oui, monsieur, bien sûr. Vous avez dit que ma grand-mère vous attend ?

Le sourire de l'inconnu s'élargit, révélant une petite fossette dans sa joue droite.

— Oui, Mme Treadwell m'attend.

— J'appelle, déclara Kitty, retrouvant ses réflexes professionnels.

Elle attrapa le combiné, et, d'un doigt tremblant, composa l'extension correspondant à la suite de sa grand-mère.

— Quel nom dois-je lui donner ?

— Matthew. M. Matthew Bryant.

Elle obtint une réponse à la deuxième sonnerie.

— Mamie, il y a un certain M. Matthew Bryant à la réception. Il dit avoir un rendez-vous avec toi.

Elle vit les lèvres de l'inconnu tressaillir lorsqu'elle insista sur le titre de civilité.

— Merveilleux, je l'attendais. Demande à Cora de l'accompagner jusqu'à mes appartements.

Kitty reposa précautionneusement le combiné sur son support. Un million de questions sans réponses tourbillonnaient dans sa tête ; sa grand-mère était de toute évidence en train de mijoter quelque chose, et son sixième sens lui soufflait que le quelque chose en question ne lui plairait pas. Il y avait eu beaucoup d'incidents étranges ces derniers temps. Ce n'était rien de considérable, mais c'était troublant malgré tout, et sa grand-mère avait eu tendance à éviter le sujet.

— J'appelle quelqu'un pour vous amener à elle.

Elle était sur le point d'appuyer sur le petit bouton en cuivre destiné aux bagagistes quand Cora réapparut. Kitty se demanda si elle avait tout entendu. Elle était certainement restée à proximité pour laisser traîner ses oreilles. Rien ne ravissait Cora davantage que d'être la première au courant de quelque chose.

— Cora, pouvez-vous conduire M. Bryant aux appartements de mamie ?

L'homme souleva la sacoche en cuir.

— Ravi de vous avoir rencontrée… commença-t-il avant de se pencher en avant pour lire le discret badge doré épinglé au revers de sa veste. Mademoiselle Kitty Underhay.

Le malaise évident que causait chez elle son effronterie semblait beaucoup divertir l'inconnu, et elle rougit violemment.

— Si vous voulez bien me suivre, monsieur, dit Cora en traversant le hall pour se diriger vers l'escalier, le dénommé Matthew Bryant sur ses talons.

Au soulagement de Kitty, il n'y avait désormais plus de clients dans le hall, et elle se saisit donc de l'occasion pour prendre une gorgée du thé que Cora lui avait laissé dans l'alcôve. Il était plus que tiède, mais il l'aida à calmer ses nerfs. Elle se demandait qui était Matthew Bryant et au sujet de quoi sa grand-mère et lui pouvaient bien avoir rendez-vous.

Elle avala sa dernière gorgée, et le dépôt froid lui arracha un court frisson. Le léger tremblement dans ses doigts, qui l'avait prise lorsque l'inconnu était arrivé, fit tinter la porcelaine lorsqu'elle reposa la tasse sur sa sous-tasse. Elle ne savait pas bien pourquoi son irruption l'avait affectée, mais quelque chose chez lui avait troublé son calme habituel.

Elle jeta un coup d'œil à la lumière du soleil printanier qu'elle pouvait voir devant l'hôtel depuis sa cachette. Il y avait des jours comme celui-ci où le bâtiment pluricentenaire semblait se refermer sur elle, la suffoquer, l'épingler à ses murs anciens comme un papillon sans défense. L'hôtel était presque aussi vieux que Dartmouth elle-même ; érigée au quinzième siècle, la petite taverne, transmise de génération en génération dans la famille de Kitty, était aujourd'hui un grand établissement qui accueillait des vacanciers dans une période d'expansion du tourisme. La bâtisse à colombages donnait sur la rivière, non loin du ferry sud, et une promenade énergique permettait de rallier la baie de Warfleet et le vieux château de Dartmouth.

Dehors, le soleil brillait sur l'eau, le château montait la garde à l'embouchure de la rivière, et les passants profitaient du beau temps. Elle, elle était à l'intérieur, piégée par son héritage, à répéter les mêmes tâches prosaïques, jour après jour.

— Je nous débarrasse de ce plateau avant que votre grand-mère le remarque, mademoiselle, ou nous aurons des ennuis toutes les deux, annonça Cora en se glissant dans l'alcôve pour récupérer la vaisselle sale.

— Merci, Cora. Vous avez emmené cet homme voir mamie ?

— Oui, mademoiselle, répondit Cora avec son effronterie habituelle, et j'ai essayé de savoir ce qu'il faisait là, étant donné que je suis sûre de ne jamais l'avoir vu avant, mais il était fermé comme une huître.

Elle secoua la tête, une expression perplexe sur le visage.

— Désolée, mademoiselle, je n'ai pas d'informations pour vous.

⁂

Matt s'agita dans le fauteuil en chintz aux motifs roses, mal à l'aise. La demi-douzaine de paires d'yeux qui l'examinaient sans discontinuer lui transperçaient la peau.

— Je vous ressers, capitaine Bryant? demanda Mme Treadwell en s'emparant de la théière argentée et en désignant sa tasse à demi vide.

— Non, je vous remercie, et je vous en prie, appelez-moi « monsieur », tout simplement. La guerre est finie depuis longtemps, et je ne suis plus militaire.

Il reposa précautionneusement son thé au milieu de la soustasse sur une petite table d'appoint en acajou au vernis prononcé.

— Très bien, répondit Mme Treadwell en replaçant la théière sur le plateau et en croisant ses mains sur ses genoux. Donc, je me rends compte que ma proposition est un peu inhabituelle, mais étant donné que je pars pour l'Écosse dès demain, le temps presse, et la sécurité de Kitty est ma priorité. Je suis d'autant plus inquiète maintenant que nous avons appris pour ce meurtre, ce matin même, à deux pas de l'hôtel.

Matt passa sa main dans ses cheveux et regretta de ne pas avoir revêtu un plus beau costume et une plus belle cravate. Des vêtements de meilleure qualité lui auraient au moins conféré une armure face à Mme Treadwell et ses sbires. Il en avait affronté, des dangers, au cours de sa vie, mais il avait beau se creuser la tête, il ne se rappelait pas avoir jamais rien vu de plus effrayant que ce groupe de vieilles dames. En particulier celle à l'étole de fourrure et au regard perçant, assise, royale, dans le meilleur fauteuil. Deux autres occupaient le canapé, et Mme Treadwell, installée dans une chaise au dos droit, présidait le plateau à thé.

— Que votre petite-fille pense-t-elle de votre idée ?

La vieille dame pinça les lèvres.

— Je préférerais que Kitty continue d'ignorer la véritable raison de votre présence à l'hôtel. Je ne veux surtout pas la troubler.

— Mais si elle savait qu'une menace pesait sur elle, ou sur l'hôtel, elle serait davantage sur le qui-vive.

Les autres femmes échangèrent des regards.

— Non.

Matt soupira et réessaya.

— Avez-vous fait part de vos inquiétudes à la police ?

Sa question déclencha une série de ricanements nerveux à demi étouffés dans toute la pièce.

— Malheureusement, nos forces de police n'ont pas les capacités que l'on pourrait leur souhaiter. Le commissariat de la ville est trop petit pour la vaste zone qu'il a sous sa responsabilité. J'ai évoqué tout cela avec un gradé, mais il semblerait que tant qu'aucun véritable incident n'aura lieu, les services que la police est apte à offrir restent quelque peu limités. Par ailleurs, il faut bien que je prenne en compte la réputation du Dolphin, ajouta Mme Treadwell en fronçant les sourcils.

— Vous êtes sûre de ne rien pouvoir me dire de plus ?

Il savait qu'il y avait quelque chose que son interlocutrice lui taisait. Les renseignements qu'elle lui avait donnés avant son arrivée à l'hôtel avaient été vagues. Mme Treadwell était une vieille connaissance de ses parents ; c'était seulement l'insistance de son père qui l'avait persuadé d'accepter cette mission dans cette petite ville de vacances du Devon. Depuis qu'il avait démissionné de son poste au gouvernement quelques mois auparavant, il était désœuvré, et il soupçonnait son père de s'être dit que cet emploi remplirait ses journées.

La vieille dame soupira et se leva de son siège pour traverser la pièce. Elle souleva le couvercle d'une petite écritoire sur son bureau et en retira une fine liasse de papiers.

— Voilà, c'est tout ce que j'ai, affirma-t-elle en présentant les documents à Matt. Je veux avant tout que Kitty reste en sécurité et que l'hôtel soit protégé. Je ne suis pas certaine de savoir qui est cette personne ni ce qu'elle espère obtenir.

Il la regarda droit dans les yeux.

— Mais vous avez votre petite idée, je me trompe ?

Ce fut elle qui se détourna la première, confirmant ses doutes : elle en savait beaucoup plus qu'elle n'en avait dit jusqu'ici.

— Oui.

Elle s'écarta et marcha jusqu'à la grande fenêtre en saillie pour contempler la rivière.

Matt jeta un coup d'œil aux feuilles dans ses mains ; des notes tapées sur du papier blanc bon marché, toujours le même message – la forme variait, mais pas le fond. Pas d'enveloppe, pas de signature ni d'indice qui pourraient renvoyer vers un expéditeur.

Je reviens chercher ce qui m'appartient de droit.

— Qui est selon vous l'auteur de ce message ? demanda-t-il.

La vieille dame se raidit et, la main tremblante, entreprit de lisser le bord du rideau de velours vert foncé qui encadrait la fenêtre.

— Il y a bien quelqu'un à qui j'ai pensé, mais cette personne est morte.

Un léger hoquet secoua le cercle de femmes, et un frisson parcourut les veines de Matt.

— Et de qui s'agit-il ?

Automatiquement, ses pensées se dirigèrent vers la fille menue à la chevelure blond cendré coiffée à la garçonne qu'il avait rencontrée en bas, au guichet. C'était lié à elle, forcément.

— Ma fille, Elowed, la mère de Kitty.

CHAPITRE 2

La brise fraîche de fin de printemps qui soufflait depuis la rivière transperça la soie légère du chemisier de Kitty quand elle quitta l'hôtel. Les nuages filaient dans le ciel éclatant et elle voyait la lumière du soleil se refléter sur l'eau tandis qu'elle se pressait le long de la rue. Elle s'arrêta à l'angle et hésita quelques secondes – pouvait-elle revenir sur ses pas pour aller chercher une veste plus chaude ? Le carillon mélodieux de l'horloge de l'hôtel de ville lui répondit : elle n'en avait pas le temps si elle voulait faire tout ce qu'elle avait à faire avant la fin de sa pause déjeuner et la fermeture du bureau de poste.

Elle fit abstraction du froid et prit la petite rue qui s'éloignait du fleuve. Il y aurait sans doute du monde au bureau de poste, et elle avait plusieurs lettres qui devaient partir dès aujourd'hui. Le passage serré entre les hauts bâtiments datant du dix-huitième siècle grouillait de visiteurs se dirigeant vers le principal quartier commerçant. Le ferry sud venait d'arriver de Kingswear de l'autre côté de la rivière, déversant résidents permanents et touristes, auxquels s'ajoutait le flot régulier de véhicules, mélange d'automobiles et de carrioles au coude-à-coude, en route vers le centre-ville.

Kitty poursuivit son chemin vers le bureau de poste. Plus elle approchait du cœur de Dartmouth, plus elle peinait à se frayer un chemin parmi la foule encombrant les étroits trottoirs pavés. Les colis dans ses bras glissèrent, malmenés par les bousculades, et elle fit un mouvement brusque pour les empêcher d'atterrir dans le caniveau.

C'est à ce même instant qu'un passant la percuta violemment; déséquilibrée, elle chuta vers la route. Elle laissa tomber ses colis à ses pieds en essayant d'arrêter sa chute et heurta le sol dans un vacarme de klaxons. Elle leva la tête, et son regard se riva à celui, horrifié, de l'homme derrière le volant du camion vert foncé du marchand de charbon, bien trop proche, qui fonçait droit sur elle. Elle était paralysée, incapable de réagir, lorsqu'un bras puissant l'attrapa et la tira vers la sécurité du trottoir.

Le cœur battant à tout rompre contre la paroi de sa poitrine, Kitty posa les yeux sur les iris bleu foncé de son sauveur.

— Ce n'est pas conseillé de s'aventurer sur la chaussée comme ça, dit Matthew Bryant, qui l'observait du haut de ses longues jambes, sa main toujours refermée sur son bras.

— Je… je ne sais pas ce qui s'est passé.

Matt la relâcha et se précipita vers la route pour récupérer ses colis avant que le camion-benne ne repartît.

— Vous avez de la chance, rien ne s'est fait écraser.

— Moi comprise, fit remarquer Kitty.

Elle tenta de s'esclaffer, mais, à son horreur, le rire qui sortit de sa gorge s'avéra plus proche du sanglot. Il lui tendit les paquets et étudia son expression.

— Vous avez l'air bien secouée. Venez, laissez-moi vous payer quelque chose de chaud.

Sans lui laisser le temps de protester, il la conduisit dans l'un des nombreux salons de thé qui bordaient la rue. Ils trouvèrent une petite table pour deux vide tout au fond, à côté des portes menant à la cuisine.

— Merci. Je ne comprends pas ce qui vient de m'arriver.

Kitty s'assit à la table vernie et découvrit avec stupeur un trou dans ses bas au niveau du genou. Elle avait dû s'érafler la jambe en tombant. Le sang qui suintait, collant, à travers la délicate soie couleur chair lui donna la nausée. Elle avait vraiment été à un cheveu d'y passer.

— Là, buvez. Vous avez l'air sur le point de vous évanouir.

Elle ne l'avait pas vu demander un verre d'eau à une serveuse en uniforme. Le liquide éclaboussa les parois du récipient lorsqu'elle le porta à ses lèvres.

— J'ai les mains qui tremblent.

Les coins de la bouche de Matthew se relevèrent dans une discrète parodie de sourire.

— Je ne suis pas étonné. Vous l'avez échappé belle. Comment avez-vous fini sur la route ?

Kitty secoua la tête et tenta de rassembler ses pensées.

— Je ne sais pas. J'étais en route pour poster mon courrier, et comme vous l'avez vu, les trottoirs sont noirs de monde. Sûrement le ferry sud de 13 heures qui venait d'arriver, commença-t-elle avant de faire une pause pour avaler une nouvelle gorgée d'eau. C'est étrange, c'est comme si quelqu'un m'avait poussée très fort. J'ai perdu l'équilibre et je suis tombée sur la route.

— Heureusement que je passais par là, fit-il remarquer, l'air inquiet.

Elle hocha lentement la tête.

— Oui, ça n'aurait vraiment pas été beau à voir, sinon.

Elle commençait à se sentir mieux à présent qu'elle était assise en sécurité dans le salon de thé confortable. Quelle heureuse coïncidence que M. Bryant eût été là pour la sauver !

Elle frissonna à la pensée de ce qui aurait pu se passer s'il ne l'avait pas tirée en arrière.

Matt attira à nouveau l'attention de la serveuse pour commander une théière et des sandwichs, sans écouter les protestations de Kitty, qui insistait pour payer.

— Vous êtes sûre qu'il s'agissait d'un accident ? demanda-t-il tandis qu'on leur apportait leur déjeuner.

— Pourquoi s'agirait-il d'autre chose ? répliqua Kitty en fronçant les sourcils.

C'était une très étrange question. Personne n'aurait délibérément essayé de la jeter sous les roues d'un camion… Sauf qu'elle avait bel et bien senti quelqu'un lui rentrer dans les côtes.

— Ne faites pas attention à ce que je dis, trancha-t-il en haussant les épaules. Je suis suspicieux de nature, j'imagine. Il se trouve que je travaille dans la sécurité.

— C'est pour cela que vous rencontriez ma grand-mère, monsieur Bryant ? Pour des questions de sécurité ? demanda-t-elle en versant leur thé dans les élégantes tasses de porcelaine aux motifs floraux que la serveuse avait disposées devant eux, soulagée de constater que sa main ne tremblait plus.

Il lui sembla voir une expression fugace passer sur les traits de Matthew. De la frustration ? De l'irritation ? Elle n'en était pas certaine.

— Je vous en prie, appelez-moi Matt. Entre autres choses, oui. Votre grand-mère m'a engagé pour garder un œil sur l'hôtel. Elle était inquiète à l'idée de vous laisser vous occuper du Dolphin seule, avec son départ imminent pour aller s'occuper de votre tante en Écosse.

Son indignation dut se voir sur son visage, car il leva une main pour faire barrière aux protestations outragées qui menaçaient de franchir ses lèvres.

— Ce n'est pas qu'elle ne vous pense pas capable de vous occuper de la supervision, mais elle a eu des échos qui l'ont inquiétée de la part d'autres hôteliers, différents incidents récents, et avec la saison estivale qui se profile, elle voulait un facteur dissuasif visible pour assurer la protection de l'hôtel. Je crois que le meurtre n'a fait qu'aggraver ses inquiétudes.

— Et c'est donc vous, le facteur dissuasif en question.

Il hocha la tête et lui sourit. La petite fossette qui apparut brièvement dans sa joue lui donna un air presque juvénile le temps d'un instant.

— Mamie ne m'a fait part d'aucun incident, continua Kitty en mordant dans son sandwich.

Elle n'avait rien évoqué… mais Kitty avait bien remarqué que l'atmosphère avait été étrange ces derniers temps, avant même la découverte du cadavre dans le fleuve.

Il haussa les épaules à nouveau et porta sa tasse à sa bouche. La porcelaine délicate semblait d'une fragilité incongrue dans sa large main.

— Elle ne voulait sans doute pas vous inquiéter.

Kitty n'était pas convaincue. C'était sans doute l'histoire que sa grand-mère lui avait racontée, mais ce n'était pas la vérité pour autant.

⁂

Matt termina son thé. Il n'était pas certain que Kitty eût avalé son explication au sujet de son embauche par sa grand-mère. Ce n'était que par pure chance qu'il s'était trouvé à quelques pas d'elle à peine lorsqu'elle avait trébuché sur la chaussée. Le trottoir était très encombré à ce moment-là ; il avait été assez proche pour la sauver, mais trop loin pour déterminer si elle avait été poussée volontairement, et, le cas échéant, par qui.

Au moins, son visage avait retrouvé des couleurs. Elle était pâle comme la mort quand ils étaient entrés quelques minutes auparavant.

— Il vaut mieux que j'y retourne, nous avons beaucoup de travail aujourd'hui. Je dois toujours apporter ces colis à la poste, dit Kitty en se tamponnant les coins de la bouche de sa serviette.

— Je peux m'en charger, si vous voulez, j'allais par là.

Il voulait voir s'il y avait quelque chose dans ces envois que l'agresseur de Kitty aurait pu vouloir obtenir.

Au début, il crut qu'elle allait refuser, mais elle fit glisser la pile d'enveloppes brunes et de paquets vers lui.

— Merci. Je vous rembourserai les frais de port. Il faut vraiment que je retourne là-bas nettoyer cette plaie avant que mamie remarque l'état de mes bas.

Elle regarda en grimaçant la vilaine éraflure à son genou.

— Vous allez pouvoir retourner là-bas toute seule ?

Elle lui lança un regard qu'elle avait dû apprendre de sa formidable grand-mère.

— Je devrais y arriver, oui.

— Je vous vois demain, dans ce cas.

Il la regarda s'éloigner en boitillant tandis qu'il réglait la note de leur déjeuner. Quand son père lui avait demandé d'aider Mme Treadwell, il s'était attendu à ce que son travail se limitât à veiller sur une jeune femme un peu sotte en l'absence de sa grand-mère. Il avait cru que cette mission lui permettrait d'occuper ses journées pendant qu'il réfléchirait à la suite. Mais Kitty lui semblait loin d'être irresponsable. Il ne lui était pas venu à l'idée que les craintes de la vieille dame, vis-à-vis de sa petite-fille comme de son commerce, pussent avoir un quelconque fondement.

L'histoire de la mystérieuse disparition en 1916 d'Elowed, la mère de Kitty, l'avait un peu secoué quand Mme Treadwell la lui avait racontée, mais il ne voyait pas comment la relier à ces étranges lettres. À moins que l'auteur de celles-ci ne fût quelqu'un qui cherchait à se servir de cet événement pour arriver à ses fins.

Il passa rapidement en revue le petit tas de colis laissé sur la table par Kitty. D'après leur taille et leur forme, il ne s'agissait que de brochures, rien que quiconque pût vouloir empêcher d'atteindre son destinataire. Ce qui ne laissait que deux possibilités : la chute de Kitty était en fin de compte bel et bien un accident, ou on avait voulu lui faire du mal. Il écarta bien vite la théorie de l'accident. Kitty avait clairement senti quelqu'un la pousser. Il devait donc prendre beaucoup plus au sérieux Mme Treadwell et ses théories, quand bien même celles-ci impliquaient une femme probablement morte.

Matt rassembla les enveloppes et les apporta au bureau de poste. Ensuite, il revint sur ses pas et flâna à travers les rues étroites en direction du fleuve et de la berge. Il avait hésité avant d'accepter ce travail. Mais depuis son départ de l'armée puis de son poste au gouvernement, tout avait été un peu flou pour lui, et après tout ce qu'il avait subi pendant et après la guerre, il s'était dit que cette courte mission dans un environnement beau et paisible lui ferait du bien, et il avait suivi la suggestion de son père.

Ainsi, il aurait le temps de décider de ce qu'il voulait faire ensuite. Le temps de faire son deuil, enfin, et de reprendre le cours de sa vie, loin des lieux et des êtres qui lui rappelaient sans cesse tout ce qu'il avait perdu. Il s'était tenu occupé en travaillant, s'était réfugié dans les problèmes des autres pour se distraire, mais le passage des ans n'avait toujours pas comblé le vide dans sa poitrine. Matt, debout au bord de l'eau, s'alluma une cigarette et contempla l'horizon. Les arbres, sur la rive opposée, resplendissaient de la promesse d'un feuillage nouveau, et sous eux, jacinthes des bois et primevères pointaient le bout de leur nez au milieu des touffes d'herbe indisciplinées. Parmi les roseaux, il discernait une petite cohorte de canetons au plumage brun-jaune duveteux qui s'ébattaient autour de leur mère. Matt inspira vivement et tâcha de ne pas penser à combien il était injuste qu'Edith et la petite Betty ne fussent pas là pour les voir.

⁂

Kitty, de retour au Dolphin, monta vivement dans sa chambre pour laver sa jambe et remplacer ses bas troués. Elle logeait en haut de l'hôtel, juste dans les combles, au troisième étage. Des poutres apparentes traversaient le plafond noueux et irrégulier. Elle vivait dans un mélange hétéroclite de vieux meubles victoriens sauvés de la modernisation de l'hôtel. L'édredon de satin framboise sur son lit double et la rose dans le vase de cristal sur la commode ajoutaient une joyeuse note féminine à la pièce. Sa mamie avait été déçue qu'elle refuse la chambre libre rattachée à sa suite, mais Kitty préférait l'intimité et la paix que lui offrait le grenier. À cet étage-là, il n'y avait que des débarras et quelques chambres vides utilisées de temps en temps par les employés. Elle avait de plus vue sur les terres agricoles et les collines boisées le long du fleuve, jusqu'à l'estuaire, en dessous du château.

Elle tourna la clé dans la serrure et laissa tomber son sac à main sur son lit avant de se dépêcher d'aller se laver la jambe à la salle de bain. Ce ne fut que lorsqu'elle revint et ouvrit son tiroir à la recherche de bas propres qu'elle sentit que quelque chose n'allait pas.

Les cheveux de sa nuque hérissés, elle balaya la pièce du regard. Quelqu'un était venu ici, elle le savait, quelqu'un qui n'était pas une femme de chambre. En apparence, tout était exactement comme elle l'avait laissé, mais... Elle fronça les sourcils et regarda dans le compartiment ouvert. Ses bas formaient une pile bien ordonnée, comme d'habitude, mais en haut se trouvait une paire qu'elle gardait toujours tout en bas. C'étaient ceux qui étaient trop beaux et trop coûteux pour être portés au quotidien et qu'elle mettait de côté en attendant une occasion spéciale.

Troublée, elle ouvrit d'autres tiroirs. Leurs contenus semblaient bien rangés, intacts, mais ce n'était pas dans cet ordre-là qu'elle les avait laissés, elle en était sûre. Son pyjama de satin préféré se trouvait à l'arrière, et à l'avant celui qu'elle avait brûlé avec le fer à repasser. Elle vérifia sa boîte à bijoux ; elle ne renfermait rien qui eût vraiment de la valeur, mais les quelques possessions de Kitty étaient très importantes pour elle.

Le médaillon d'argent que sa mère lui avait donné était toujours là, de même que la bague sertie d'un saphir qu'elle tenait de sa grand-tante Livvy. La photographie de sa mère dans son cadre argenté n'avait pas bougé. Pourtant, quelqu'un avait retourné sa chambre. Mais qui ? Et pourquoi ? Sa grand-mère n'aurait pas mis son nez dans ses affaires ainsi. Si elle avait voulu savoir quelque chose, elle aurait cuisiné Kitty jusqu'à ce que mort s'ensuive, mais jamais elle n'aurait fouillé.

Le « coucou » de sa petite horloge bavaroise marqua l'heure écoulée. Le cerveau tournant à vive allure, Kitty enfila les bas et enleva son chapeau avant de quitter la pièce, non sans vérifier deux fois qu'elle avait bien verrouillé derrière elle. Il faudrait qu'elle aille demander à Mickey, le préposé à l'entretien, si quelqu'un avait emprunté le double de sa clé. L'idée qu'un inconnu eût épluché ses possessions personnelles la mettait mal à l'aise.

Sa récente mésaventure l'avait peut-être affectée plus qu'elle ne le croyait, mais jusqu'ici, elle s'était toujours sentie en sécurité chez elle. À présent, entre le cadavre sur le pas de sa porte, sa quasi-collision avec le camion à charbon et cette mise à sac de son appartement, tout à coup, elle avait peur. Peut-être sa grand-mère avait-elle eu raison d'engager M. Bryant ; il était bien possible que cette mesure de prudence supplémentaire fût justifiée, après tout. Il se passait quelque chose de terrifiant au Dolphin.

CHAPITRE 3

Depuis qu'elle avait découvert que quelqu'un était venu dans sa chambre scruter ses possessions, Kitty était nerveuse et mal à l'aise. Elle avait la chair de poule à l'idée qu'un intrus eût pu entrer comme si de rien n'était et toucher tout ce qui lui appartenait. La vue des objets replacés avec tant de soin lui avait laissé une sensation sale et nauséabonde au creux du ventre. Pourquoi avait-on fouillé sa chambre ? Qu'on eût voulu la cambrioler, elle pouvait comprendre, mais rien ne manquait.

Les doubles des clés des chambres – y compris la sienne et celle de la suite de sa grand-mère –, ainsi que des divers débarras, étaient tous suspendus à un tableau dans le bureau de Mickey. Kitty y fit un saut avant de se rendre dans le sien. Mickey se trouvait dans la petite pièce, assis à son secrétaire, un journal et des sandwichs devant lui. C'était un petit homme maigre qui était originaire de la région et qui commençait à prendre de l'âge ; il avait perdu ses deux fils lors de la guerre. Il avait été très gentil avec elle quand elle était petite, lui permettant de le suivre lors de ses divers travaux d'entretien. L'air était chargé d'une odeur pesante de fumée de cigarette qui émanait du cendrier sur la table.

Quand elle toqua à la porte ouverte, il leva les yeux et bondit immédiatement sur ses pieds.

— Vous avez besoin de moi, mademoiselle Kitty ?

— Non, je me demandais seulement si quelqu'un s'était rendu dans ma chambre au cours des dernières heures ?

Elle voyait de là où elle était la clé pendue à son crochet, sur le mur d'en face. Mickey se gratta la tête.

— Pas que je sache, mademoiselle. Les femmes de chambre sont passées hier pour faire le ménage et tôt aujourd'hui pour faire le lit et déposer les serviettes. Je ne suis pas beaucoup sorti d'ici ce matin, quelques minutes pour aider Cora à réceptionner une livraison, c'est tout. Pourquoi ? Un souci ?

Kitty se força à sourire.

— Non, tout va bien. J'ai entendu dire qu'il y avait une vague de cambriolages en ce moment dans d'autres hôtels et maisons d'hôtes du coin. Mamie a engagé quelqu'un pour veiller sur les lieux, M. Bryant, mais quoi qu'il en soit, fermez votre bureau à clé quand vous le quittez, s'il vous plaît. On n'est jamais trop prudent.

Le vieil homme haussa les sourcils.

— Très bien, mademoiselle, je ferai attention.

— Merci, Mickey.

Elle le laissa à la fin de son repas. Elle ne savait pas bien que faire ensuite. Devait-elle confier ses inquiétudes à sa grand-mère ? Ou en parler à M. Bryant – à Matt –, puisque c'était apparemment lui qui avait la charge de la sécurité de l'hôtel, désormais ?

Kitty retourna la question dans sa tête en s'asseyant à son secrétaire, dans le petit bureau lambrissé en retrait derrière la réception. Peut-être la solution lui apparaîtrait-elle d'elle-même si elle se plongeait dans les plannings des employés de l'hôtel pour les six prochaines semaines ? Mais, malgré tous ses efforts, lorsqu'elle referma le classeur, reposa le stylo dans son support et termina sa journée, sa tête la lançait et le problème continuait de la troubler.

La grand-mère de Kitty l'attendait pour dîner dans sa suite à 19 heures ; elles avaient encore quelques questions à régler avant son départ pour l'Écosse. Kitty comptait l'interroger sur Matthew Bryant et sur les circonstances de son embauche : d'habitude, elle était déjà prévenue quand il y avait besoin de renforts, et elle avait son mot à dire dans le choix final. Il se passait quelque chose de louche, et elle comptait bien en découvrir davantage.

Le temps qu'elle se changeât pour enfiler une robe du soir noire simple et rejoignît sa grand-mère dans ses appartements, sa migraine n'était plus qu'une palpitation sourde dans sa tempe gauche.

— Tu es pâle, ma chérie. Tu te sens bien ? lui demanda sa grand-mère en l'accueillant avec un baiser sur la joue et un verre de xérès sec.

— J'ai seulement un mal de tête. Il s'en ira rapidement, j'en suis sûre.

Kitty fronça les sourcils en direction du vin. C'était une partie intégrante du rituel d'avant-dîner ; sa grand-mère maintenait toujours qu'un petit verre aidait l'appétit et la digestion. Kitty n'en était pas si sûre, mais voulait lui faire plaisir et buvait sans discuter. Elle aurait préféré un cocktail.

Des coups frappés à la porte signalèrent l'arrivée du chariot contenant leur repas. Une alléchante odeur de saumon grillé s'échappa de sous les cloches d'argent ciselées tandis que Kitty prenait place à côté de sa grand-mère. La table de chêne, qui avait appartenu au père de cette dernière, trônait sous la vaste fenêtre en saillie, offrant à Kitty une vue du soir tombant sur le fleuve. Des lumières électriques colorées suspendues à des cordons – un progrès, par rapport aux vieilles lampes à gaz – marquaient le bord du cours d'eau de leur éclat orange et jaune. Certains bateaux étaient illuminés pour les premières croisières estivales de la saison touristique, et quelques couples marchaient main dans la main le long du sentier.

Sa grand-mère s'installa dans son siège, et l'employé leur servit un minestrone avant de les laisser à leur plat principal.

— J'ai croisé M. Bryant à l'heure du déjeuner, commença Kitty en lissant sa serviette de lin blanc sur ses genoux et en s'emparant de sa cuillère. Il m'a dit que tu l'avais engagé pour veiller sur la sécurité de l'hôtel et que d'autres maisons d'hôtes avaient eu des soucis.

— Et ? demanda la vieille femme.

— J'ai été étonnée que tu ne m'aies pas fait part d'une embauche si tôt dans la saison et que tu ne m'aies pas dit que tu t'inquiétais.

Kitty avala une cuillère de soupe et attendit la réponse de sa grand-mère.

— Matthew est le fils d'un ami de longue date, le général Bryant. Il a une expertise considérable dans la sécurité ; il a travaillé pour le gouvernement après la guerre. Il a démissionné il y a peu. Il m'a paru être la solution parfaite au vu du peu de temps qu'il me restait avant mon départ.

— J'aurais bien voulu que tu me parles de lui, ou que tu me dises que c'était un sujet qui te préoccupait.

Kitty entendait bien l'amertume puérile dans sa voix, mais le commentaire était justifié. Sa grand-mère et elle étaient supposées diriger conjointement l'hôtel, après tout.

— Je n'avais pas l'impression que c'était si important, ma chérie. Ce ne sont vraiment que des histoires de menus larcins, de vandalisme parfois. Le meurtre de ce pauvre homme qu'on a trouvé dans le fleuve ce matin change la donne, bien sûr. Il semblerait que ç'ait été une sage décision.

La vieille femme reposa sa cuillère dans son assiette vide et tamponna les coins de sa bouche de sa serviette, laissant des taches de rouge à lèvres sur le tissu.

— Au fait, reprit-elle, j'ai donné à Matt la chambre de service libre à ton étage.

Le mal de tête de Kitty monta d'un cran.

— Mamie, je croyais que nous étions d'accord pour que ces pièces servent de débarras.

— Ma foi, ma chérie, il doit bien vivre quelque part. Et ce n'est qu'une mission temporaire. Il devrait finir par trouver autre chose ailleurs. Ses parents aimeraient qu'il s'installe de façon permanente.

Sa grand-mère récupéra les assiettes à soupe, les reposa sur le chariot, puis souleva les cloches d'argent qui couvraient leur plat principal et apporta celui-ci à table. Kitty compta jusqu'à trois dans sa tête, le regard rivé sur le saumon et la salade que sa grand-mère avait placés devant elle.

À ses vingt et un ans, elle avait insisté pour obtenir une chambre dans les combles qui lui laisserait son intimité. Maintenant, elle devait composer avec la présence de Matthew Bryant, à quelques portes de là, à l'autre bout du couloir. Cette perspective la perturbait, et pas qu'un peu. Quelque chose, dans la lueur d'autodérision qu'elle avait vue au fond de ses yeux quand il l'avait regardée pendant le déjeuner, avait troublé ses sens.

Sa grand-mère changea de sujet pour aborder son imminent voyage en Écosse, et elles passèrent le reste du repas à terminer les préparatifs. Une fois les restes du dîner débarrassés et un plateau avec cafetière et tasses déposé sur la table basse devant le feu, elles s'installèrent sur le sofa.

— Qu'est-ce que tu t'es fait à la jambe ? demanda sa grand-mère en se penchant pour regarder le pansement sur le genou de Kitty.

— Un accident idiot ce midi. Quelqu'un m'est rentré dedans pendant que je me rendais au bureau de poste, et j'ai failli faire la connaissance rapprochée d'un camion. Par chance, ton M. Bryant était là pour me rattraper. Quelle maladroite, j'ai complètement détruit mes bas.

Kitty tenta de rire pour que sa grand-mère ne s'alarmât pas.

Mais celle-ci ne rit pas.

— S'il te plaît, Kitty, fais plus attention. J'ai déjà assez de souci à me faire avec Livvy.

— Tout va bien, mamie. Je t'assure, c'était un bête accident comme il en arrive parfois.

Elle regretta de lui avoir tout dit. Elle aurait dû inventer une histoire qui lui aurait évité de se ronger les sangs. Cela dit, sa grand-mère aurait aussi pu apprendre l'incident de la bouche de Matthew.

— Hmm. Tant mieux que Matt ait été là, on dirait.

La chaleur monta aux joues de Kitty quand elle se rappela la force avec laquelle il l'avait hissée vers la sécurité du trottoir et le frisson d'électricité qui avait grésillé entre eux lors de ce bref contact physique.

— Oui, j'imagine.

Les deux femmes burent leur café en silence.

— Kitty, soupira sa grand-mère, ça m'inquiète de te laisser là pendant que je vais en Écosse. Je sais qu'à tes yeux, je suis une vieille harpie impossible à satisfaire, mais vous êtes tout ce que j'ai, Livvy et toi, et il me semble que c'est naturel, de penser au pire, quand on vieillit. Cette chanteuse de jazz américaine… Eh bien, ce ne sera pas comme avec nos artistes locaux, ce sera beaucoup de travail.

Kitty déglutit. Elle n'avait jamais vu une telle expression sur le visage de sa grand-mère ; un mélange de peur et d'inquiétude souligné par les fines rides autour de ses yeux et de sa bouche.

— Je te promets que je ferai attention à moi, mamie. Et la saison estivale connaîtra un superbe départ grâce à Mlle Delaware. Les réservations pour les chambres sont déjà en train de grimper, et les billets pour le bal partent comme des petits pains. Tu l'as dit toi-même : il y aura beaucoup de passage à l'hôtel.

Elle tendit la main pour presser celle de sa grand-mère dans un geste rassurant. Un éclat d'angoisse gela le cœur de Kitty lorsqu'elle sentit les doigts de la vieille femme si fragiles et froids dans les siens.

— Tout peut basculer en un clin d'œil. Depuis la disparition de ta mère, il y a toutes ces années, j'en suis plus consciente que jamais. Je repense beaucoup à elle ces derniers temps.

— Je sais, mamie.

Elle se demandait pourquoi Elowed occupait tout à coup l'esprit de sa grand-mère. Cette dernière avait beau l'exaspérer, elle l'aimait de tout son cœur, et elle lui était reconnaissante de tout ce qu'elle avait fait pour elle, de l'avoir élevée quand sa mère les avait quittées.

Elle aussi pensait beaucoup à elle ces derniers temps. Sa grand-mère avait dépensé une petite fortune au fil des ans dans ses tentatives de retrouver sa trace, sans succès. Kitty avait grandi, les saisons avaient passé, et, sans nouvelles ni messages, toutes deux avaient bien été forcées de conclure qu'elle était morte. L'un des détectives privés engagés par sa grand-mère en était arrivé à la même conclusion et leur avait expliqué en détail ce qui s'était selon lui passé. Mais tout cela n'était que conjectures ; il n'avait pas eu la moindre preuve à leur offrir.

Kitty avait six ans quand sa mère s'était évaporée. Elle était revenue de Londres avec Kitty et était restée là quelques mois avant de disparaître de la surface de la Terre. Kitty se demandait souvent quelle avait été sa vie, avant. Elle se rappelait vaguement une brownstone avec des escaliers et un parc. Elle ne savait pas du tout où son père pouvait bien se trouver, elle n'avait pas le moindre souvenir de lui. Le nom sur son acte de naissance ne l'avait menée nulle part, et sa grand-mère n'avait jamais semblé posséder quelque information que ce fût à son sujet, excepté qu'elle le supposait parti en Amérique.

Kitty termina son café.

— Je vais monter finir de lire le livre que j'ai commencé hier. C'est un Dorothy L. Sayers, et j'ai dû le refermer à un endroit intéressant, dit-elle en reposant la tasse sur le plateau.

— Je ne sais pas comment tu fais pour apprécier ces horribles romans criminels. Ils sont si sanglants. Mais je crois que je vais aller me coucher tôt également. C'est une longue journée qui m'attend, demain, avec le voyage.

La voix de sa grand-mère semblait lointaine, comme si ses pensées étaient ailleurs.

Kitty se pencha et l'embrassa sur la joue, savourant au passage l'odeur de roses familière de son parfum préféré.

— Au fait, tu es passée dans ma chambre tout à l'heure ?

— Non, pourquoi ? demanda la vieille dame en fronçant les sourcils.

— Pour rien. Je me suis dit que tu avais peut-être cherché une affaire que tu aurais eu besoin d'emporter.

Elle accompagna sa réponse d'un petit haussement d'épaules nonchalant pour éviter que sa grand-mère y pensât davantage.

— Bonne nuit, mamie, à demain.

⁂

Matt se rendit dans la suite de Mme Treadwell dès qu'il eut reçu son message.

— Dites-moi ce qui est arrivé à Kitty ce midi, ordonna-t-elle à l'instant où il passa le seuil.

Il s'installa sur le sofa, face à elle, et lui raconta l'incident avec le camion. Aux tasses vides sur le plateau devant lui, il devina que Kitty venait de partir. La vieille femme pâlit lorsqu'il lui confia soupçonner qu'on eût délibérément poussé Kitty.

— Je n'aime pas cela. Je n'aime pas cela du tout. Je pars demain, je n'ai pas le choix, mais l'idée que Kitty soit en danger m'angoisse.

— Pour l'instant, le mieux que vous puissiez faire, c'est me faire confiance pour garder un œil sur elle. Vous ne savez vraiment pas du tout qui pourrait être derrière cet accident, ou derrière les lettres ?

Elle secoua la tête mais ne croisa pas son regard.

— Pas le moins du monde. J'ai passé des nuits blanches à me creuser la tête, à essayer de comprendre. Kitty est ce que j'ai de plus précieux depuis qu'Elowed a disparu sans laisser de traces. Ce fut douloureux, mais j'ai fini par accepter que ma fille est très probablement morte, et même si elle ne l'était pas, elle n'aurait pas de raison d'envoyer ces notes au lieu de venir elle-même.

Matt se rencogna dans son siège. Il voyait bien que son employeuse était sincèrement inquiète, mais il avait toujours l'impression qu'elle lui dissimulait quelque chose.

— Merci pour toutes les informations que vous m'avez données, concernant les lettres. J'ai commencé à les étudier, à chercher des indices.

Mme Treadwell hocha la tête. Les rides sur son front trahissaient son trouble persistant et lui donnaient l'air plus âgée que précédemment.

— Il y a encore autre chose. Kitty m'a demandé si j'avais cherché quelque chose dans sa chambre. Elle l'a tourné à la plaisanterie, mais cela me préoccupe. Pourquoi irait-elle croire que je suis entrée dans ses appartements ?

— Vous pensez que quelqu'un d'autre serait venu là ?

Voilà qui était inquiétant : le mystérieux individu derrière ces événements curieux avait peut-être accès à l'hôtel, et il ciblait vraiment Kitty.

— En tout cas, c'était une remarque étrange, venant de Kitty. Mickey, qui se charge de l'entretien, a des doubles des clés dans son bureau.

Matt retourna l'information dans son esprit.

— C'est une bonne chose que je réside au même étage que Kitty. Au moins, en cas de problème, je serai à proximité. Elle est isolée du reste de l'hôtel, tout là-haut.

La vieille dame sourit pour la première fois de leur entretien.

— Merci, Matt. Je crains cependant que Kitty ne voie pas exactement votre voisinage du même œil.

CHAPITRE 4

Kitty fut surprise de se sentir tout à coup aussi seule lorsque la Bentley louée par sa grand-mère s'éloigna enfin. Elle cligna des yeux pour chasser les larmes inopinées qui commençaient à lui piquer les paupières.

— Qu'est-ce qui ne va pas chez moi ? Je ne suis pas si sentimentale d'habitude, marmonna-t-elle pour elle-même.

Elle resserra les pans de son joli cardigan bleu marine pour se protéger de la brise printanière qui soufflait depuis la rivière et pivota pour retourner dans l'hôtel.

Le vent souffla dans ses yeux une mèche de cheveux blonds bouclés qui lui bloqua la vue encore davantage. Elle leva la main pour remettre sa coiffure en ordre et heurta immédiatement un homme plus âgé qui quittait tout juste le Dolphin.

— Oh, je suis navrée, s'excusa Kitty.

Elle n'avait vu ce client-ci, qui pourtant séjournait avec eux depuis plusieurs semaines, que quelques rares fois. L'homme à lunettes d'âge moyen, à la carrure trapue et à l'expression maussade, se démarquait de leurs résidents habituels. Il dînait seul et semblait ne jamais recevoir ni courrier ni messages. Elle avait supposé qu'il s'agissait d'un représentant de commerce venu dans la région pour elle ne savait quelle mission professionnelle.

L'homme hocha la tête et accepta ses excuses d'un bref grognement avant de descendre rapidement la rue vers le centre-ville. Kitty regagna le hall de l'hôtel, désarçonnée par sa réaction brusque. D'habitude, leurs clients étaient joyeux et bavards, et il la connaissait – il l'avait déjà vue plusieurs fois en venant chercher la clé de sa chambre au guichet. Elle sentait que ce serait une de ces journées où rien ne va comme on le voudrait.

Quand elle atteignit son petit bureau, dissimulé derrière la réception, elle découvrit Matthew Bryant installé là, dans le fauteuil face à son secrétaire, en train de l'attendre, clairement revigoré par une bonne nuit de sommeil, vêtu d'un costume gris foncé bien taillé.

— Je vois que vous avez fait comme chez vous.

Le voir dans son bureau l'irrita, mais son cœur eut un sursaut involontaire lorsque leurs regards se croisèrent.

— Bonjour à vous aussi, rétorqua-t-il sans s'appesantir sur sa remarque acérée. Votre grand-mère m'a fait part de quelque chose hier soir, et je voulais vous en parler.

Kitty prit place derrière le secrétaire.

— Je ne suis pas sûre de comprendre. Est-ce au sujet de votre contrat ?

Elle avait supposé qu'il faudrait qu'elle lui fît une sorte de présentation de son nouvel environnement de travail, mais il semblait s'être déjà familiarisé avec tout ce qui l'entourait.

— Non, tout va bien de ce côté, répondit-il en fronçant les sourcils. Votre grand-mère et moi nous sommes mis d'accord sur les différents points quand j'ai accepté le poste. Mais c'est au sujet de mon travail ici. D'après ce que m'a dit Mme Treadwell, vous craindriez que quelqu'un ait eu accès à votre chambre hier.

— Qu'est-ce qui lui a fait penser ça ?

Kitty retint sa respiration quelques secondes, attendant la réponse. Elle avait cru être parvenue à éviter d'alarmer sa grand-mère.

— À ce que j'ai cru comprendre, c'est quelque chose que vous lui avez dit qui lui aurait donné cette impression.

— D'accord, dit Kitty en se laissant tomber dans le fond de son fauteuil. Oui, quelqu'un est entré dans ma chambre hier, et pas une femme de chambre. Je crois que c'est arrivé pendant que j'étais avec vous, à midi. On a fouillé dans mes affaires. Rien n'a été pris, il me semble, mais c'était bizarre et… effrayant.

Elle avait essayé de ne pas trop y penser, de se convaincre qu'elle avait dû se tromper.

— Vous n'avez pas la moindre idée de ce que cet « on » aurait pu chercher ? demanda Matt, avec une intensité nouvelle dans les yeux qui l'obligea à le regarder.

Elle secoua la tête.

— Pas la moindre. À moins, bien sûr, qu'on ait été à la recherche d'argent ou d'objets précieux. Aucun de mes bijoux n'a été pris, mais ils sont en toc pour la plupart, et je ne garde pas de monnaie dans ma chambre. Mais l'intrus a été méticuleux, tout avait été replacé avec soin dans mes tiroirs et mon placard. Pas exactement au bon endroit, cependant, c'est comme ça que j'ai su qu'on avait touché à mes affaires et que ce n'était pas le fruit de mon imagination.

Il appuya ses coudes sur les bras du fauteuil et joignit ses mains sous son menton.

— Si vous pensez que ce n'était pas une femme de chambre, comment pensez-vous que cette personne soit entrée ?

— Je ne sais pas, répondit Kitty en haussant les épaules. D'instinct, je me suis dit qu'elle avait peut-être trouvé les doubles des clés dans le bureau de Mickey.

Son pouls accéléra lorsqu'il laissa retomber ses mains et s'avança vers le bord de son siège. Son regard bleu foncé lui chauffait les joues.

— J'ai demandé à Mickey de se procurer un vrai placard, pour les clés. La question est : pourquoi cibler votre chambre ? Et ensuite, après l'avoir fouillée avec minutie, avoir replacé la clé sur son crochet dans le bureau de Mickey ?

Le sous-entendu lui tomba dessus comme un seau d'eau glacée.

— Vous pensez qu'on a délibérément choisi ma chambre ? Que ce n'était pas un hasard ?

Quelle idiote. Bien évidemment que ce n'en était pas un, on ne se serait pas donné autant de peine sinon. C'était encore pire que ce qu'elle s'était imaginé.

— Pas d'objets disparus chez vos clients ? Pas de commentaires ou de questions qui pourraient suggérer que leurs possessions auraient été dérangées ?

— Non, mais peut-être que quelqu'un a pu prendre une clé au hasard et tenter sa chance. Ma chambre est isolée.

Sa voix faiblit. Cette dernière phrase n'était plus vraie. La chambre de Matt n'était séparée de la sienne que par quelques placards de stockage. Sans compter que la clé avait été remise en place ; et pourquoi un voleur se serait-il contenté d'une seule clé ? Pourquoi un voleur aurait-il laissé ses quelques bijoux et le cadre de la photographie de sa mère ? S'il était motivé par l'argent, même ces piètres possessions lui auraient rapporté quelques shillings.

La lueur dans les yeux de Matt lui indiqua qu'il ne croyait pas plus qu'elle à la théorie du vol au hasard. Elle soupçonna qu'il était également au courant de son manque d'enthousiasme à la perspective de partager son étage avec lui, ce qui était peut-être quelque peu ingrat, étant donné qu'il lui avait sauvé la vie.

⁂

Matt savait qu'il était risqué de mettre Kitty au courant de la potentielle menace à l'encontre de sa sécurité, d'autant plus que sa grand-mère lui avait demandé de faire preuve de discrétion. À ses yeux, cependant, les règles avaient changé lorsque l'on avait tenté de pousser Kitty sous les roues d'un camion. Il devait faire en sorte qu'elle sût que le danger était peut-être là, sans l'alarmer plus que nécessaire ni trop en dire.

C'était lui qui avait suggéré qu'il habitât au même étage que Kitty. Son isolement volontaire tout en haut de l'hôtel le dérangeait. Autre chose le dérangeait, d'ailleurs : le sentiment persistant que la grand-mère de Kitty n'avait pas été parfaitement honnête avec lui au sujet de ses soupçons quant à l'auteur des menaces. Elle avait mentionné Elowed, la mère de Kitty, mais était restée évasive au sujet de son père.

— Qu'en est-il des clients actuels de l'hôtel ? demanda-t-il.

— Je ne suis pas certaine de savoir où vous voulez en venir, répondit Kitty en clignant des yeux.

Matt étudia son visage.

— Est-ce que vous auriez un suspect en tête ? Quelqu'un qui ne vous inspire pas confiance, pour quelque raison que ce soit ?

Les yeux gris-bleu de son interlocutrice s'emplirent de confusion.

— À cette époque de l'année, une bonne partie de nos clients sont des habitués qui arrivent jusqu'ici en autocar, via des agences de voyages, ou en train. Ils viennent tous les ans, au printemps et à l'automne, avant le début de la grosse saison et la montée des prix. On va bientôt y être, cela dit. Mlle Delaware va inaugurer la période de nos divertissements estivaux. Nous avons quelques clients privés, et à nouveau, certains d'entre eux sont des habitués. Ils ont des affaires à régler dans les environs, et ils viennent séjourner chez nous plusieurs fois l'an.

— Alors, personne ne vous vient à l'esprit ? Personne qu'il pourrait être intéressant de tenir à l'œil ?

Kitty prit sa lèvre inférieure entre ses dents et hésita quelques instants avant de s'exprimer.

— Il y a bien un homme… Je viens tout juste de lui rentrer dedans, en fait, devant l'entrée. Il n'a rien dit ni fait pour éveiller mes soupçons à proprement parler, mais…

— Mais ? demanda Matt lorsqu'elle marqua une nouvelle pause.

— Je me sens mal à l'aise en sa présence et je ne sais pas pourquoi. Il s'est enregistré avec une adresse et un nom anglais, mais il a un accent inhabituel. J'imagine qu'il vient peut-être d'une ex-colonie.

Matt voyait bien, aux délicates taches roses qui fleurissaient sur les joues de Kitty et à la tension dans ses épaules, que la conversation la gênait.

— Je sais que ce n'est pas agréable de penser que le responsable puisse être l'un de vos clients, mais je dois étudier les différentes pistes. C'est pour cela que votre grand-mère m'a engagé. Dites-moi qui est cet homme à qui vous pensez.

Kitty soupira et s'empara du registre. Quelques secondes plus tard, elle fit signe à Matt de venir de son côté du secrétaire pour regarder la page.

— C'est lui. M. Brian Smith de l'Essex, chambre 21, deuxième étage.

Il resta derrière elle pour étudier les détails.

— Pouvez-vous me faire une copie du registre des entrées ?

Matt était suffisamment proche pour respirer le parfum de savon frais sur sa peau et pour remarquer le minuscule grain de beauté sous le lobe de son oreille. Il se força à reporter son attention sur la page et essaya de ne pas trop se concentrer sur sa proximité avec Kitty, de ne pas trop se demander pourquoi elle perturbait à ce point ses sens. Il n'avait pas pensé ainsi à une femme depuis bien longtemps, pas depuis Edith.

Il se redressa et recula d'un minuscule pas. Son talon heurta le mur du bureau.

— « Smith » n'est pas le choix de nom de famille le plus original qui soit, commenta-t-il.

— Non, mais il s'appelle peut-être vraiment ainsi, répondit Kitty en décapuchonnant son stylo à plume et en recopiant ses informations sur papier libre.

Attendant à peine qu'elle eût terminé de sécher l'encre, Matt prit la feuille sur le bureau. Il savait qu'elle avait raison ; il était bien possible que l'homme eût donné sa véritable identité. « Smith » était l'un des noms de famille les plus courants d'Angleterre. Il quitta l'espace derrière le secrétaire pour se tenir près de la porte. Passer autant de temps seul avec Kitty dans un espace étroit troublait bien trop sa tranquillité d'esprit. C'était peut-être cela, le problème : il n'aimait pas les espaces confinés, encore une cicatrice que lui avait laissée la guerre.

— Qu'est-ce que vous comptez faire de ça ? demanda Kitty en regardant la copie de l'entrée de registre qu'il tenait à la main.

— Me renseigner un peu et voir ce que je trouve.

Kitty eut l'air alarmée.

— Ne vous en faites pas, je serai discret, dit rapidement Matt, avant qu'elle pût changer d'avis et lui reprendre le papier.

Il ne lui confia pas que ses méthodes d'investigation n'étaient pas toutes strictement légales. Certaines de ses sources d'informations étaient moins réglementaires que d'autres, et quelque chose lui disait que Kitty n'approuverait sans doute pas.

— Il n'en saura jamais rien, et vous serez rassurée s'il s'avère qu'il n'a rien à cacher. Si vous vous sentez coupable, rappelez-vous que quelqu'un a gâché une de vos paires de bas hier en vous poussant devant un camion à charbon.

— Je n'arrive pas à m'empêcher de me dire que nous sommes en train de nous faire une montagne d'un rien. Nous n'avons pas de véritable preuve que je ne sais qui ait tenté de me pousser devant ce camion, et il y a peut-être une explication pour les objets déplacés dans ma chambre.

Ses yeux angoissés le suppliaient de lui dire qu'elle avait raison.

— Nous en avons déjà parlé, Kitty. Votre grand-mère m'a embauché pour que je veille à la sécurité de l'hôtel. Vous m'avez signalé quelque chose d'inhabituel, alors je dois vérifier ce qu'il en est.

Il aurait voulu pouvoir lui parler en toute transparence des messages qu'avait reçus sa grand-mère, mais il avait donné sa parole. Une parole qu'il commençait déjà à regretter.

⁂

Kitty soupira et s'effondra contre le dossier de son fauteuil à l'instant où Matt quitta la pièce. Il ne valait pas mieux que sa grand-mère, à la traiter comme une enfant et à lui dissimuler une partie du tableau. Elle sentait au fond de ses tripes qu'il ne lui disait pas tout. Mais que pouvait-il bien se tramer dans un hôtel indolent au charme suranné comme le Dolphin ? Cela dépassait son entendement.

Elle resta quelques instants là, à faire doucement pivoter de droite à gauche son fauteuil de bureau en bois et cuir. Matt n'était pas le seul à être capable de mener une enquête. Elle pouvait peut-être bien laisser traîner ses yeux et ses oreilles elle aussi, essayer d'en apprendre un peu plus sur ce qui se passait, à commencer par M. Matthew Bryant et les raisons de son embauche par sa grand-mère.

Kitty décida de remettre à plus tard le reste des plannings. Elle pourrait toujours les terminer dans la soirée – elle n'avait rien de prévu à ce moment-là. Elle ouvrit donc le tiroir de son secrétaire et se mit à la recherche du double de la clé de la suite de sa grand-mère. Il était temps pour elle de mener ses propres recherches.

Un pincement au cœur de culpabilité figea sa main alors qu'elle faisait tourner la clé dans la serrure de la porte des appartements de sa grand-mère. Peut-être ferait-elle mieux de ne pas se lancer là-dedans, de retourner à son bureau et à son administratif. Mais elle chassa cette pensée, carra les épaules et entra dans la suite. Le salon lui semblait vide, sans la présence petite mais formidable de sa grand-mère. Cette dernière avait beau s'être débarrassée de la majorité des volants et falbalas, l'ensemble était toujours distinctement edwardien, entre les fauteuils en chintz et les lourds rideaux encadrant les fenêtres. Le tic-tac de la belle pendule de voyage en vermeil posée sur le manteau de cheminée lui paraissait plein de reproches.

Kitty referma à clé derrière elle et traversa la pièce en direction du petit bureau en palissandre où sa grand-mère gardait tous ses documents, professionnels comme privés. Elle passa la paume de sa main sur le côté du meuble et trouva le léger renfoncement du bois. Lorsqu'elle appuya fermement, un minuscule tiroir secret s'ouvrit en silence, révélant la clé cachée.

Kitty s'en empara et referma le compartiment avant d'ouvrir l'avant du bureau. Dedans se trouvait l'assortiment bien ordonné de tiroirs et de casiers où sa grand-mère rangeait ses documents. Avec des gestes vifs, Kitty commença à les étudier, à la recherche du contrat de Matt ou d'une quelconque correspondance entre sa mamie et lui. Elle s'en voulait terriblement de fouiller ainsi mais ne parvenait pas à s'arrêter. On lui avait caché tant de choses, toute sa vie durant. Au sujet de sa mère, de son père, de ce qu'elle avait connu avant d'arriver au Dolphin, et maintenant, semblait-il, au sujet de ce qui se passait à l'hôtel et de la véritable raison de la présence de Matt parmi eux.

Rien. Il n'y avait rien du tout là-dedans. Frustrée, Kitty referma précautionneusement le bureau avant de remettre la clé dans sa cachette. Elle se leva, prête à partir pour regagner son bureau, et c'est à ce moment-là qu'elle entendit quelqu'un à la porte.

Sans prendre le temps de réfléchir, Kitty quitta le salon à pas feutrés pour se réfugier dans la salle de bain de sa grand-mère, laissant la porte légèrement entrebâillée afin de pouvoir observer par l'interstice. Sans pour autant se raviser, elle se fustigea pour sa stupidité : elle était parfaitement en droit de se trouver dans les appartements de sa grand-mère. Mais son instinct lui soufflait que ce n'était pas le cas de cette autre personne qui voulait entrer dans la suite, et Kitty avait bien l'intention de découvrir qui elle était et ce qu'elle cherchait.

CHAPITRE 5

Elle se coula dans l'étroit espace entre le lavabo et l'encadrement de la porte et se fit aussi immobile que possible tandis que l'intrus ouvrait et entrait dans le salon. Elle se rendit compte avec frustration que son point de vue était plus limité qu'elle l'avait espéré. Elle tenta de maîtriser sa respiration ; le cœur tambourinant dans la poitrine, elle entendait les bruits familiers de tiroirs qu'on ouvre et ferme.

Difficile de deviner ce que l'on pouvait bien être en train de chercher. Ce n'était pas un cambriolage au hasard, Kitty en était certaine. Heureusement qu'elle avait refermé le bureau. À en juger par les sons qui lui parvenaient – les froissements de feuilles de papier, les déplacements d'objets – et le soin méthodique avec lequel on avait fouillé sa chambre la veille, cette intrusion avait pour cible quelque chose qu'on croyait en sa possession ou en celle de sa grand-mère. Quant à ce que pouvait bien être ce quelque chose, elle n'en avait pas la moindre idée.

Kitty changea précautionneusement de position, bien contente d'avoir choisi les tons neutres de sa robe gris pâle et de son cardigan bleu marine, et non l'imprimé à cerises, son préféré.

Elle essaya d'entrevoir l'individu dans le salon en espérant qu'il n'allait pas la repérer. Elle caressa l'idée de jaillir de la salle de bain pour le confronter, mais elle renonça lorsque lui revint le souvenir terrifiant de sa vie passant devant ses yeux quand elle avait failli se faire écraser comme une crêpe par le camion. Qui que fût le mystérieux cambrioleur, il se pouvait qu'il fût dangereux ; de toute évidence, il s'était donné beaucoup de mal pour mettre la main sur les clés et se faufiler ici.

Elle retint son souffle : à l'oreille, elle devinait que l'on marchait à présent sur le tapis turc. L'intrus se rapprochait de sa cachette. Elle relâcha lentement l'air dans ses poumons lorsqu'il se dirigea plutôt vers la chambre à coucher. Elle frotta ses paumes moites de sueur sur le devant de sa robe. Elle avait peur. Et si l'homme essayait la salle de bain ensuite ?

Car c'était un homme, elle en était sûre. Le son de sa respiration et le juron étouffé qu'il avait poussé quand ses recherches s'étaient avérées infructueuses dans le salon le lui avaient confirmé. Elle jeta un coup d'œil circulaire à la pièce où elle se trouvait. Elle n'avait nulle part où se cacher, et il ne semblait rien y avoir qui pût lui servir d'arme non plus sur le plan de toilette en marbre à côté du lavabo.

La sonnerie du téléphone de sa grand-mère la fit sursauter, et son cœur se mit à battre à toute vitesse dans un élan de panique. Elle referma les mains sur son chemisier et retint sa respiration, pour ensuite la relâcher lentement lorsque le bruit strident s'arrêta. Ses genoux tremblèrent lorsqu'elle se rendit compte que la sonnerie avait retenti une seule fois avant de s'arrêter et de reprendre immédiatement après.

L'intrus avait réagi au code et pris l'appel. Kitty s'efforça d'essayer d'entendre la conversation qui avait lieu dans l'autre pièce. C'était forcément un employé à l'autre bout de la ligne, car tous les appels externes passaient par la réception.

— Rien. Vide. J'ai vérifié partout, à part dans le bureau, qui était fermé.

La voix de l'homme semblait proche, et Kitty se fit aussi petite que possible contre les carreaux blancs et froids du mur de la salle de bain.

— Oui, j'ai regardé là, je vous l'ai dit. Non, rien dans la chambre.

Elle osait à peine respirer. Il était juste devant la porte de la salle de bain. Dehors, dans le couloir, elle entendit le grondement distant de l'ascenseur. L'intrus jura.

— Je dois y aller. Les femmes de chambre arrivent.

Quelques secondes plus tard, Kitty entendit la porte de la suite de sa grand-mère se refermer. Elle attendit un peu, au cas où l'homme reviendrait. Une fois qu'elle fut certaine que le champ était libre, elle retourna dans le salon, titubante, et s'effondra sur le sofa. Ses mains et ses jambes tremblaient. La peur le disputait au soulagement dans ses pensées confuses.

Elle s'empara du combiné et appela l'extension de la réception.

— Demandez à M. Bryant de monter dans la suite de ma grand-mère, s'il vous plaît, dit-elle d'une voix qui, à son désarroi, tremblait légèrement. C'est urgent.

Elle espérait que l'appel d'il y a un instant ne provenait pas justement de la réception. Elle eut à peine le temps de reposer le téléphone que Matt entra dans la suite sans frapper.

— Kitty ? Que s'est-il passé ? J'étais dans le hall quand vous avez appelé, expliqua-t-il en se précipitant à ses côtés, hors d'haleine, une expression angoissée sur le visage.

Elle parvint à lui faire un bref rapport de ce qu'elle avait vu et entendu.

— Avez-vous vu quoi que ce soit qui pourrait permettre d'identifier l'homme en question ?

Kitty secoua la tête. Elle se sentait plus calme, maintenant que Matt était avec elle. Depuis son quasi-accident, il semblait qu'elle lui faisait confiance à un niveau instinctif.

— Je ne voyais rien du tout à travers l'entrebâillement de la porte. Mais c'était la voix d'un homme d'un certain âge.

— Vous a-t-elle indiqué autre chose ? Sa voix ?

Elle fronça les sourcils, concentrée.

— J'ai eu l'impression qu'il était peut-être d'ici. Il avait un accent très léger.

Matt se frotta le menton.

— De toute évidence, il agissait sous les ordres de quelqu'un. Que cherchent-ils et pourquoi ici ?

Sa question faisait échos aux pensées de Kitty.

— C'est absurde, dit-elle.

— Reconnaîtriez-vous sa voix si vous l'entendiez à nouveau ?

— Je ne sais pas, répondit Kitty en inspirant brusquement. Je pense, mais je n'en suis pas sûre. Il n'a prononcé que quelques mots.

— S'agit-il d'un client d'ici ?

Depuis que Matt l'avait rejointe, elle essayait de se rappeler si elle avait déjà entendu ce timbre quelque part.

— Je ne sais pas. Je ne pense pas. Mais qui aurait pu l'appeler au téléphone ? C'était forcément un employé, pour savoir qu'il était là et connaître le numéro interne. Il n'y a que quelques pièces dans l'hôtel à être dotées d'une extension téléphonique : la réception, mon bureau, la cuisine, ma chambre, le salon de la suite de mamie et celui de la suite nuptiale.

Elle connaissait la plupart des clients et était presque sûre qu'elle aurait reconnu la voix de l'intrus si elle l'avait déjà entendue par le passé. L'idée que quelqu'un qui travaillait pour elle pût être impliqué la mettait bien davantage mal à l'aise.

— D'accord. Je vais avoir besoin que vous me dressiez une liste du personnel de l'hôtel, et nous essaierons d'identifier de qui il peut s'agir. L'appel ne venait pas de la réception, j'étais là. L'origine la plus probable doit être la cuisine ou la suite nuptiale, supposa Matt d'une voix frustrée.

Il se passait la main dans les cheveux ; ses épis lui donnaient un air de hérisson mécontent.

— Il y a du monde en cuisine à cette heure-ci, quelqu'un aurait remarqué qu'on se servait du téléphone. Mais la suite nuptiale est vide : c'est là que nous allons loger Mlle Delaware.

— Alors le plus probable, c'est qu'il s'agisse d'un employé au courant que les lieux sont inoccupés. Une des femmes de chambre, peut-être ?

— Mamie vous a-t-elle dit quoi que ce soit avant de partir qui pourrait éclairer ce qui se passe en ce moment ?

Kitty se demandait d'où lui venait cette envie instinctive d'aplatir la chevelure ébouriffée de Matt. Elle croisa les mains sur ses genoux et attendit sa réponse. Sa grand-mère avait senti qu'il se passait quelque chose d'étrange, elle en était sûre et certaine. Pourquoi embaucher Matt, sinon ? Cette histoire de vols en ville ne lui avait jamais semblé très convaincante.

Il se laissa retomber contre le dossier du sofa et étudia son visage, les yeux étrécis. Kitty entendait presque les rouages tourner dans son esprit, comme s'il essayait d'évaluer combien d'éléments il pouvait lui révéler.

— Votre grand-mère m'a confié des messages étranges qu'elle a reçus, commença-t-il, le regard circonspect.

— Je ne comprends pas. Quel genre de messages ? Que disaient-ils ?

Kitty fronça les sourcils. La conversation venait de prendre un tour surréaliste. Elle commençait à avoir l'impression d'être l'héroïne d'un roman à suspense bas de gamme.

En guise de réponse, il plongea la main dans sa poche et en sortit une feuille de papier.

— Voici l'une de ces lettres. Elles disaient toutes plus ou moins la même chose.

Elle étudia le papier. Elle avait du mal à enregistrer ce qui était en train de se passer.

— « Rendez-la, vous n'avez aucun droit sur elle. » C'est très étrange. Comment peut-on réagir à un tel courrier ? La police est-elle au courant ?

— Oui. Il semblerait qu'elle n'ait pas assez à se mettre sous la dent : le papier est bon marché, la police d'écriture est commune, il n'y a ni élément distinctif ni signature, et votre grand-mère a détruit les enveloppes. Elles portaient le cachet d'un bureau de poste local. Il y a eu quelques patrouilles supplémentaires mises en place, votre grand-mère ayant fait jouer ses relations avec le chef de la police, mais rien de plus n'a été possible.

⁂

Il remarqua que Kitty n'avait pas l'air surprise que sa grand-mère se fût servie de son influence pour obtenir des patrouilles supplémentaires.

— Je ne comprends pas. Que pourrions-nous bien avoir, mamie ou moi, qui puisse intéresser une organisation criminelle ? D'après ce que j'ai entendu quand j'étais dans la salle de bain, je présume que le responsable ne travaillait pas seul.

Elle regardait le papier dans sa main avec fixité, comme si elle espérait qu'il lui dévoilât la réponse.

— Difficile à dire. Je me suis demandé si les amies de votre grand-mère étaient susceptibles d'avoir des idées sur la question.

Kitty leva les yeux pour planter son regard gris-bleu dans le sien.

— Je ne sais pas. Peut-être. Les membres de « la clique », comme l'appelle mamie, se connaissent depuis des années. Si quelqu'un est au courant de quelque chose, c'est sans doute elles.

Matt était satisfait de la franchise avec laquelle Kitty admettait ne pas avoir été mise dans la confidence.

— Y en a-t-il une dont elle serait particulièrement proche ? À qui elle aurait pu se confier, plus qu'à toutes les autres ? demanda-t-elle.

Kitty soupira.

— À choisir, Mme Craven, probablement.

La réticence dans sa voix n'échappa pas à Matt.

— Mais vous ne l'aimez pas ? Je crois que je l'ai rencontrée ; était-ce celle qui était vêtue d'un animal mort ?

Elle rit, et une boucle blonde se détacha de sa chevelure pour tomber sur sa joue quand elle secoua la tête.

— Oui, pour l'étole en renard, et non, je ne l'apprécie pas particulièrement. C'est une affreuse vieille snob, et elle me traite toujours comme si j'étais un poids pour mamie ou que sais-je. Elle n'aimait pas ma mère non plus, ajouta-t-elle tandis qu'un rose vif s'étalait sur son visage pâle.

Une nouvelle mention de la mère disparue de Kitty. Il se rappela le silence tendu qui était tombé, la première fois où le sujet avait été évoqué, lors de son entretien avec sa grand-mère et les amies de celle-ci.

C'était peut-être bien elle, la clé du mystère.

— Votre grand-mère a parlé de votre mère, par rapport aux lettres.

— De ma mère ? Il se peut que l'auteur de ces messages fasse référence à cette affaire, j'imagine, oui, par malveillance ou pour essayer de nous escroquer. La récompense en échange d'informations tient toujours.

— Et votre père ?

Un sourire sardonique ourla les coins de sa bouche.

— Mon père n'était déjà plus là bien avant que ma mère revienne au Dolphin avec moi. Je ne l'ai pas vu depuis et je n'ai pas eu de nouvelles non plus.

Il n'avait pas de raison de ne pas la croire.

— Auriez-vous le numéro de téléphone de Mme Craven ?

Elle le lui récita, et il l'ajouta à la liste dans son calepin.

— Je pense que je vais l'appeler et demander à la rencontrer pour lui poser quelques questions.

— Quand mamie téléphonera, je verrai s'il y a autre chose qu'elle puisse me dire, dit Kitty avant de marquer une pause. Mais je ne veux pas lui causer du souci. Elle a déjà bien assez à faire avec Livvy, et elle a beau passer pour une dure à cuire, elle n'est pas si solide que ça.

Son regard était chargé d'une prière silencieuse.

— Je sais. Découvrez ce que vous pouvez découvrir sans l'alarmer. Je n'étais pas supposé vous toucher un mot de tout cela.

Il ne put s'empêcher de lancer un petit sourire à Kitty, espérant la rassurer. Elle le lui rendit.

— Je ferai preuve d'adresse.

Il laissa Kitty à ses tâches de l'après-midi. Son esprit en ébullition enregistrait et classait toutes les petites bribes d'information. Il n'était vraiment pas sûr que Kitty obtînt grand-chose de sa grand-mère lorsqu'elles se parleraient. Il avait beau être certain que la vieille dame ne lui avait pas fait part de tout ce qu'elle savait, il doutait qu'elle eût l'ensemble des pièces du puzzle.

Elle ne l'aurait pas engagé si elle était au courant de l'identité et de l'objectif de l'auteur des menaces. Sa mission était de protéger Kitty, mais aussi de faire la lumière sur le mystère.

Mme Craven le prit par surprise en répondant dès la première sonnerie.

— Mme Craven ? Nous nous sommes rencontrés au Dolphin Hotel, l'autre jour. Mme Treadwell m'emploie…

Elle le coupa avant qu'il pût poursuivre.

— Pas la peine de tourner autour du pot, capitaine Bryant, je me souviens parfaitement de qui vous êtes. Que puis-je faire pour vous ?

Matt cligna des yeux et continua.

— Je me demandais si je pouvais vous rendre visite afin de vous poser quelques questions. Il y a eu quelques incidents très étranges à l'hôtel ces derniers temps, et je m'inquiète pour la sécurité de Kitty.

Il crut entendre Mme Craven souffler du nez avec ironie.

— Vous pouvez venir me voir aujourd'hui à 16 heures, même si je doute d'avoir quoi que ce soit à dire qui puisse vous être utile. Sonnez en arrivant, c'est l'après-midi de congé de ma domestique.

— Si quelque chose vous vient au sujet de Kitty ou de sa mère, n'importe quoi, cela me rendra service.

Matt voyait pourquoi Kitty ne portait pas cette femme dans son cœur.

— Je ne pense vraiment pas avoir d'informations supplémentaires pertinentes, et je suis certaine qu'à peu près toute la ville pourrait vous parler de la mère de Kitty, répondit sèchement la vieille femme. Mais je ferai de mon mieux.

Mme Craven raccrocha, et le « clic » du combiné reposé sur son support sembla se réverbérer le long de la ligne dans un écho aux accents définitifs.

— Sympathique, marmonna Matt.

Il jeta un coup d'œil à sa montre. Il lui restait moins de deux heures avant leur rendez-vous. Ce n'était pas beaucoup.

Kitty leva la tête de son secrétaire quand il entra dans son bureau, un peu plus tard dans l'après-midi.

— Qu'a donné votre appel à Mme Craven ? demanda-t-elle.

— Je suis en route pour aller la voir. Vous avez son adresse ?

Kitty gribouilla celle-ci sur un bout de papier et le lui tendit.

— Vous pensez qu'elle sait quelque chose qui pourra nous aider ?

— Je ne sais pas, répondit Matt en haussant les épaules, mais autant essayer.

— Je suppose.

Elle tenta de sourire, mais l'incertitude se lisait dans ses yeux.

— J'ai procédé à quelques recherches tout à l'heure. Pouvons-nous nous retrouver à mon retour ? J'ai des doutes sur certains éléments.

Il avait beaucoup de doutes sur un grand nombre d'éléments. Les pistes qu'il avait suivies avaient toutes soulevé davantage de questions qu'elles ne lui avaient apporté de réponses.

— Bien sûr, acquiesça Kitty en hochant la tête. Je serai dans l'hôtel. Appelez-moi.

Les cernes sous ses yeux s'étaient assombris au cours des dernières heures, et Matt eut envie de l'emmener loin du Dolphin pour la cacher dans un endroit sûr le temps de résoudre le mystère. L'impulsion le surprit lui-même.

— À tout à l'heure.

Il quitta l'hôtel pour faire le court trajet, à travers la ville et la colline, qui le séparait de la demeure de Mme Craven, une des maisons récentes avec une belle vue sur la vallée du fleuve.

Il aurait voulu pouvoir chasser la sensation de malaise qui grandissait en lui à chaque pas qu'il faisait en direction de chez

Mme Craven – ce malaise qu'il connaissait bien, celui qui s'emparait de lui juste avant une catastrophe lorsque la guerre faisait rage, et qu'il avait éprouvé la nuit où sa femme et sa fille avaient trouvé la mort.

CHAPITRE 6

La rue était vide et paraissait sans vie. La brise qui rafraîchissait généralement l'air au bord de l'eau était absente, là-haut sur la colline. Le domicile de Mme Craven se situait au bout d'une rue remplie de grandes maisons typiquement classe moyenne, imposantes dans l'aura d'orgueil dont les auréolait leur isolement. Il atteignit le bas de l'allée, observé d'un œil vide par les fenêtres aux vitraux losangés. Deux jardinières rondes en pierre étaient campées de part et d'autre de la porte d'entrée en chêne foncé, et des tulipes écarlates y montaient la garde en petits soldats attentifs.

Matt prit une inspiration et carra les épaules avant de lever le heurtoir en laiton poli. Il y avait, chez Mme Craven, quelque chose qui lui rappelait la sensation de se faire convoquer chez la directrice quand il était encore à l'école primaire.

Les coups secs du heurtoir brisèrent le silence sinistre de la rue déserte. Matt regarda sa montre ; il avait deux minutes d'avance. La porte restait résolument close. L'inconfort qui l'avait talonné tout au long du trajet, grouillant sous sa peau, grandit encore. Mme Craven n'était pas femme à ne pas honorer un rendez-vous.

Il s'éloigna d'un pas de la porte d'entrée cloutée. Pas de signes de vie à l'intérieur. D'un côté de la maison se trouvait une palissade en bois, et un portail dans celle-ci devait donner sur un jardin à l'arrière. Il balaya la rue du regard : personne ne semblait l'observer. D'un pas vif, il se dirigea vers le portail.

Il s'attendait à le trouver fermé, mais à sa surprise, la poignée de fer forgé s'abaissa sous le poids de sa main sans protester. L'impression de danger qui lui picotait la nuque s'intensifia lorsqu'il entrouvrit.

— Mme Craven ?

Pas de réponse.

Timidement, il poussa davantage le battant et découvrit un jardin bien entretenu. Le gazouillement d'un merle dans un cerisier en fleur brisa le silence. Au premier abord, tout semblait en ordre : la pelouse, d'un vert émeraude luxuriant et immaculé, était si bien tondue et taillée qu'elle aurait pu servir de terrain de boulingrin ; des rangées de giroflées formaient un parterre.

Seul troublait la scène paisible l'amas bleu froissé tout au bout du sentier. Matt s'élança. Mme Craven était écroulée en un petit tas immobile sur les dalles de pierre. Elle avait les yeux fermés et les lèvres retroussées, comme si se retrouver dans une telle position l'agaçait. La mare de sang poisseuse qui coulait de sa tempe tachait de rouge sombre la pierre grise et la pelouse verte. Un déplantoir abandonné et une botte de pesse d'eau reposaient dans le parterre à côté de sa main gantée.

Matt tomba à genoux et chercha le pouls de la vieille femme dans son cou. À son soulagement, il trouva un très léger battement sous ses doigts. Il jeta un coup d'œil circulaire, à la recherche d'un indice, de n'importe quoi. Il ne voyait ni arme du crime, ni empreintes de pas, ni rien qui l'interpellât. Elle portait toujours ses bagues à ses doigts et une montre en or au poignet. Ce n'était pas un cambriolage ayant dégénéré.

L'ambulance arriva en même temps que la police. Matt donna le peu de détails qu'il put à l'une comme à l'autre tandis que le personnel médical se préparait à conduire Mme Craven au petit pavillon hospitalier de Dartmouth. Tandis qu'il répondait aux questions du policier, son esprit tournait à plein régime. La vieille femme avait-elle simplement été la proie d'une espèce de crise, ou d'un évanouissement, qui l'aurait fait tomber et se cogner la tête contre le sol au passage ? Le malheureux incident survenait à un moment suspect, et Mme Craven ne lui semblait pas du genre à perdre facilement connaissance. Quand elle reviendrait à elle – si elle revenait à elle –, il pourrait peut-être obtenir une réponse de sa part, mais pour l'instant, c'était une autre piste qui tournait court, et le mystère entourant le Dolphin Hotel s'était encore épaissi.

Il suivit policiers et ambulanciers jusqu'à l'avant de la maison. Un petit attroupement s'était formé à l'autre bout de l'allée, et les badauds lorgnaient le véhicule médical avec une curiosité avide. Tandis qu'on emmenait Mme Craven, Matt s'attarda sur place et suivit l'air de rien l'agent qui l'avait interrogé. Il aurait aimé poser des questions lui-même à tout ce petit monde, découvrir si l'on avait vu ou entendu quoi que ce fût cet après-midi qui sortît de l'ordinaire, mais dut se contenter de laisser traîner ses oreilles en espérant glaner des informations utiles.

Il resta aussi longtemps que possible et renseigna les voisins inquiets de Mme Craven tout en demandant discrètement quelques détails lui-même. Il apparut que personne n'avait quoi que ce fût à lui mettre sous la dent, y compris la dame dont il avait utilisé le téléphone pour alerter les autorités.

Kitty se tenait au guichet lorsqu'il revint à l'hôtel. Au moment où il passa le seuil, elle releva la tête, une lueur impatiente dans les yeux.

— Qu'avez-vous appris ? murmura-t-elle dès qu'il fut à portée de voix.

Matt regarda autour de lui. Une famille comptant deux jeunes enfants prenait le thé à la table du coin, et un couple de personnes âgées parcourait les brochures touristiques dans le présentoir à côté de l'ascenseur.

— J'ai à vous parler, mais pas ici, dit-il à voix basse en se penchant contre le comptoir de chêne foncé verni.

Plus tôt elle saurait ce qui s'était passé, mieux ce serait.

Le front plissé dans un froncement de sourcils, elle fit glisser une petite clé vers lui le long du comptoir.

— Retrouvez-moi au salon de mamie dans deux minutes.

⁂

Quand Kitty arriva en haut des escaliers et rejoignit les quartiers de sa grand-mère, elle trouva Matt debout à la fenêtre, en train de contempler la vue de la rivière.

— Je me suis fait remplacer par une des filles. Nous avons un peu de temps devant nous. Maintenant, dites-moi ce qu'a donné cet après-midi.

Il se retourna pour lui faire face.

— Mme Craven n'a pas été en mesure de me dire quoi que ce soit.

Kitty le dévisagea.

— Vous auriez pu me le dire en bas, protesta-t-elle en croisant les bras et en levant le menton pour le fusiller du regard.

— Elle n'a pas pu me renseigner, parce que quand je suis arrivé sur place, elle était étendue dans son jardin, sans connaissance.

Les genoux en coton, elle s'effondra dans le sofa moelleux.

— Je ne comprends pas.

Matt traversa la pièce pour s'asseoir à côté d'elle. Il lui expliqua ce qu'il avait trouvé en se rendant chez Mme Craven, mais l'esprit de Kitty était à peine capable d'entendre l'information.

— Est-ce qu'elle va s'en sortir ? Je ne l'apprécie pas, mais je ne veux pas qu'il lui arrive quoi que ce soit.

Son cerveau tournait à plein régime, et la tasse de thé qu'elle avait bue tout à l'heure menaçait de réapparaître. Ce ne pouvait être une coïncidence ; Mme Craven était sur le point de parler à Matt. Mais s'il ne s'agissait pas d'un accident, cela signifiait en revanche que l'auteur du crime avait spécifiquement cherché à le maquiller pour éviter de s'attirer des soupçons. Kitty se rappela la mésaventure qui avait bien failli lui coûter la vie à elle aussi et tenta de réprimer un frémissement.

— Je ne sais pas, dit Matt en passant sa main dans ses cheveux. Elle a beau avoir l'air coriace, c'est une vieille dame.

— Il n'est pas impossible qu'il ne s'agisse que d'un malheureux accident, n'est-ce pas ?

Elle n'y croyait pas elle-même. Son instinct le lui affirmait haut et fort : quelqu'un avait voulu empêcher Mme Craven de parler. Mais qui, et pourquoi ? Et comment ce quelqu'un avait-il su que Matt allait lui rendre visite le jour même ? La vieille femme avait vécu dans la région toute sa vie ; que pouvait-elle bien avoir tout à coup à dire qu'elle n'aurait pas eu l'occasion de révéler à mille reprises par le passé ?

— Si elle se rétablit, alors à ce moment-là, nous découvrirons peut-être ce qui s'est passé. Mais en toute sincérité, j'ai l'impression que nous ne croyons ni l'un ni l'autre qu'elle se soit cogné la tête dans une chute accidentelle.

Son regard se riva au sien, et elle sentit un frisson lui dévaler l'échine.

— Vous pensez aussi que c'était délibéré, l'incident avec le camion, n'est-ce pas ?

Voilà. Elle l'avait dit.

Et elle lut la réponse dans son regard.

— Vous avez trouvé autre chose cet après-midi ? demanda-t-elle d'une voix enrouée.

Elle toussa pour essayer de retrouver son timbre normal.

— J'ai mené ma petite enquête autour de l'hôtel et contacté des amis qui me devaient des services afin d'essayer d'en apprendre un peu plus sur votre mystérieux M. Smith.

— Ce n'est pas « mon M. Smith », et je n'aime vraiment pas me dire que je soupçonne un client qui n'est sans doute qu'un vacancier parfaitement innocent.

— Le problème, soupira Matt, c'est qu'il semble n'être le M. Smith de personne. M. Smith n'existe pas.

Kitty fronça les sourcils d'incompréhension.

— Bien sûr que si, il existe, nous avons son adresse et toutes les informations du registre.

— J'ai passé des appels dans l'après-midi, répondit Matt en secouant la tête. L'adresse est réelle, mais M. Smith n'y vit pas. Personne n'y vit. Cela fait dix ans que cette maison tombe en ruine et qu'elle a des planches clouées aux fenêtres.

Elle sentit sa mâchoire se décrocher et referma la bouche dans un claquement sec.

— C'est impossible.

Matt haussa les épaules.

— Nous ignorons s'il y a un lien avec les lettres anonymes ou avec la chute de Mme Craven, bien sûr.

— Il y en a forcément un. Pourquoi venir ici avec une fausse adresse, sinon ?

Elle se laissa retomber sur le sofa. Son sentiment d'inconfort était plus puissant que jamais, maintenant qu'elle savait qu'un de leurs clients leur avait délibérément menti.

— Il pourrait avoir d'autres raisons de vouloir dissimuler son identité, des raisons qui seraient étrangères aux événements qui nous préoccupent, mais quoi qu'il en soit, c'est clairement suspect.

— Je crois que je ne vais pas arriver à dormir cette nuit en sachant qu'il dort dans le même bâtiment et qu'il n'est pas qui il prétend, songea-t-elle en mordillant sa lèvre inférieure.

— Au moins, il ne sait pas que nous sommes sur sa piste, et nous pouvons garder un œil sur ses activités. Est-il sorti en ce moment ?

— Oui, il a apporté la clé de sa chambre à la réception juste avant votre retour.

— Parfait. C'est parti, alors, lança Matt en tendant la paume et en la hissant sur ses pieds. Allons fouiller sa chambre.

Elle libéra sèchement sa main.

— Certainement pas. Ce ne serait pas déontologique.

Matt lui fit un grand sourire qui creusa la fossette dans sa joue.

— Et vous pensez que ça l'est, de s'enregistrer avec un faux nom et une fausse adresse, et potentiellement de faire tomber une vieille dame sans défense la tête la première ? Et s'il s'enfuyait sans payer l'addition ? Et s'il volait toutes vos serviettes ?

Kitty lui lança un regard noir. Elle savait qu'il avait raison, mais l'idée de fureter dans la chambre d'un client ne lui plaisait pas du tout.

— D'accord, vous avez gagné. Mais il risque de revenir avant que nous soyons partis.

— Vous êtes la patronne, vous trouverez un prétexte.

Elle entendit Matt fredonner pour lui-même en la suivant le long du corridor sinueux menant à la chambre de M. Smith, à l'arrière de l'hôtel.

— C'est fini, oui ? On dirait un bourdon mal accordé.

Elle tira le trousseau de passe-partout de la poche de sa veste et ouvrit la porte.

— Notre ami est tout au bout du couloir, remarqua Matt en observant les environs.

— Je crois que c'était à sa demande. Comme quoi il lui fallait du calme, parce qu'il avait le sommeil léger. Il y a une salle de bain privée attenante à cette chambre aussi.

Kitty avait oublié la requête spéciale avant le commentaire de Matt. Cette partie de l'étage était très calme, et les chambres étaient moins chères, la fenêtre donnant uniquement sur le petit jardin arrière qui s'étalait jusqu'au pied de l'escarpement de grès qui commençait au bout de l'hôtel.

— Hmm, fit Matt en passant devant elle pour entrer dans la pièce.

Kitty se frotta les bras, tâchant de faire passer la chair de poule qui avait commencé à l'envahir dès l'instant où elle avait ouvert la porte. Tout semblait bien propre et en ordre, le lit double était prêt à accueillir son hôte et rien n'encombrait la table de nuit en palissandre verni. À travers la fenêtre à guillotine, elle jeta un coup d'œil au jardin vide et au petit portail de bois enfoncé dans la falaise. Celui-ci bloquait un vieux passage qui, d'après la rumeur, avait été utilisé pour éviter les douaniers au dix-septième siècle.

Avec précaution, Matt, affairé, passait au peigne fin le contenu des tiroirs de son client en commentant tout ce qu'il trouvait.

— Sous-vêtements, chaussettes bleu marine, des, euh, images, oups, rien ici.

Il alla vers la table de chevet et étudia la pochette contenant les articles de papeterie gratuits de l'hôtel.

— Oh, mais qu'avons-nous là ?

Kitty ne voyait qu'une feuille vierge, mais Matt la plia soigneusement et la rangea dans sa poche.

— Je jette juste un œil à la salle de bain.

— Dépêchez-vous, vous me rendez nerveuse, siffla Kitty en vérifiant une fois de plus que personne n'arrivait dans le couloir.

— N'en perdez pas vos cheveux. N'oubliez pas, l'endroit est à vous, vous avez le droit d'être ici.

CHAPITRE 7

Kitty se retourna vers le corridor, en direction de l'ascenseur. Le trousseau de clés métalliques devenait moite entre ses mains. Elle entendait des tintements d'objets déplacés dans la salle de bain.

— Matt, dépêchez-vous.

— Je vérifie seulement quelque chose.

Chocs et raclements reprirent. Le cœur de Kitty battait si fort qu'elle crut bien sentir la crise de panique arriver.

— Ah ! s'exclama Matt, victorieux, détournant son attention.

— Quoi ?

— Attendez, je sors.

Il apparut à ses côtés, un sourire de triomphe puéril étalé sur le visage.

— Allons-y, décréta-t-il.

Il s'élança dans le couloir. Kitty, étouffant un cri de frustration, ferma la porte à clé et se précipita derrière lui.

— Alors, qu'avez-vous trouvé ? demanda-t-elle en le rattrapant au niveau de l'ascenseur.

Quand la porte tinta, il ouvrit la grille en métal et entra dans la cabine.

— Vous allez voir, rétorqua-t-il en se tapotant l'aile du nez.

Il referma la grille et appuya sur le bouton du premier étage. Pour ne rien arranger à son agacement, il reprit le fredonnement faux qui l'avait rendue folle dans le corridor. Kitty était partagée : lui planter un bon coup de coude dans les côtes, ou éviter de laisser paraître que son petit jeu faisait mouche ? Elle choisit la seconde option et croisa les bras en faisant mine de ne pas le voir ni l'entendre jusqu'à ce qu'ils fussent de retour dans la suite de sa grand-mère.

À l'instant où ils furent à l'abri derrière la porte, Kitty bondit.

— Alors, inspecteur, qu'est-ce que vous avez trouvé ?

Matt s'assit au bureau et attendit qu'elle l'ouvrît, sa silhouette solide incongrue dans le fauteuil aux dorures délicates dans lequel sa grand-mère s'asseyait chaque jour pour sa correspondance.

— J'ai besoin d'un crayon à papier, dit-il en dégainant le papier qu'il avait récupéré dans la chambre de M. Smith avant de fourrager dans le plumier.

Exaspérée, elle lui assena une tape sur les doigts, trouva un crayon à papier et le lui tendit.

— Pour la dernière fois, Matt, qu'avez-vous trouvé ?

— Voyons d'abord ce qui est écrit ici, et je vous réponds.

Avec autant de rapidité que de soin, Matt colora de gris la feuille estampillée du cachet de l'hôtel, révélant le message qui s'était imprimé dessus au moment de sa rédaction sur le papier manquant en haut du bloc.

— Heureusement que notre homme a la main lourde.

— « Aller voir dock ferry nord », lut Kitty par-dessus son épaule.

— On dirait qu'il donnait des instructions à quelqu'un.

— Ce qui n'a rien de surprenant s'il est là pour commerce. Il doit attendre des échantillons, quelque chose comme ça.

Sauf que c'était l'endroit où l'on avait retrouvé le corps du Néerlandais flottant dans l'eau.

— J'ai aussi déniché plusieurs objets très intéressants cachés dans sa salle de bain, enveloppés dans de la toile huilée, dissimulés dans le réservoir des toilettes. Ce n'est pas très innocent, comme comportement, je pense que vous en conviendrez.

— Je ne comprends pas. Qu'avez-vous trouvé ?

Elle avait la nausée.

— Que notre M. Smith est également connu sous le nom de M. Delguardo, de M. Avery et de M. Jones.

La prise de conscience la frappa.

— Des faux passeports ?

Matt acquiesça du menton.

— Ainsi que de très nombreux billets.

— Nous devons faire un signalement à la police. Matt, c'est grave, dit-elle en se laissant tomber sur le sofa et en appuyant ses mains sur ses genoux, espérant calmer leurs tremblements. C'est au cinéma qu'on voit ce genre de choses, d'habitude. Et s'il était lié à la mort de cet homme ?

Matt fit basculer son centre de gravité dans le fauteuil, qui grinça de protestation.

— C'est possible ; il pourrait s'agir d'une querelle entre voleurs, peut-être. Je ne sais pas s'il y a un rapport entre les lettres et lui, ou ce qu'il fait là. Vous dites qu'il a demandé cette chambre en particulier quand il a fait sa réservation ?

Elle hocha la tête.

— Je m'en suis rendu compte cet après-midi, quand j'ai relu les remarques de la réception. Il a demandé cette chambre en particulier et dit qu'il resterait jusqu'à ce samedi, mais prolongerait peut-être son séjour si son déplacement professionnel durait plus longtemps que prévu. Il a payé d'avance, en espèces.

Elle frissonna en se demandant de quel genre de déplacement professionnel il pouvait s'agir, pour nécessiter de fausses identités.

— Pour l'instant, il n'a rien fait qui soit réellement illégal. Oui, il a ces faux passeports et documents, mais il n'a pas essayé de s'en servir, du moins pas ici, et nous n'en aurions jamais rien su si nous n'avions pas fouiné dans le réservoir de la chasse d'eau, réfléchit Matt en s'emparant du crayon à papier et en en tapotant l'extrémité contre ses dents.

Kitty se prit la tête dans les mains. La logique de Matt lui échappait.

— J'ai peur, Matt. Qui est cet homme ? Il faut que nous allions voir la police ; il n'aurait pas plusieurs faux passeports cachés dans une chasse d'eau s'il était bien intentionné. Et puis il y a le meurtre. Il pourrait en être l'auteur ; il pourrait être un assassin.

— Oui. Vous avez raison, je sais. J'aimerais seulement pouvoir découvrir s'il y a un lien entre les messages reçus par votre grand-mère et notre M. Smith. Et il nous faudra aussi préparer une excuse pour expliquer ce que je faisais à inspecter son réservoir.

— Qu'est-ce qui vous a donné l'idée ? demanda Kitty.

Elle n'aurait pas pensé à chercher là et se demandait ce que Matt avait bien fait de sa vie avant son arrivée au Dolphin.

— Une intuition, répondit-il en haussant les épaules avec nonchalance. J'ai regardé trop de films d'espionnage plus jeune.

Elle n'eut pas le temps de lui poser une autre question qu'il était déjà au téléphone avec la police. Kitty décida qu'elle aurait deux ou trois informations à demander à sa grand-mère au sujet de Matt la prochaine fois qu'elle l'appellerait. Il semblait très érudit dans des domaines très étranges.

⁂

Matt avait vu les questions dans les yeux de Kitty, et il savait qu'il ne l'avait pas convaincue. Heureusement, on eut besoin d'elle à la réception pendant qu'il s'occupait de mettre la police au courant de leur découverte. Il espérait – et devait se contenter d'espérer – que celle-ci n'enverrait pas tout un bataillon envahir les lieux, sinon M. Smith, ou du moins celui dont c'était l'alias, se refermerait comme une huître. Ou, encore pire, disparaîtrait.

Kitty semblait déjà s'inquiéter des conséquences sur la réputation de l'hôtel et de l'affolement qui risquait de se répandre parmi le reste des clients si une voiture de patrouille et des agents en uniforme intervenaient au Dolphin, plus que de ce que M. Smith pouvait bien être en train de comploter.

Heureusement, l'on intercepta M. Smith dans une petite rue lors de son retour ce soir-là, et la présence policière à l'hôtel resta donc minime. Matt dut faire une déposition – expliquer ce qu'il avait trouvé dans la chambre –, puis M. Smith et ses faux documents furent expédiés au poste de police.

Kitty parvint à retrouver Matt dans la cuisine dès la fin de son service à la réception. Il termina en vitesse d'avaler la dernière bouchée du jambon gammon aux œufs qu'il avait persuadé le chef de lui préparer.

— Alors ? le pressa-t-elle en l'attrapant par le bras pour le traîner dans un cellier empli de nourriture séchée et de bocaux mystérieux. Que s'est-il passé ? Qu'a dit la police ?

Elle faisait attention à ne pas élever la voix pour ne pas être entendue du personnel de cuisine.

— Qui est M. Smith ? continua-t-elle. Savez-vous s'il a un rapport avec les lettres, avec le meurtre ?

Les questions fusaient d'entre ses lèvres plus vite qu'il ne pouvait y répondre.

— Hé, on ne m'a rien dit. Ils doivent d'abord l'interroger, et il ne dira peut-être rien. De toute évidence, ils vont chercher un lien entre le Néerlandais et lui.

La poigne de Kitty sur son bras se resserra.

— Et s'ils le laissent sortir ? Tout le reste de ses habits et de ses affaires est ici. Sa chambre est toujours louée. Il risque d'être très en colère, et il est peut-être dangereux.

Matt lança un regard appuyé à la main de Kitty, qui froissait complètement la manche de sa veste.

— Facile. Demandez aux femmes de chambre de faire sa valise et de la mettre sous clé dans l'un des débarras. Quand il aura besoin de la récupérer, nous pourrons la lui faire déposer quelque part. De toute façon, il y a des chances que la police veuille inspecter le reste de ce qu'il possède. Il ne reviendra pas au Dolphin.

Kitty relâcha sa prise.

— Heureusement qu'au moins, mamie n'est pas là pour assister à tout cela ; elle serait horrifiée. Je ne sais pas ce que je vais pouvoir lui raconter au sujet de Mme Craven, la nouvelle la bouleversera. Elles sont amies depuis des années.

— Je suggère de ne rien lui dire pour l'instant.

Il mettrait la grand-mère de Kitty au courant lui-même plus tard, sans que cette dernière en sût rien. Il se dégagea et se massa le bras là où elle l'avait serré.

— J'ai appelé l'hôpital tout à l'heure, d'ailleurs, dit-elle sans paraître se rendre compte de son geste, mais on n'a même pas voulu me dire si elle avait repris connaissance.

Elle s'enveloppa de ses bras, comme traversée par un frisson soudain, malgré la chaleur et l'humidité de l'intérieur du cellier. Matt se rendit compte qu'il avait la bouche sèche et passa le bout de sa langue sur ses lèvres pour les décoller.

La légère fragrance de rose de son parfum chatouillait ses sens, et elle avait les pupilles élargies et assombries par l'angoisse. Un grondement lointain monta dans ses oreilles, et l'air autour de lui se fit suffocant. Il sentit des gouttes de sueur parcourir son échine et dut réunir tout ce qu'il avait de maîtrise de lui-même pour rester sur ses pieds. Les murs du cellier semblaient se refermer sur lui, et avant de pouvoir se ressaisir, il s'éloigna de Kitty et quitta la cuisine en trombe.

Il dépassa les fours et traversa la porte arrière avant de finir par s'adosser au mur à côté des poubelles métalliques. Il s'affala contre les briques et s'efforça d'avaler des goulées de l'air frais du dehors. Il ferma les yeux en essayant de freiner l'engourdissement qui s'était emparé de son corps.

— Matt ? Matt, où êtes-vous ? Tout va bien ? lança une voix féminine depuis la porte.

Il secoua la tête, tâchant de chasser les images qui avaient envahi son esprit dans le cellier. Des images qui le hantaient dans son sommeil, parfois. Le sentiment terrifiant d'être asphyxié, de ne pas réussir à respirer.

— Matt, dit quelqu'un en lui touchant le bras.

— Edith ?

Son nom avait jailli de ses lèvres avant qu'il pût le retenir. Le nom qu'il ne prononçait plus jamais à voix haute.

— Qui est Edith ?

Ouvrant les yeux, il découvrit Kitty debout à ses côtés, ses doigts fins posés sur son bras, ses traits délicats plissés d'inquiétude et de stupeur.

— Matt, que s'est-il passé ? Vous avez une mine affreuse. Qui est Edith ?

Il inspira à nouveau et se redressa jusqu'à se relever complètement.

— Rien. Rien, tout va bien. J'ai seulement eu un vertige. J'ai du mal avec les espaces confinés.

Il vit bien, à son froncement de sourcils et à son regard, que son excuse idiote ne prenait pas. Pourquoi avait-il prononcé le nom de sa femme ?

— Allons marcher ; vous paraissez avoir besoin d'un air plus frais que ça, dit-elle en fronçant son petit nez en direction des poubelles.

Il la laissa le guider le long des murs de l'hôtel, en direction de la rivière. Lorsqu'ils passèrent l'angle du bâtiment, la brise fluviale rafraîchit sa peau, et son cœur commença à reprendre son rythme habituel.

— Regardez, je vais bien, vraiment. La pièce était trop étroite pour moi, c'est tout.

Il marqua une pause lorsqu'ils approchèrent le portail latéral, qui était fermé.

— Je vous assure, insista-t-il, il me fallait seulement de l'air frais.

Un petit rire nasal échappa à Kitty tandis qu'elle s'emparait du trousseau, à la recherche du passe-partout du cadenas.

— C'est cela, oui.

Il la regarda ouvrir.

— Oh, soupira-t-elle en sortant la clé de la serrure.

— Qu'est-ce que c'est ? s'étonna-t-il en attrapant sa main pour mieux voir.

— De l'huile, on dirait, partout sur mes doigts. Mickey a dû graisser la serrure, j'imagine.

Kitty haussa les épaules et sortit un mouchoir pour s'essuyer la main.

— Qui passe par ici ?

— Pas grand monde. Toutes les livraisons arrivent de l'autre côté, par l'entrée des véhicules. Ce portail est surtout un chemin secondaire et une issue de secours.

Il la suivit jusqu'à l'autre côté et referma le cadenas derrière eux.

— Je demanderai à Mickey demain s'il a fait quelque chose ici il y a peu. Il faudrait peut-être changer la serrure.

Matt la suivit ; elle les mena vers le chemin pavé longeant la berge. Il aligna ses longues foulées sur les siennes, plus courtes. Le vent lui ébouriffait les cheveux et le rafraîchissait.

— Désolé pour tout à l'heure. Les espaces clos, ça ne me réussit pas.

Elle s'arrêta au niveau des garde-corps près du ferry sud.

— J'avais cru comprendre, rétorqua-t-elle en appuyant ses bras contre les barrières et en regardant vers l'horizon.

Matt l'imita et observa un bateau propulsé par six rameurs fendre avec légèreté la surface du fleuve.

— C'est un charmant cadeau que la guerre m'a laissé. Quelquefois, je me laisse prendre par surprise.

— La guerre a affecté tant de monde. Nous finissons tous par oublier, j'imagine, à mesure que le temps passe et que les souvenirs s'estompent. Difficile de croire que nous soyons au milieu de ce tourbillon de folie quand la soirée est si paisible. Des lettres de menaces anonymes, de faux passeports, un meurtre, des vieilles dames qui se font frapper en pleine tête... énuméra Kitty d'une voix vacillante. Nous devons trouver davantage d'indices.

— La police nous dira peut-être quelque chose quand elle aura découvert la véritable identité de M. Smith. À ce moment-là, nous pourrons trouver s'il a un lien avec les lettres ou avec ce qui est arrivé à Mme Craven. Et, bien sûr, si celle-ci se réveille, elle sera peut-être en mesure de nous dire ce qui s'est passé.

— Peut-être, répéta Kitty en arrachant une écaille de peinture qui se décollait du garde-corps. Il est possible que la clé de tout ceci soit en réalité dans le passé, qu'elle ait à voir avec ce qui s'est passé pendant la guerre. Qu'en pensez-vous, Matt ? Les récents événements auraient-ils un lien avec la disparition de ma mère il y a bien longtemps ?

CHAPITRE 8

Il y eut quelques secondes de silence avant que Matt ne répondît.

— Honnêtement, je ne sais pas si la disparition de votre mère a un rapport avec tout cela. Je crois que c'est ce que pense votre grand-mère.

Kitty, le regard rivé sur les eaux, observa le canot commencer à lutter contre le courant pour remonter le fleuve.

— Mamie a dépensé beaucoup de temps et d'argent à chercher la trace de ma mère. Elle a fait passer des petites annonces dans les journaux, a offert une récompense en échange d'informations. Toutes les pistes que nous avons suivies se sont révélées des impasses. Une fois de temps en temps, un indice potentiel émergeait, et c'était une nouvelle bouffée d'espoir, mais…

Sa phrase mourut sur ses lèvres, et elle cligna des yeux pour ravaler les larmes qui menaçaient de dévaler ses joues.

— Avant de partir pour l'Écosse, votre grand-mère a dit que le dernier enquêteur engagé par ses soins avait plus ou moins trouvé une preuve de la mort de votre mère, dit Matt avec douceur.

Kitty chercha son mouchoir dans sa poche d'une main maladroite.

— Il n'y avait pas de preuve en tant que telle, mais nous devions accepter, selon lui, que c'était la réponse la plus probable, d'après toutes les pistes qu'il avait suivies. Je pense que c'était plutôt une question d'absence de preuve de sa survie. Nous étions en guerre au moment de sa disparition, il y avait des bombardements, des départs en masse. Les enquêteurs ont confirmé qu'elle avait acheté un billet pour Londres mais pensent qu'elle a quitté le train avant sa destination. Il a dû arriver quelque chose qui l'a fait changer de trajectoire. Nous avons reçu beaucoup de lettres ; on nous affirmait l'avoir vue dans toutes sortes d'endroits, mais rien de tout ça ne nous a menées où que ce soit.

Elle plia l'étoffe pour éviter les taches d'huile et tamponna la peau sous ses yeux, essayant de s'épargner les rougeurs.

— Avez-vous des copies de toutes ces recherches ?

— Bien sûr, répondit-elle en hochant la tête. Quand elles ont commencé, j'étais très jeune. Ma mère n'était pas très… eh bien, conventionnelle. Elle était impliquée dans le mouvement des suffragettes. Elle avait beaucoup voyagé, tenu compagnie à des acteurs et à des musiciens – des artistes. Elle était elle-même assez talentueuse, je pense. C'est pour ce tempérament que Mme Craven et d'autres vieilles chouettes comme elle ne l'aimaient pas. Mon père n'était nulle part en vue, ce qui n'a rien arrangé, mais mamie ne le cherchait pas vraiment. C'était une canaille, disait-elle.

Kitty remit le mouchoir dans sa poche.

— Les dossiers se trouvent dans le coffre-fort de l'hôtel. Venez, je vais vous les déterrer.

Ils traversèrent la rue côte à côte. Matt semblait en meilleure forme, au soulagement de Kitty. Elle se demandait s'il y avait autre chose derrière son si étrange comportement, dans la cuisine, et elle brûlait de savoir qui était Edith et pourquoi il ne voulait pas parler d'elle.

— Je ne me souviens pas avoir vu de dossiers quand votre grand-mère me l'a montré, ce coffre-fort, fit remarquer Matt, sourcils froncés, en attendant qu'elle entrât dans l'hôtel devant lui.

Kitty rit.

— C'est parce qu'elle vous a montré le nouveau. C'est là que nous mettons en sécurité tout ce qui a trait à l'hôtel ainsi que les objets précieux des clients. Je voulais parler de l'ancien. Mamie le garde pour son usage personnel. Personne ne sait qu'il existe.

Il la suivit jusqu'à l'ascenseur.

— Je présume qu'il est dans sa suite ?

— Bien sûr, confirma-t-elle en hochant la tête.

— Mademoiselle Kitty ! s'exclama la réceptionniste du soir tandis qu'elle attendait le retour de l'ascenseur. J'ai monté le courrier de votre grand-mère dans son salon.

— Oh, merci.

Elle avait oublié de relever le contenu du casier où atterrissait la correspondance personnelle de sa grand-mère. Si Mary l'avait monté dans sa suite, c'était qu'il devait être bien plein.

Le front plus plissé encore, Matt pénétra dans l'ascenseur, referma la grille derrière eux et appuya sur le bouton de cuivre qui menait à l'étage supérieur.

— Vous savez, il y a beaucoup trop de gens qui peuvent rentrer dans les appartements privés de votre grand-mère comme dans un moulin.

— La plupart de nos employés travaillent ici depuis des années. Tous ou presque ont habité la région leur vie entière, et seuls quelques-uns ont accès à la suite.

Toute sa vie, depuis qu'elle était en âge de se rappeler les choses avec précision, Kitty l'avait passée entre les murs de l'hôtel. Elle n'y avait donc jamais beaucoup réfléchi, et il avait toujours été naturel pour elle de considérer le personnel des lieux comme une sorte de famille élargie. Mais elle avait eu beau contredire Matt à l'instant, une pensée affreuse l'envahit : il n'avait peut-être pas tort. Les temps avaient changé, et peut-être fallait-il également que changeât la façon dont ils avaient toujours vécu au Dolphin. La personne qui avait appelé l'intrus dans la suite de sa grand-mère devait faire partie de leur équipe. L'incident M. Smith avait ébranlé sa confiance, lui aussi.

— Et donc, vous pourriez dresser une liste précise des individus qui ont accès à votre chambre et à la suite de votre grand-mère ? demanda Matt en s'appuyant contre la paroi de l'ascenseur.

— Oui. Enfin, quasiment. Nous avons déjà eu une conversation similaire, il me semble, quand je vous ai dit qu'on avait fouillé ma chambre.

Kitty quitta l'ascenseur à grandes enjambées à l'instant où la porte s'ouvrit, et Matt referma la grille derrière eux. Elle avait toujours du mal à croire que le mystérieux M. Smith et les lettres anonymes pussent avoir quoi que ce fût à voir avec sa mère. La guerre lui semblait remonter à si longtemps, à présent. Les premiers jours de sa disparition, quand elles s'étaient retrouvées sans nouvelles, sa grand-mère s'était dit qu'Elowed avait dû partir rendre visite à des amis bohémiens et que c'était pour ne pas perturber Kitty qu'elle ne l'avait pas emmenée.

Au début, elles n'avaient pas trouvé terriblement étrange de se retrouver sans nouvelles d'Elowed. Celle-ci mettait souvent les voiles pour Londres, ou ailleurs dans le pays, en compagnie d'individus divers, variés et toujours inconnus de sa grand-mère.

Ces escapades avaient donné lieu à de nombreuses disputes entre elles. Ce ne fut qu'au bout de plus d'une semaine de silence que l'on tira la sonnette d'alarme et prévint la police.

— Où se trouve ce coffre-fort? Ne me dites pas qu'il est caché derrière cet horrible tableau avec le bol de fruits là-bas, lança Matt, interrompant ses pensées.

— Très bien, je ne vous le dirai pas, dans ce cas.

Elle se mordit les lèvres pour retenir un sourire lorsqu'il s'avança avec aplomb pour déplacer la peinture… et ne découvrit qu'un mur blanc derrière le cadre.

— Très drôle. Où est-il?

Kitty traversa le tapis aux motifs floraux délicats jusqu'au banc intégré à la fenêtre à guillotine donnant sur le fleuve. Elle souleva le coussin rembourré et passa les doigts sous le rebord jusqu'à trouver une petite irrégularité dans le bois. Avec un léger « clic », celui-ci se souleva, révélant un coffre-fort en métal sombre. Kitty choisit une minuscule clé sur son trousseau et ouvrit la serrure.

Une fois le coffre-fort déverrouillé, elle en sortit la grosse enveloppe en papier kraft qui y occupait la majorité de l'espace.

— Et voilà. L'intégralité des tentatives des enquêteurs de trouver ma mère. Et le peu qu'ils ont découvert sur mon père, même si ça ne va pas bien loin. La priorité de mamie, c'était elle.

— Il y a des photos d'elle?

— Oui, acquiesça Kitty en hochant la tête, quelques-unes, et j'en ai davantage dans un album dans ma chambre, si vous voulez.

Matt s'empara du dossier et s'installa sur le sofa pour en étudier le contenu tandis que Kitty refermait le coffre-fort à clé. Elle se demanda ce qu'il espérait trouver dans une liasse froissée de vieux papiers poussiéreux des années 1920. Cela faisait bien longtemps qu'elle avait renoncé à découvrir ce qui était arrivé à Elowed ; ses espoirs s'étaient faits de plus en plus minces à chaque anniversaire, Noël, pièce de théâtre scolaire, journée sportive et remise des prix. Son père était parti au début de la guerre, deux ans avant que sa mère se volatilisât. Tout ce qu'elle savait de lui, c'était comment il s'appelait et qu'il était sans doute en Amérique, et elle ne se souvenait pas vraiment d'où lui venait cette information.

Pour se distraire de ses propres pensées, elle concentra son attention sur la liasse de lettres que la réceptionniste avait laissée sur le dessus du bureau de sa grand-mère. Elle les répartit rapidement en trois catégories : publicités, courrier personnel et correspondance officielle. La première pile atterrit directement dans la corbeille à papier. Les lettres qui avaient clairement trait à sa vie privée, elle les réunit à l'aide d'un trombone.

Tandis qu'elle se tenait occupée avec son tri, Kitty ne pouvait s'empêcher de lancer de petits regards discrets à Matt – la courbe de sa mâchoire était bien dessinée, remarqua-t-elle. Il semblait complètement absorbé par le dossier et prenait de temps en temps des notes sur son calepin.

— Quelque chose vous frappe ? demanda-t-elle.

— Pas vraiment. Vos enquêteurs semblent avoir été minutieux dans leurs recherches. Elle a acheté un billet pour Londres, mais personne ne l'a vue après Exeter, semble-t-il. Certains ont prétendu l'avoir aperçue, mais aucune de ces allégations n'a jamais été attestée. Comme vous l'avez dit, tous les déplacements et départs liés à la guerre n'ont pu que compliquer encore les choses.

Elle attrapa la dernière des lettres. L'enveloppe toute simple et le cachet de poste local avaient quelque chose de familier.

— Matt, je crois que ceci pourrait être un nouveau message anonyme.

Il abandonna le dossier sur le sofa et vint lui prendre le courrier. Ses doigts tremblaient quand elle lâcha l'enveloppe. Matt l'ouvrit avec le coupe-papier de sa grand-mère et la secoua pour en faire tomber le contenu sur le bureau ouvert en faisant bien attention à ne pas le toucher.

— Je doute que nous trouvions des empreintes digitales, mais on ne sait jamais.

Il y avait une unique feuille de papier pliée en deux, qu'il ouvrit et étala à plat à l'aide de la lame du coupe-papier et d'un stylo.

Vous avez eu tout le temps nécessaire. Vous savez ce qui vous attend. L'heure est venue de rendre ce qui ne vous appartient pas.

— C'est complètement absurde. Pourquoi ne pas nous dire clairement ce qu'est ce bien mystérieux que nous sommes censées avoir et sur lequel nous n'aurions aucun droit ? protesta Kitty en secouant la tête. Et même si j'étais au courant, comment serions-nous en mesure de le rendre ?

— Kitty, êtes-vous certaine que votre mère n'a rien laissé derrière elle ?

— Rien, à part un sac de vêtements et moi, répondit-elle d'une voix où elle savait que perçait une note de fausse gaieté.

Matt se frotta le menton.

— Un objet qu'un client aurait pu oublier et ne jamais réclamer, peut-être ? Est-ce que quelque chose vous vient en tête ?

Kitty rit.

— Des fausses dents, des cannes, des parapluies, et même des clubs de golf, une fois, mais rien qui ait de la valeur. Pas de pierres précieuses ni de lingots d'or.

— En tout cas, ce qui est sûr, c'est que quelqu'un pense que vous avez quelque chose qui lui appartient. Mais vous avez raison, je ne vois pas bien comment vous seriez censée le lui retourner.

— Toute cette histoire est complètement folle. Comment devrais-je rendre quelque chose que je n'ai pas, sans savoir ce que c'est, à des individus que je n'ai aucun moyen de contacter et qui sont de toute évidence dangereux ?

Elle avait l'impression de se retrouver piégée dans un roman d'épouvante. Elle fit légèrement rouler sa tête d'un côté et de l'autre pour détendre les nœuds à la base de son crâne.

— À en juger par cette dernière lettre, je dirais que nous allons bientôt entendre davantage parler d'eux.

Matt attrapa un sac en papier marron vide dans le tiroir du bureau et fit tomber la lettre dedans à l'aide du coupe-papier.

— Je l'apporte au commissariat. Si quelque chose vous vient en tête, ou si vous entendez dire quoi que ce soit qui pourrait éclairer ce mystère, même un tout petit peu, faites-m'en part.

⁂

Laissant Kitty à un dîner tardif, Matt, équipé de la dernière lettre, traversa la ville en direction du poste de police. La nuit était à présent tombée, et l'air était froid, avec la proximité du fleuve. Il frissonna et plongea les mains dans les poches de son pardessus. Dans le quartier connu comme le « Boat Float », une petite marina côtière près du centre-ville séparée du fleuve par un pont routier, les rues étaient calmes, et il ne croisa que quelques riverains qui promenaient leur chien.

Son trajet le fit passer devant le dock du ferry nord, et il se demanda pourquoi M. Smith avait indiqué à quelqu'un de s'y rendre. Au niveau du terrain de golf fermé et du kiosque aux bandes jaunes qui vantait les excursions en autocar de M. Farjeon à Dartmoor, un picotement familier entre ses omoplates l'alerta : il n'était plus seul, il le sentait.

Les années d'entraînement de Matt lui avaient appris à ne pas laisser transparaître qu'il avait conscience d'être suivi depuis les ombres, aussi garda-t-il la même allure dans le lent virage en direction du commissariat; mais il tendit l'oreille, attentif à tous les indices qu'il pourrait glaner, sur le qui-vive et prêt à faire face à une menace potentielle.

Il s'arrêta devant un magasin et, feignant d'en étudier la vitrine, essaya de voir qui pouvait bien se trouver derrière lui dans le reflet du verre. Il fit mine de s'intéresser aux objets luxueux devant lui et écouta. Il crut entrapercevoir une silhouette s'esquivant promptement hors de sa vue, mais celle-ci était trop lointaine; il ne discerna que vaguement un manteau sombre et une touche de couleur rouge.

Il était presque arrivé au poste quand il sentit qu'il n'était plus suivi. De toute évidence, quiconque l'avait pris en filature n'avait aucune envie de trop s'approcher de la police.

Le sergent installé au bureau se souvint d'avoir vu Matt lors de sa précédente visite et le salua, affable, avant de récupérer le sac en papier contenant la lettre.

— Votre M. Smith s'est révélé très intéressant, capitaine Bryant. Cet homme est recherché par la police dans quatre pays.

— Vraiment? A-t-on trouvé un lien avec la victime du meurtre? demanda Matt en s'adossant au comptoir tandis que le policier terminait la partie administrative.

— Il refuse de parler pour le moment, mais nous pensons qu'ils travaillaient dans le même secteur. Il est en détention provisoire jusqu'à ce que les grosses pointures de Londres arrivent ici pour l'interroger. Il semblerait que son véritable nom soit Gerald DeVries ; c'est comme qui dirait un spécialiste de son domaine.

Matt signa les formulaires attestant qu'on lui avait fourni un reçu pour la lettre.

— Et quel est le domaine de M. DeVries ?

— La joaillerie, répondit le sergent en reprenant le stylo et en fermant le fichier. Il découpe des pierres précieuses. Des diamants, surtout.

CHAPITRE 9

Mme Treadwell ne téléphona pas, et Matt n'eut pas de réponse quand il tenta de la contacter au numéro qu'elle lui avait donné. Mme Craven restait résolument inconsciente au pavillon hospitalier – au moins, son état restait stable –, et il ne reçut pas d'informations supplémentaires de la part de la police.

Il fit également chou blanc au ferry nord. Personne n'avait rien vu ni rien entendu, personne ne se souvenait d'un individu correspondant à la description de M. Smith, et personne ne s'était fait questionner au sujet de biens que quelqu'un aurait cherché à récupérer. Il donna rendez-vous à Kitty dans la suite de sa grand-mère pour le déjeuner afin de pouvoir la mettre au courant.

— C'est vraiment frustrant. Qu'allons-nous faire ? demanda Kitty, les bras croisés, debout à la fenêtre.

— La seule chose que nous puissions : attendre. L'auteur des lettres finira par vous recontacter tôt ou tard. À mon avis, il nous observe sans doute déjà.

Il raconta à Kitty qu'il avait été suivi la nuit précédente.

— Qu'est-ce que c'est sinistre, dit-elle en se frictionnant le haut des bras, comme pour chasser physiquement une contamination. Faut-il en parler à la police? Et si l'un d'entre nous se faisait attaquer?

Matt déglutit en voyant la panique s'emparer des traits délicats de Kitty. Autrefois, avant Edith, il l'aurait immédiatement rassurée. Il aurait plaisanté, il lui aurait promis qu'elle serait en sécurité si elle restait à ses côtés.

— Nous devrons être prudents, tout simplement. Ne quittez pas l'hôtel sans me le dire. Faites-vous accompagner par un proche de confiance chaque fois que vous sortez.

Elle s'éloigna de la fenêtre pour venir s'asseoir à côté de lui sur le sofa.

— C'est tout? Nous ne faisons rien de plus?

— Nous attendons, répondit-il, incapable de croiser son regard. Si nous continuons de nous comporter exactement comme d'habitude, nous finirons par avoir de ses nouvelles. C'est ainsi que fonctionnent les maîtres-chanteurs et les scélérats.

Il ne le savait que trop bien.

— Vous semblez avoir une grande expérience de ce genre de choses, fit remarquer Kitty en frissonnant.

⁂

Le temps d'un instant, elle crut qu'il n'allait pas lui répondre. Une ombre obscurcit son visage, et elle le sentit à un million de kilomètres du Dolphin Hotel.

— Matthew? l'appela-t-elle en attrapant son bras.

À son contact, il referma le poing et les muscles de son avant-bras se crispèrent. Prise par surprise, elle retira vivement sa main.

— Je suis désolé, Kitty, je crois que je suis un peu tendu, après hier soir.

— Nous sommes deux, dans ce cas.

Elle avait fait en sorte de garder un ton léger, mais, irrationnellement, elle était blessée par sa réaction. Elle comptait tenter d'en apprendre plus sur les antécédents de Matt dès que sa grand-mère l'appellerait. Il y avait tant d'incohérences chez lui, et au vu du tour sinistre qu'avaient pris les récents événements, elle devait savoir si elle pouvait véritablement se fier à lui. Pour ce qu'elle en savait, il se pouvait bien que ce fût lui qui avait appelé le mystérieux intrus sur le téléphone de sa grand-mère.

Une fois Matt parti, Kitty s'empara du dossier sur la disparition de sa mère qu'il avait étudié si minutieusement la veille au soir. Elle sentit la douleur familière s'éveiller dans sa poitrine en observant l'enveloppe ternie. Cela faisait des années qu'elle n'avait pas consulté le dossier. Elle ne l'avait vraiment étudié de façon assidue qu'une seule fois, à ses dix-huit ans, peu avant de faire ses débuts officiels dans la société de Dartmouth.

Elle vida le contenu de l'enveloppe là où Matt s'était tenu assis quelques minutes auparavant. Sur le dessus de la pile, le visage de sa mère lui rendait son regard. La photographie en noir et blanc s'était décolorée avec le passage des années ; Elowed était raide et solennelle dans une robe à la mode du moment, avec les jupes plus longues et les chapeaux plus tarabiscotés qui étaient de rigueur de ce temps-là.

La photo avait dû être prise peu avant sa disparition, car elle portait un bracelet fait de perles en papier mâché que Kitty lui avait offert pour la fête des Mères quelques semaines auparavant. L'arrière-plan lui rappelait quelque chose, et elle supposa que l'instant avait dû être capturé dans la région de Dartmouth.

— Que s'est-il passé, mère ? Où es-tu partie ?

Un coup de vent soudain secoua le châssis de la fenêtre, et un frisson parcourut l'échine de Kitty.

Elle était tellement jeune à l'époque qu'elle n'avait pas beaucoup de souvenirs d'elle. Des bribes de mélodies qu'elle avait dû lui chanter, l'odeur d'un parfum spécifique qu'elle avait toujours porté, et des fragments pêle-mêle de scènes disjointes, c'était tout ce qui lui restait.

Elle savait qu'elles avaient vécu à Londres avant le retour de sa mère au Dolphin, et, quelque part au fond de son esprit, il lui semblait s'être retrouvée à bord d'un bateau. Kitty soupira en lisant la maigre compilation de faits et de dépositions de témoins qu'avaient rassemblée les différents détectives.

Elle s'était souvent demandé si sa ressemblance physique avec sa mère n'était pas une des raisons de l'antipathie de Mme Craven à son égard. Elles avaient les mêmes cheveux blond foncé et les mêmes yeux bleu-gris. C'était tout ce qu'elles partageaient, cependant. Elowed avait été un esprit libre là où Kitty était prudente et réservée. Elowed avait méprisé les conventions là où Kitty obéissait et suivait les règles.

Elle savait également que Mme Craven soupçonnait Elowed de n'avoir jamais épousé le père de Kitty, quoique le dossier contînt la confirmation, émise par le bureau d'état civil de la Somerset House, de son mariage à Londres avec Edgar Underhay, gentleman.

Peut-être aurait-elle été différente, si sa mère n'avait pas disparu de sa vie. Peut-être Elowed elle-même aurait-elle changé, fini par cesser ses escapades et s'installer définitivement au Dolphin. Kitty continua d'observer la photographie. Sa mère avait-elle eu entre ses mains les réponses aux mystères qui entouraient tous les étranges événements de ces derniers temps ?

Elle parcourut les liasses de papier. Le compte bancaire d'Elowed était resté inaltéré, et son passeport n'avait pas quitté sa chambre ce jour-là. Elle n'avait pas préparé de bagages ni emporté le moindre de ses vêtements. Elles ne l'avaient découvert que plus tard. Il semblait qu'un beau jour de printemps, Elowed était sortie de l'hôtel en laissant Kitty avec sa grand-mère pour disparaître tout simplement de la surface de la Terre.

On avait interrogé tous les amis d'Elowed – ceux qui s'étaient manifestés, du moins –, imprimé son portrait dans la presse, et même acheté du temps d'antenne à la radio ; rien. La grand-mère de Kitty avait engagé trois enquêteurs différents, qui avaient tous échoué. Pendant un certain temps, chaque corps de femme non identifié repêché dans le fleuve avait allumé en elles une étincelle d'espoir et de peur tout à la fois.

La police l'avait enregistrée dans la liste des personnes disparues, mais c'était à peu près tout ce qu'elle avait fait. C'était la guerre, la main-d'œuvre se faisait rare, et son dossier avait été considéré comme non prioritaire. Avec ses tendances à prendre le large dès que l'envie lui en prenait, on avait eu des réticences à prendre le signalement au sérieux. Ce n'était que plus tard, quand Elowed n'avait pas refait surface, que la mobilisation s'était accrue.

Quant à son père, s'il n'y avait pas eu la preuve du mariage, Kitty aurait eu du mal à croire à son existence. Elle n'avait pas de photographies, pas de souvenirs, pas de correspondance. Peut-être le mariage avait-il été malheureux, poussant sa mère à tout détruire. Sa grand-mère s'était toujours montrée avare de paroles quand Kitty lui posait des questions sur lui. Elle savait qu'il n'avait pas été appelé sous les drapeaux pendant la guerre mais ignorait pourquoi. Il restait une silhouette floue dans la périphérie de son existence. Elle se demandait s'il était en vie, et, le cas échéant, s'il lui arrivait de penser à elle.

Kitty remit les documents dans l'enveloppe mais garda la photographie de sa mère sur le dessus du bureau. Elle devrait vraiment l'encadrer et la suspendre dans sa chambre, avec l'autre. Elle s'assit à la fenêtre et contempla le paysage en dessous. Malgré la bruine qui tombait cet après-midi-là, la vie du fleuve suivait son cours, comme elle le faisait depuis des siècles. Les bateaux de plaisance avaient remplacé une bonne partie des navires commerciaux qui jadis remontaient la rivière pour décharger leurs marchandises. Ferry sud comme ferry nord tournaient à plein régime ; chacun à une extrémité de la ville, ils transportaient voitures, petits utilitaires, chevaux, calèches et piétons. Les ferries étaient guidés par d'énormes chaînes qui leur permettaient de maintenir leur cap malgré les assauts du courant. Un panache de vapeur du côté de la gare de Kingswear, sur la rive opposée, signalait le départ imminent d'un train sur le point d'emmener les vacanciers faire le tour du comté.

Elle appuya la tête contre la vitre. Elle avait observé mille fois cette scène. Sa grand-mère disait toujours qu'Elowed était du genre agitée, incapable de rester en place ; Kitty soupira en se rappelant toutes ces fois où elle s'était elle aussi sentie à l'étroit dans cette petite ville, avec le poids des obligations qu'elle portait sur ses épaules. Il était bien lourd en cet instant.

Le téléphone se mit à sonner à côté d'elle, interrompant le fil de ses pensées.

— Kitty ?

Son cœur rata un battement quand elle entendit la voix de sa grand-mère.

— Mamie, comment vas-tu ? Comment va tante Livvy ?

— Bien, toutes les deux. Livvy dort et moi pas, alors je me suis dit que j'allais t'appeler, vérifier que tu t'en sors.

— Mamie, il se passe tellement de choses ici.

Kitty lui raconta tout ce qui s'était passé, y compris ce qui était arrivé à Mme Craven.

— Je savais que tu me cachais quelque chose quand je t'ai téléphoné pour te prévenir de mon arrivée. Matthew a aussi essayé de me contacter un certain nombre de fois, d'après la pile de messages que l'employée de maison a laissée pour moi à côté du téléphone. Je présume que c'était à ce sujet qu'il a appelé ?

— Probablement. Il voulait en savoir plus sur ma mère et le jour où elle a disparu.

Kitty lutta pour empêcher sa voix de trembler ; elle ne voulait surtout pas que sa grand-mère pût soupçonner combien tout cela la déstabilisait.

— Hmm, alors il semble qu'il pense ces étranges affaires liées à Elowed, finalement. Je me demande ce qui l'a fait changer d'avis. Je l'appellerai demain ; il se fait tard, et je dois t'avouer que, moi-même, je suis fatiguée et j'ai besoin de me reposer, dit sa grand-mère d'une voix songeuse.

— Mamie, que sais-tu exactement de Matthew ? Je peux me reposer sur lui, n'est-ce pas ?

Il y eut un minuscule silence avant que vînt la réponse de sa grand-mère.

— Matthew est le fils d'un vieil ami à moi, le général Bryant, et de sa femme, Patience. Il est parfaitement fiable, même s'il a beaucoup souffert. Son bilan militaire est excellent et il a un bon réseau de relations. Il a été blessé deux fois au cours de la guerre et a vécu une terrible tragédie personnelle. Il est resté dans l'armée quelque temps après la fin des combats, puis est parti travailler au gouvernement. Je l'ai engagé pour m'assurer que tu aurais quelqu'un pour te soutenir en mon absence.

Sa voix était chargée d'un accent réprobateur.

— Est-ce qu'il lui est arrivé quelque chose pendant la guerre ?

— Il a perdu quelqu'un de très important pour lui, dit sa grand-mère, hésitante.

Kitty devina qu'elle se demandait ce qu'elle pouvait lui révéler.

— Il a mentionné une certaine Edith.

— Je ne crois pas que ce soit à moi de te parler d'Edith. C'était un terrible drame. Je suis certaine que Matthew t'en fera part, s'il le souhaite.

Kitty savait quand arrêter d'insister.

— Je suis désolée, mamie. Je t'aime, transmets mes affections à tante Livvy demain et va dormir maintenant.

Le téléphone sonna à nouveau à l'instant où elle eut replacé le combiné.

— L'hôpital vient de me donner le tuyau, lança Matt d'une voix où l'enthousiasme était revenu. Mme Craven a repris connaissance.

— Comment va-t-elle ? A-t-elle dit ce qui lui était arrivé ? Quand pourra-t-elle recevoir des visiteurs ?

Les questions jaillissaient d'entre ses lèvres ; enfin, il semblait qu'elles allaient recevoir des réponses.

— On se calme, Kitty, la police est avec elle pour l'instant.

— Oh.

Son immense soupir de frustration dut résonner à travers le téléphone.

— Mon contact nous donnera toutes les informations qu'elle pourra, et peut-être que nous verrons Mme Craven dans la soirée, en fonction de son état et de ce qu'autorisent la police et l'intendante de l'hôpital.

Une minuscule aiguille de jalousie se logea entre ses côtes.

— Qui est votre contact ?

Son cerveau lui passait des images de Matt en train de badiner avec une jolie petite infirmière.

— Un bon détective ne révèle jamais ses sources, rétorqua Matt avec un faux accent américain dans lequel perçait une note d'amusement.

Kitty était contente qu'il ne fût pas là pour voir le rougissement qui lui avait chauffé les joues. Qu'est-ce que la méthode utilisée par Matt pour trouver ses informations ou leur origine pouvaient bien lui faire ?

— Au fait, j'étais au téléphone avec mamie à l'instant. Elle a dit qu'elle vous appellerait demain.

Il marmonna quelque chose d'inintelligible dans son oreille.

— Je lui ai raconté tout ce qui s'est passé. Je crois que s'occuper de tante Livvy la fatigue beaucoup.

Elle n'aimait pas éprouver cette sensation d'être exclue. Elle ne savait même pas exactement ce qui lui mettait la puce à l'oreille, mais il se passait quelque chose, elle le savait.

— Tant pis, c'est comme ça. J'espère pouvoir lui parler bientôt. Soyez prête pour 19 heures, et nous verrons ce que Mme Craven peut nous apprendre.

Kitty raccrocha à nouveau, attrapa le dossier et s'apprêta à le remettre sous clé. Les coups frappés à la porte la firent sursauter.

— Entrez.

Elle devait arrêter de sauter au plafond pour tout et n'importe quoi.

— Je vous ai apporté une tasse de café, dit Cora en entrebâillant la porte et en passant la tête par l'ouverture. Je me suis dit que vous auriez peut-être envie de boire quelque chose. La réception a dit que vous seriez là.

La femme d'âge mûr entra dans la pièce avec un petit plateau circulaire où trônaient une tasse en porcelaine délicate avec sa sous-tasse et une assiette de biscuits.

— Merci, Cora, dit Kitty en poussant les papiers sur un côté pour permettre à l'employée de poser le tout sur la table.

— Voilà qui semble vieux, mademoiselle, observa Cora en voyant le cliché de la mère de Kitty sur le dessus du bureau.

— Ça l'est ; c'est ma mère, quand j'étais jeune.

Kitty dévisagea l'image.

— Oui, bien sûr… Je n'en suis pas certaine, mais je crois que cette photographie a été prise à Cullever Steps, répondit Cora, les yeux plissés.

— Où ?

Cora plongea dans la poche de son tablier et en sortit une petite paire de lunettes à monture noire. Elle les plaça sur son nez et étudia à nouveau la photographie.

— Oui, je crois bien que c'est Cullever Steps, juste en dessous de Scarey Tor, dans le Dartmoor. M. Farjeon emmène les touristes là-bas avec son autocar.

— Fichtre, à quoi voyez-vous ça ?

Pour Kitty, le cliché aurait pu être pris de n'importe où. Elle avait deviné qu'il s'agissait sans doute du Dartmoor, mais elle n'aurait pas pu identifier l'endroit avec une telle précision.

— Les pierres en forme de marches d'escalier à l'arrière-plan. Il y a aussi un bassin, regardez.

Cora lui rendit la photographie avant d'enlever ses lunettes et de les remettre dans la poche de son tablier.

— C'est un lieu de rendez-vous charmant, les amoureux aiment beaucoup. Il y avait souvent du monde là-bas, avant la guerre.

Kitty cligna des yeux et se mordilla la lèvre inférieure en essayant de se rappeler si sa grand-mère ou quelqu'un d'autre avait jamais évoqué Cullever Steps auparavant.

— D'accord, merci, Cora. Mais je devais déjà être là quand elle a été prise. Elle porte un bracelet que je lui avais fait.

— Je ne sais pas comment elle aurait fait pour s'y rendre, alors, à moins qu'on ne l'ait emmenée en calèche ou quelque chose comme ça. Je me souviens qu'une grande partie de la lande était fermée et réservée à des activités militaires, mais je peux me tromper. C'est une belle photographie. Votre mère semble heureuse dessus, vous ne trouvez pas ?

Kitty jeta un dernier coup d'œil au cliché avant de le ranger à l'intérieur du dossier. Quelque chose dans l'expression qu'avait prise le visage de Cora quand elle l'avait étudié lui donnait envie de le soustraire aux regards inquisiteurs.

— Oui, j'imagine.

Cora coinça son plateau sous son bras, lui adressa un regard compatissant et quitta la pièce. Lorsqu'elle ferma la porte, Kitty poussa un soupir et s'enfonça à nouveau dans les coussins du sofa. Cora lui avait peut-être offert la réponse à une question, mais elle en avait désormais beaucoup plus. Que faisait sa mère ce jour-là à Cullever Steps ? Comment y était-elle arrivée ? Qui avait-elle retrouvé ? Et qui se trouvait derrière l'objectif ?

CHAPITRE 10

Matt jeta un coup d'œil à sa montre. 19 h 10; Kitty était en retard. Il était sur le point d'appeler sa chambre quand elle arriva dans le hall, le souffle court.

— Je suis désolée, il y a eu une crise en cuisine, et j'ai dû m'occuper de questions d'organisation pour le début de la soirée jazz demain. Mlle Delaware a un côté diva, mais c'est une célébrité et nous avons beaucoup de chance d'avoir pu obtenir sa présence parmi nous.

Elle enfila rapidement son manteau bleu foncé et se dirigea vers l'arrière du guichet pour s'emparer de son parapluie.

— M. Potter nous amène là-bas avec son taxi. Il attend. Ce n'est pas très loin, mais il fait un temps beaucoup trop affreux pour marcher jusque-là.

Il lui ouvrit la porte et la suivit sous la pluie. Ils se dépêchèrent de franchir les quelques pas qui séparaient l'avant de l'hôtel du taxi – en silence, les bourrasques rendant toute conversation impossible.

Matt se glissa dans le siège arrière du taxi, à côté de Kitty, et ils commencèrent leur court trajet à travers la ville. Elle glissa sur le capitonnage en cuir lorsque la voiture tourna un peu violemment à un angle de la rue étroite ; sa jambe effleura la sienne, et il remarqua qu'elle s'éloignait légèrement de lui, qu'elle mettait un peu d'espace entre eux.

— Vous pensez que nous pourrons la voir ? demanda Kitty, brisant le silence.

— En théorie, oui. Elle se sent mieux, apparemment, et l'intendante nous a accordé une dispense spéciale. Bien sûr, il est possible que la principale intéressée ne veuille pas nous recevoir.

La pluie printanière tambourinait fort sur le toit de métal de la voiture, à présent, et les vitres commençaient à s'embuer, avec les gouttes de pluie qui séchaient sur leurs vêtements. Matt essuya la sueur qui s'accumulait dans ses paumes contre la rugosité rassurante de son pantalon en twill. Le bourdonnement familier avait commencé à retentir dans ses oreilles, et il savait qu'il ne pourrait le supporter bien longtemps. Il fit tourner la manivelle à côté de lui pour entrouvrir la vitre et inspira l'air froid et humide qui pénétra dans la voiture.

— Matthew ?

Il n'avait qu'une conscience vague des mains de Kitty qui s'emparaient de la sienne. Il ferma fort les yeux et se concentra sur sa respiration, comme il l'avait lu dans une brochure médicale. La fraîcheur de la pluie sur son visage lui faisait du bien, et il avalait des grandes goulées d'air en essayant de repousser les souvenirs du passé qui menaçaient de se refermer sur lui et de le submerger.

Enfin, le rugissement dans ses oreilles commença à se calmer, et il ouvrit les yeux pour découvrir Kitty qui le dévisageait, pâle d'anxiété.

— Hé, vous n'allez pas vomir dans mon taxi, hein ? demanda le chauffeur en croisant son regard dans le rétroviseur.

Il secoua la tête.

— Matt ?

Kitty avait des larmes qui lui perlaient aux coins des yeux, et il se rendit compte qu'il avait refermé sa main sur ses doigts et les serrait comme un étau.

— Je vais bien, croassa-t-il en la relâchant, conscient du regard scrutateur du conducteur sur lui. Je suis un peu claustrophobe, vous vous souvenez ?

Kitty tendait et détendait les doigts, sans doute pour réactiver sa circulation sanguine.

— Je vous dépose là.

Le taxi s'arrêta brusquement devant leur destination.

— Merci, mon ami, vous nous avez bien aidés, dit Matt en le payant pour le court trajet.

L'hôpital pavillonnaire était un bâtiment de brique rouge situé juste sur la berge. La réceptionniste installée au guichet principal leur indiqua la direction de l'aile privée. Mme Craven logeait dans une petite chambre silencieuse. L'air sentait le savon et le vieux chou.

— J'espère qu'elle pourra nous dire ce qui s'est passé, souffla Kitty.

— Moi aussi.

L'odeur de l'air et l'environnement clinique irritaient la peau de Matt, et il voulait en finir rapidement pour repartir aussi vite que possible.

En s'approchant du lit, ils trouvèrent la vieille femme relevée sur une pile d'oreillers, les yeux fermés. Sa peau, presque aussi blanche que sa literie, avait une texture de papier.

Une infirmière farouche en uniforme sombre toqua sèchement à la porte pour attirer leur attention.

— Dix minutes, elle se fatigue vite.

Les cheveux de Mme Craven étaient presque entièrement enveloppés de crêpe; seules quelques boucles grises dépassaient des bandages. Matt s'approcha du lit, Kitty à côté de lui. La lourde porte se referma bruyamment lorsque l'infirmière la laissa retomber, et les yeux de Mme Craven s'ouvrirent en papillonnant.

— Vous pouvez venir plus près, je ne suis pas contagieuse, lança-t-elle, la voix rauque.

Matt offrit une chaise à Kitty avant d'en prendre une pour lui-même.

— Comment vous sentez-vous? demanda Kitty.

Mme Craven agita dans l'air une main osseuse.

— Je suis en vie, et à mon âge, c'est déjà beaucoup.

— C'était un coup de chance que je vous aie trouvée aussi vite, sans quoi vous auriez bien pu ne plus l'être, fit remarquer Matt.

La vieille dame le regarda fixement.

— Nous avions rendez-vous, jeune homme, ça n'avait rien à voir avec de la chance.

— Madame Craven, que s'est-il passé? demanda Kitty en se penchant en avant.

Un léger froncement de sourcils plissa le front de Mme Craven.

— Je suis allée dans le jardin derrière la maison pour retirer quelques mauvaises herbes que mon jardinier avait manquées. Je n'étais pas dehors depuis très longtemps quand j'ai entendu du bruit près de la maison. Au début, j'ai cru que c'était peut-être le vent qui avait claqué la porte arrière, mais il n'y avait pas de vent.

Elle marqua une pause dans son récit, l'air d'essayer de se rappeler ce qui s'était passé. Elle indiqua à Kitty de lui tendre un verre d'eau posé sur la table de chevet, et le lui rendit après avoir bu quelques gorgées.

— Je n'ai rien vu, alors j'ai continué d'arracher la pesse d'eau. Je savais que l'heure tournait et je voulais terminer avant l'arrivée du capitaine Bryant. C'était le jour de congé de Gladys, alors il fallait que je retourne dans la maison pour entendre la porte.

Sa main s'avança vers Matt.

— Je ne sais pas exactement ce qui m'a poussée à relever la tête à nouveau. Le bruit avait dû me mettre sur mes gardes.

Matt s'impatientait ; la vieille femme voudrait-elle bien se dépêcher de cracher le morceau ?

— Et donc, que s'est-il passé ensuite ? la pressa-t-il.

Kitty lui lança un regard réprobateur et lui donna un coup de pied du bout de sa chaussure.

— La porte s'était rouverte. Pas beaucoup, elle était à peine entrebâillée, mais c'était assez pour que je m'en rende compte. J'étais toujours sur mon agenouilloir, alors je me suis levée pour aller voir ce qui se passait. Je me suis dit que c'était peut-être le chat des voisins. Un vrai monstre roux, il tue les oiseaux.

Elle s'interrompit à nouveau, et Matt remarqua la pâleur de son visage et la crispation soudaine de ses doigts maigres ornés de bagues sur les draps d'hôpital blancs.

— Enfin, voilà, j'ai cru au départ qu'il pouvait s'agir du chat des voisins, mais ensuite, je me suis rendu compte que quelqu'un se tenait juste à côté de moi.

— Avez-vous réussi à bien le voir ? l'interrompit Matt.

— J'ai vu un pantalon sombre et une veste d'homme.

La voix de Mme Craven faiblit encore une fois, et Kitty lui proposa à nouveau le verre d'eau. La vieille femme en but une gorgée avant de le lui rendre.

— J'avais le soleil dans les yeux, et elle essayait de déguiser sa voix. Vous savez, pour lui donner une tonalité bourrue et masculine.

— Elle ? répétèrent Matt et Kitty à l'unisson.

Mme Craven ferma les yeux.

— C'était une femme. Enfin, je crois ; il ou elle avait un ricanement étrange.

Matt voyait bien qu'elle fatiguait.

— Jeune ou vieille ? demanda-t-il, une urgence dans la voix.

— L'âge d'Elowed.

Kitty regarda Matt avec des yeux ronds.

— Qu'a-t-elle dit ?

— Il vaut mieux que nous partions, répondit Matt en secouant la tête, je crois que nous l'avons épuisée.

Il se leva, et Kitty l'imita avant de remettre sa chaise en place. Il jeta un dernier regard en arrière en direction de la petite silhouette flétrie sur le lit, qui dormait paisiblement à présent. Ils étaient venus ici ce soir en espérant trouver des réponses mais repartaient avec toujours plus de questions.

Ils se préparèrent à quitter le service hospitalier, et Kitty se tourna vers lui, les sourcils froncés.

— Une femme ? Je ne comprends pas. Et comment ça, « l'âge d'Elowed » ?

Matt secoua la tête ; il n'arrivait pas à réfléchir entre les murs étroits et aseptisés.

— Je ne sais pas.

Ils marchèrent côte à côte vers l'entrée principale.

— La pluie s'est un peu calmée, dit Kitty en déployant son parapluie.

Matt devait quitter l'hôpital et se tenir loin du Dolphin Hotel.

— Allons boire un verre quelque part.

Kitty hésita un instant, puis positionna son parapluie de sorte qu'ils fussent tous deux protégés.

— Très bien.

Ils se mirent en route ; pendant les quelques minutes à peine qu'ils avaient passées dans le petit service hospitalier, la circulation s'était presque entièrement interrompue et la tempête s'était atténuée. À côté de Kitty, Matt remonta le col de son pardessus et plongea ses mains au fond de ses poches, reconnaissant de la légère protection qu'elle leur apportait contre les éléments.

Heureusement, le débit de boisson convenable le plus proche n'était qu'à quelques minutes de là.

— Asseyez-vous, je ramène les verres. Qu'est-ce que vous voudrez ? demanda Matt.

— Un gin, s'il vous plaît.

Elle referma son parapluie et se dirigea vers une table discrète dans un coin tandis que Matt allait au bar passer commande. Heureusement, la soirée commençant à peine et le temps affreux ayant manifestement découragé les habitants de sortir de chez eux, le pub était calme. Sa grand-mère n'aurait pas approuvé qu'on la vît en ville avec un jeune homme dans un débit de boisson, tout respectable que fût l'endroit.

Matt leur apporta leurs verres et s'assit à côté d'elle.

— Merci, je crois que j'en ai vraiment besoin, là, tout de suite, dit-elle en avalant une grande gorgée.

Matt leva sa pinte et en descendit une bonne lampée.

— Je vous comprends.

— Et donc, que se passe-t-il, maintenant ? Ce témoignage était extrêmement troublant ! Je pensais que parler à Mme Craven nous apporterait des réponses, et je me sens plus confuse que jamais. Un homme ou une femme…

Kitty laissa sa phrase en suspens et secoua la tête comme pour s'éclaircir l'esprit.

— Pourquoi a-t-elle mentionné votre mère ? Y a-t-il quelque chose chez son attaquant qui lui a rappelé Elowed, ou est-ce simplement que vous étiez dans la pièce avec elle et qu'elle fatiguait ? demanda Matt en buvant à nouveau.

— Je ne sais pas. Je me suis demandé si elle voulait dire l'âge qu'avait ma mère à l'époque, soit le mien aujourd'hui, ou l'âge qu'elle aurait maintenant si elle était encore en vie. Peut-être que, comme vous l'avez supposé, elle était tout simplement trop fatiguée ou perdue pour vous répondre correctement.

— Ou peut-être que son agresseur lui a évoqué Elowed, dit Matt en reposant son verre à pinte sur la table.

— Vous ai-je dit que Cora a identifié l'endroit où a été prise la photographie de ma mère ? La vieille, celle que nous avons trouvée dans le dossier ? demanda Kitty en triturant le coin de son sous-verre en carton.

— Qui est Cora ?

Là encore, c'était une surprise ; il découvrait à l'instant que Kitty s'était confiée à un membre du personnel.

— Elle travaille à l'hôtel ; elle m'a monté une tasse de café pendant que j'étais en train de ranger le dossier, et elle a vu le cliché. Vous l'avez rencontrée le jour de votre arrivée, c'est elle qui vous a amené à ma grand-mère.

Elle replia très légèrement l'extrémité du sous-verre.

— Et donc, où était-ce, selon elle ?

Après tout ce temps, il n'était pas certain que connaître l'endroit que la mère de Kitty avait visité eût le moindre intérêt, mais le mystère s'épaississant, tout indice était bon à prendre.

— Cullever Steps, dans le Dartmoor, près de Scarey Tor.

— Elle en était sûre ?

Ce nom lui était vaguement familier ; il lui était apparu au fil de ses nombreux parcours d'entraînement à l'artillerie, du temps de l'armée.

Kitty hocha la tête et porta à nouveau son verre à vin à ses lèvres.

— Elle a dit que c'était un lieu prisé pour les amoureux qui se font la cour. M. Farjeon propose des excursions en autocar pour Cullever Steps depuis des années.

— M. Farjeon, celui qui a le kiosque vert et jaune à côté du ferry ?

— Oui, celui-là même. Vous avez dû le croiser en ville. Un petit homme avec une veste jaune et vert coiffé d'un canotier. C'est lui qui a trouvé le corps dans le fleuve.

— Hmm, intéressant. Quel âge a Cora ? J'imagine qu'elle est du coin ?

— Oui, je crois qu'elle a vécu ici toute sa vie. Mamie l'a prise sous son aile il y a des années, alors qu'elle avait des difficultés à trouver du travail. Son fils Colin était un peu difficile, apparemment, et il a été envoyé loin d'ici. Je ne sais pas ce qu'il est arrivé à son mari. Cela fait longtemps qu'elle est au Dolphin, à présent.

— Connaissait-elle votre mère ?

Sa question sembla surprendre Kitty ; il pouvait la voir réfléchir, les yeux écarquillés.

— Elle l'a forcément fréquentée, mais elle ne me parle jamais d'elle comme si elle la connaissait. Peut-être que mamie lui a dit d'éviter cela quand j'étais petite pour ne pas me faire de peine et qu'elle a continué.

— Est-elle à peu près dans la même tranche d'âge que votre mère ?

— Si ma mère était toujours en vie, vous voulez dire ?

Matt hocha la tête.

— Je n'y avais jamais pensé, dit Kitty en fronçant les sourcils. Je pourrais lui demander, j'imagine. Mais je me dis qu'elle en aurait parlé plus tôt. Je connais quelques personnes qui ont connu ma mère jeune, mais ce sont des amies de mamie, pour la plupart.

— Comme Mme Craven ?

— Oui.

— Pourtant, votre mère a grandi ici. Elle a bien dû avoir des amis de son âge, des personnes avec qui elle passait du temps ?

Kitty avala une grande gorgée de gin et secoua la tête.

— Ce n'était pas exactement quelqu'un de conventionnel, et mamie désapprouvait ses fréquentations, alors elle l'a envoyée à une école en dehors de Dartmouth. J'ignore si mamie savait réellement qui étaient ses amis. Ma mère était très bohème.

Son expression se fit triste.

— Elle n'avait pas un carnet de contacts quelque part, ou quoi que ce soit qui nous permettrait de remonter jusqu'à quelqu'un ?

— Tous les enquêteurs nous ont posé la question. Non, rien de tel. Ils n'ont même pas pu identifier un endroit où mon père était susceptible de se trouver. Je crois que mamie a dit un jour qu'elle le pensait en Amérique, mais je pourrais me tromper. Cet homme est un mystère au même titre que ma mère.

— Pensez-vous parfois à lui ? demanda Matt d'une voix plus douce – il voyait bien la peine dans son regard.

Kitty descendit la fin de son verre.

— Plus maintenant. Avant, quand j'étais jeune, oui, mais je n'ai pas le moindre souvenir de lui. Il a eu de nombreuses occasions de se manifester quand il y a eu toute la publicité autour de la disparition de ma mère. S'il le fait maintenant, ce sera vingt-trois ans trop tard.

CHAPITRE 11

— Excusez-moi, mademoiselle Underhay, dit le barman en se penchant par-dessus le comptoir, on dirait que vous feriez mieux de rentrer au Dolphin.

Un mauvais pressentiment lui serra le cœur.

— Que se passe-t-il ?

— Des sirènes. Le type qui vient d'arriver dans l'autre salle dit qu'il y a de la fumée qui monte de l'hôtel et du monde sur la berge.

Kitty avait sauté de son siège avant que l'employé eût fini sa phrase. Matt lui tendit son manteau. Elle courut aussi vite que possible le long du rivage humide, son cœur tambourinant contre la paroi de sa poitrine. L'odeur acide de la fumée se fit plus forte à mesure qu'elle se rapprochait de l'hôtel, et les hurlements sinistres des sirènes d'incendie se réverbéraient le long des rues lugubres trempées par la pluie.

Le camion de pompiers bloquait le passage devant l'hôtel. Une grappe de ses clients et de ses employés se tenaient dans la zone d'évacuation.

— Kitty, attendez, lança Matt en lui attrapant le bras tandis qu'elle se dirigeait vers le véhicule.

Au moins, les flammes ne jaillissaient pas des fenêtres comme elle l'avait imaginé.

— Je dois savoir ce qui se passe, et mon équipe et mes clients… commença-t-elle en agitant la main en direction du groupe sur le trottoir.

— Allez parler aux pompiers. Je vais voir les clients, résolut-il en pressant délicatement son bras avant de se diriger vers la foule.

Elle reprit son chemin vers le camion. Il ne lui fallut que quelques secondes pour identifier celui qui avait la charge des opérations.

— Vous êtes la propriétaire, mademoiselle ?

Kitty hocha la tête sans cesser de scruter l'extérieur de l'hôtel à la recherche de traces d'avaries.

— Que s'est-il passé ? Y a-t-il des blessés ? Les dégâts sont-ils nombreux ?

Si l'hôtel était gravement atteint, sa grand-mère aurait le cœur brisé. *Elle* aurait le cœur brisé. Elle vit les pompiers replier un gros tuyau qui avait été relié à une borne d'incendie.

L'homme se détourna et donna quelques instructions supplémentaires à son équipe avant de reporter son attention sur Kitty.

— Les dégradations se limitent à l'arrière du bâtiment. Il n'y a pas eu de victimes, mademoiselle. C'était surtout de la fumée. La pluie de tout à l'heure a empêché le feu de vraiment prendre.

Kitty remarqua qu'un autre des pompiers s'adressait au groupe sur le trottoir.

— Mais que s'est-il passé ? Quand mes clients pourront-ils regagner leur chambre ?

— Les lieux ne représentent plus de danger. Si vous voulez bien me suivre, je peux vous montrer la cause de l'incendie.

Il prit le chemin qui partait vers le côté. Kitty dit rapidement quelques mots aux résidents de l'hôtel puis lui emboîta le pas, rejointe par Matt.

Les dégâts devinrent évidents lorsqu'ils franchirent le portail latéral habituellement fermé et tournèrent à l'angle. Les poubelles de la cuisine se trouvaient tout contre l'arrière du bâtiment, noircies, calcinées. Un nuage sombre, mélange de vapeur et de fumée montant du métal fondu, pesait sur l'air, accompagné d'une odeur infecte de brûlé. Debout sur le côté, un policier en uniforme parlait avec un employé de cuisine.

— Je ne comprends pas. Que s'est-il passé ? répéta Kitty en toussant.

Les sourcils froncés, elle tentait d'assimiler la scène qui se déroulait sous ses yeux.

— Les poubelles de la cuisine ont été délibérément déplacées de sorte qu'elles se trouvent près du bâtiment mais hors de vue des employés, puis allumées à l'aide d'un produit combustible. Manifestement, les ordures étaient suffisamment sèches pour prendre feu, expliqua le pompier en indiquant ce qui restait des chaînes de métal maintenant ordinairement les conteneurs dans la zone qui leur était allouée.

Matt s'avança et étudia les maillons.

— Ils semblent avoir été sectionnés au coupe-boulons.

Avant que le pompier pût répondre, le policier vint les rejoindre.

— Mademoiselle Underhay ?

— Oui.

— C'est grave, ce qui vient de se passer, mademoiselle. Je présume qu'on vous a dit qu'il s'agissait d'un incendie volontaire ?

Kitty hocha la tête.

— Les poubelles sont toujours tenues à distance des bâtiments pour des raisons de sécurité. On dirait bien que les chaînes ont été délibérément brisées, mais je ne comprends pas comment on aurait pu avoir accès à cette zone. Le portail est toujours fermé.

À son grand déplaisir, elle remarqua Walter Cribbs du *Torbay Herald*, carnet et stylo en main, essayer d'écouter discrètement leur conversation. La grand-mère de Kitty ne serait pas ravie de la mauvaise publicité, et depuis que Kitty avait refusé ses avances à Noël, il cherchait une occasion de se venger. Elle avait bien besoin de cela, avec Mlle Delaware et ses musiciens censés arriver le lendemain matin.

Le policier hocha la tête et prit des notes.

— Où étiez-vous ce soir, mademoiselle Underhay ?

— Pourquoi auriez-vous besoin de connaître les déplacements de Kitty ? demanda Matt.

Le policier haussa un sourcil.

— Excusez-moi, monsieur, vous êtes ?

— Matthew Bryant, l'agent de sécurité de Mlle Underhay.

— J'essaie d'établir si quoi que ce soit a été vu ou entendu plus tôt dans la soirée, dit l'agent en gribouillant autre chose dans son carnet.

— Nous étions de sortie pour une visite à l'hôpital. Nous nous sommes arrêtés en chemin pour boire un verre et étions sur le point de rentrer quand on nous a prévenus du feu.

Kitty arrivait toujours à peine à accepter la réalité des événements de la soirée. Une légère bruine se mit à tomber, recouvrant ses cheveux et son visage d'une fine pellicule d'eau.

— Mais vous étiez dans les cuisines peu de temps avant cela, n'est-ce pas, mademoiselle ?

— Oui, mon chef avait un problème de gril, j'ai dû appeler quelqu'un pour venir s'occuper de l'appareil.

— Puis-je m'entretenir un instant avec vous, monsieur l'agent ? demanda Matt en prenant le policier à part, laissant Kitty avec le pompier.

Elle s'éloigna de quelques pas de Walter Cribbs et de sa prise de notes acharnée.

— Tout a été sécurisé, mademoiselle Underhay. Nous avons récupéré tout ce dont nous avions besoin pour notre rapport.

— Merci d'être venus si vite. Je ne sais pas ce qui serait arrivé si vous n'aviez pas été là pour éteindre le feu aussi rapidement.

Elle frissonna en observant les dépôts de suie et les marques noires sur le mur de briques rouges de l'arrière de l'hôtel, dangereusement près des celliers.

— Nous reviendrons vers vous. Et si vous avez besoin de ces informations pour votre assurance, la caserne vous fournira un rapport.

— Merci.

Elle rejoignit Matt et le policier en resserrant les pans de son manteau contre elle. Quand elle arriva à leur niveau, Matt serra la main de son interlocuteur.

— Tout va bien ? demanda-t-elle.

— Le capitaine Bryant a été d'une grande aide. Nous vous contacterons s'il y a la moindre évolution de notre côté.

L'agent rangea son carnet dans sa poche supérieure et prit congé. Kitty croisa les bras.

— De quoi s'agissait-il ?

— Il vérifiait simplement qui était où et quand, répondit Matt en haussant les épaules.

Mais elle voyait bien, à sa façon d'éviter son regard, qu'il y avait eu autre chose dans cette conversation et qu'il le lui taisait.

— Et ? demanda-t-elle lorsqu'il fit mine de vouloir se détourner d'elle.

Les yeux de Matt se plantèrent dans les siens.

— Et rien. Nous devrions rentrer ; il recommence à pleuvoir plus fort.

Il se dirigea vers l'intérieur de l'hôtel, mais elle lui attrapa la manche.

— Je vous ai posé une question, Matthew.

— Venez avec moi.

Elle le suivit à travers la cuisine sous les regards interrogateurs des commis. Il monta les escaliers jusqu'au palier de leur étage. Kitty s'immobilisa une seconde lorsqu'il tira la clé de sa chambre de la poche de son pantalon et en ouvrit la porte.

— Après vous, dit Matt, debout à côté du battant, attendant qu'elle entre.

Elle savait qu'il avait remarqué son hésitation et qu'il s'en amusait. Elle passa le seuil avec détermination, bras croisés contre la poitrine, posa son parapluie dans le coin de la pièce et pendit manteau mouillé et chapeau au crochet derrière la porte avant de s'asseoir.

— Eh bien, capitaine Bryant? demanda-t-elle d'une voix appuyée.

Il se débarrassa lui aussi de son manteau et de son chapeau dégoulinants et les accrocha à la patère à côté des siens.

— La guerre est finie depuis longtemps. Je préfère « monsieur », maintenant, tout simplement, même si j'admets que mon grade m'est utile quand je dois traiter avec les autorités.

Elle se demanda ce qui lui était arrivé pendant la guerre, comment il s'était retrouvé blessé et en quoi avait consisté exactement son travail au gouvernement après son départ de l'armée. Sa grand-mère avait parlé d'états de service exemplaires, mais nombreux étaient les hommes que les combats avaient changés. De toute évidence, Matt luttait toujours contre certains démons, comme sa peur des espaces confinés.

Il plongea la main dans la poche de son pardessus et en retira un petit objet.

— Ceci vous évoque-t-il quelque chose ?

Elle regarda attentivement la paire de lunettes à monture noire cassées.

— Cora en utilise des similaires, elle les garde dans la poche de son tablier. Elle est terriblement myope. Elle les a mises tout à l'heure, quand elle a étudié la photographie de ma mère.

— Mickey l'a remarquée, plus tôt dans la soirée, et a trouvé qu'elle se comportait comme quelqu'un qui essaie de se faire discret. Je lui ai demandé d'être attentif à tout ce qui pourrait sortir de l'ordinaire. Ces lunettes étaient à côté des poubelles quand le feu a commencé.

Elle le dévisagea.

— Vous suggérez que Cora serait impliquée là-dedans ?

— Je pense que nous devrions lui parler.

— Cora a toujours été une employée loyale. Je la connais depuis des années, depuis que je suis enfant. Je ne comprends pas.

— C'est Cora qui a identifié l'endroit de la lande où a été prise la photographie. Pensez-vous qu'elle ait dit la vérité ? Ou était-ce une façon de vous envoyer chasser le dahu pour, je ne sais pas, vous écarter ?

— Je l'ignore. Pourquoi me dire l'endroit qu'elle pense avoir identifié ? Jamais je n'aurais imaginé que Cora puisse jouer un rôle dans toute cette histoire. L'idée même me donne la nausée.

— Que voulez-vous que nous fassions ?

Kitty le regarda fixement.

— Je ne comprends pas.

C'était déjà assez difficile d'essayer d'accepter ce dont elle avait la preuve sous les yeux sans devoir penser à la suite.

— L'interroger nous-mêmes ? La livrer à la police pour que ce soit elle qui s'en charge ? La renvoyer ? Lui tendre un piège et voir ce qui se passe ?

— Nous avons trouvé ses lunettes, c'est loin d'être une preuve accablante. Peut-être qu'elle aurait elle-même remarqué quelque chose et mené sa propre enquête. Elle est affreusement curieuse. Que suggérez-vous, vous ?

Elle devinait, à l'expression de Matt, qu'il avait déjà une bonne longueur d'avance sur elle et que son opinion était déjà formée.

— C'est épineux, sur ce coup, dit-il en réfléchissant, les yeux étrécis. Techniquement, tout ce que nous avons, ce sont ses lunettes sur les lieux du crime et la déclaration de Mickey comme quoi elle aurait eu un comportement étrange du côté des poubelles peu avant le départ d'incendie.

— Impossible pour un intrus d'entrer par ce portail à moins qu'on ne lui ait ouvert de l'intérieur avec une clé, et seuls les membres du personnel en possèdent.

Kitty espérait que Cora se fût rendue aux poubelles pour une raison tout à fait innocente.

— Quelqu'un a huilé la serrure il y a peu, et ce n'était pas Mickey.

— Je n'arrive pas à croire que Cora ait pu vouloir détruire l'hôtel. C'est absurde. Elle a besoin de son travail ici et elle n'a certainement pas la moindre raison de nourrir du ressentiment.

Matt bondit sur ses pieds et se mit à faire les cent pas.

— Je suis d'accord. Elle a eu d'autres occasions de démarrer des incendies. On a cherché à vous effrayer, pas à causer des dégâts réels. Notre pyromane savait qu'avec la pluie, il y aurait beaucoup de fumée sans que le feu prenne vraiment. Quelqu'un veut vous éloigner des lieux quelque temps, vous distraire, peut-être. La question, c'est qui et pourquoi.

— Les soirées jazz commencent demain. Pensez-vous que le responsable ait cherché à gâcher l'événement ? Un propriétaire d'hôtel rival, peut-être ?

Matt jeta un coup d'œil à sa montre.

— Je ne sais pas. Il se fait tard. Je crois que nous devrons parler à Cora demain, et je crois également que j'ai quelques questions à poser à M. Farjeon. Il a sa boutique à côté du ferry nord, et il est lié à Dartmoor du fait de ses excursions. Cela fait un certain nombre de fois que son nom revient, et la coïncidence me semble trop grosse.

Kitty se leva et ramassa son parapluie.

— Mlle Delaware arrive pour le déjeuner. Je serai prise par l'organisation du concert la majeure partie de la journée. Le début de la nouvelle saison touristique estivale est un grand événement ; les locaux l'attendent avec la même impatience que les clients.

— J'ai demandé à Mickey de me prévenir quand Cora arrivera au travail, dit Matt en lui tendant son chapeau et son manteau. Je lui parlerai, et je verrai ce qu'elle a à dire.

— Je crois bien que toute cette pluie a complètement ruiné mon pauvre chapeau, dit-elle, la bouche tordue dans une grimace, en tâtant le feutre devenu mou du rebord. Walter Cribbs du *Herald* était là à nous tourner autour, alors je m'attends à entendre parler de l'incendie dans le journal. J'espère que nous pourrons faire la lumière sur tout cet imbroglio avant le prochain incident.

Matt lui ouvrit la porte.

— Ou avant la prochaine victime, ajouta-t-il.

CHAPITRE 12

Kitty s'était attendue à ce que Matt la contactât une fois Cora arrivée pour commencer son service, mais l'heure du déjeuner arriva sans qu'elle eût reçu de nouvelles. Elle n'avait pas vu Cora de toute la matinée non plus, ce qui était inhabituel. Elle laissa à Mary le soin de s'occuper du guichet et se dirigea vers la salle à manger afin de demander à un employé s'il avait vu l'une ou l'autre. Dans le couloir, elle croisa Mickey, qui portait sa sacoche à outils.

— Mickey, auriez-vous vu M. Bryant ce matin ?

Le vieil homme toucha sa casquette quand elle fut devant lui.

— Non, mademoiselle Kitty. Mais le commissariat l'a convoqué, j'ai ouï dire. Sans doute à propos de l'ennui d'hier soir.

— Oh, merci. Avez-vous vu Cora aujourd'hui ?

Elle se demandait ce qui lui était arrivé. D'habitude, Cora lui apportait une tasse de thé en milieu de matinée, mais elle ne s'était pas manifestée.

Le préposé à l'entretien secoua la tête.

— Non, mademoiselle Kitty, elle n'est pas venue ce matin.

Kitty poursuivit son chemin, plongée dans ses pensées. Voilà qui ne ressemblait pas du tout à Cora, de ne pas se présenter au travail, surtout sans envoyer de message. Cette absence ne pouvait rien signifier de bon ; y penser la rendait malade, et son appétit pour le steak pudding au menu d'aujourd'hui s'en retrouva considérablement diminué. Seules la perspective de l'arrivée imminente de Mlle Delaware à organiser et celle de la longue soirée qui l'attendait la persuadèrent de manger.

La pluie de la veille avait laissé place à une journée claire et ensoleillée. La Rolls Royce Phantom Continental bordeaux de Mlle Delaware, qui bloqua temporairement la rue devant l'hôtel, suscita un petit attroupement. Lorsque la sculpturale vedette elle-même émergea de la voiture, l'assemblée poussa de véritables hoquets de stupeur.

Kitty se précipita à la rencontre de leur artiste star et se prépara avec curiosité à la saluer en chair et en os. Mlle Vivien Delaware devait mesurer au moins un mètre quatre-vingts, sans compter son chapeau absolument ahurissant. Elle avait la peau d'un brun sombre délicieux et de magnifiques étoles en fourrure de renard blanc l'enveloppaient des pieds à la tête.

— Ma chère enfant, laissez-moi vous regarder. La dernière fois que je vous ai vue, vous n'étiez qu'un petit bout de chou dans les bras de votre mère.

Kitty se retrouva engloutie dans les fourrures tandis que Mlle Delaware fondait sur elle pour l'étreindre. Le parfum exotique saturait ses sens. Elle avait du mal à intégrer ce que la femme venait de dire.

— Je suis navrée. Je ne me souviens pas de… bredouilla-t-elle.

— Bien sûr que non, mon cœur. Je sais bien que je suis difficile à oublier, mais vous étiez tout bébé, à l'époque.

Vivien la relâcha et recula pour la dévisager.

— Je n'y crois pas. La petite fille d'Eddy et Ella, adulte. Vous êtes le portrait craché de votre mère.

Un étrange bourdonnement se mit à résonner dans les oreilles de Kitty tandis qu'elle rendait son regard à cette remarquable femme.

— Vous connaissiez mes parents ?

Vivien avait tourné la tête pour superviser son chauffeur et Albert, le portier, dans le laborieux déchargement de ses bagages.

— Absolument, mon cœur. C'est pour cela que j'ai accepté de venir ici. Dès que j'ai vu l'adresse et votre nom en bas de la lettre, j'ai dit à mon agent : « Bobby, il faudra juste que je fasse ce petit avant-saison avant notre retour en Amérique. »

Vivien se retourna vers Kitty à temps pour la voir chanceler.

— Ma chérie, est-ce que tout va bien ?

Kitty avait vaguement conscience d'être soutenue par un bras puissant qui la guidait à l'intérieur de l'hôtel et de la voix de Vivien réclamant un verre d'eau à la cantonade.

— Respirez, mon cœur. Ça va aller ? Ne vous évanouissez pas devant moi, d'accord ?

Elle avait un léger accent américain, aussi doux que du miel. Kitty parvint à hocher la tête tandis que Vivien la faisait asseoir sur une chaise et que quelqu'un lui mettait un gobelet dans la main.

— Allez, buvez une gorgée.

— Vous avez dit que vous connaissiez mon père et ma mère ?

Elle savait qu'elle avait déjà posé la question, mais la réponse de Vivien l'avait tellement prise au dépourvu qu'elle s'en était sentie mal.

— Mais absolument, ma chérie. La dernière fois que j'ai vu ta maman, c'était avant qu'elle prenne le bateau pour rentrer à la maison. Je l'ai accompagnée au port et je l'ai saluée de la main depuis les docks. Ton papa ne la rejoignait que plus tard, il lui restait des affaires à mettre en ordre sur place. C'était en 1914, je crois, juste avant le début de la guerre. Tu devais avoir… quatre ans ? Trois ? Tu avais ces grands yeux superbes.

Le regard marron foncé de Vivien était empli d'inquiétude.

— Quelque chose ne va pas ?

— C'est la première fois que je rencontre quelqu'un qui a connu mes parents alors qu'ils étaient encore ensemble, expliqua Kitty en claquant des dents contre le bord du verre. Ma mère a disparu quand j'avais six ans, quelques années à peine après que vous l'avez vue pour la dernière fois, et je n'ai aucun souvenir de mon père.

— Oh, seigneur.

Vivien s'affaissa contre le dossier de son siège, puis lança en direction d'Albert :

— Attention avec ce sac.

Kitty prit une profonde inspiration et tenta un sourire rassurant en direction d'Albert, qui hissait les bagages de Mlle Delaware jusqu'à l'ascenseur. Les autres employés autour d'eux, voyant qu'elle semblait se remettre, battirent poliment en retraite.

— Quand avez-vous vu mon père pour la dernière fois ? Savez-vous où il est ?

Toute cette histoire était complètement surréaliste.

— Vous savez, mon cœur, c'est vraiment très étrange. Cela faisait plus de vingt ans que je n'avais pas vu Eddie Underhay, nous avions perdu contact à force d'être toujours à droite à gauche tous les deux, et puis, il y a quelques semaines, qui ai-je vu au club ? Votre papa. Plus vieux, et, je ne veux pas vous choquer, mais un peu esquinté par le temps. Je ne l'ai pas vu tout de suite, il était en pleine conversation avec un homme dans l'ombre. La discussion semblait dense. Le temps que je termine mon concert, il avait disparu.

— Mon père était à Londres ? Mais êtes-vous sûre que c'était lui ?

C'était impossible. Cela faisait des années que personne n'avait réussi à retrouver la trace de son père.

— Hm-hm. Je pensais qu'il resterait pour me dire bonjour ou que sais-je, mais il était parti. J'ai demandé aux portiers s'il ne m'avait pas laissé une note, un message, mais rien. J'aurais cru qu'il aurait pris contact, étant venu à mon club. Vous vous sentez mieux, ma chérie ? Je suis vraiment désolée, je n'étais pas du tout au courant pour vos parents, je ne me doutais pas que j'allais vous chambouler à ce point.

— Je vais bien, je vous assure. Mais c'était un sacré choc. Je n'étais même pas certaine que mon père soit toujours en vie. Il ne s'est jamais manifesté à la disparition de ma mère. Je n'ai pas de photographies de lui, pas de lettres, rien.

Son pouls semblait retrouver son rythme normal à présent qu'elle commençait à digérer le bouleversement des informations nouvelles. Mlle Delaware s'était certainement trompée.

— Je dirais qu'il n'était pas en Angleterre à l'époque, donc je suppose qu'il n'est pas au courant, d'autant plus que vous me dites qu'il n'aurait pas revu votre maman depuis qu'elle est retournée ici. Il a la double nationalité, je crois ; sa mère venait de Boston, et il a toujours passé la majeure partie de son temps aux États-Unis. Je suis vraiment désolée, pour votre mère. Il n'y en avait pas deux comme Elowed, et elle a été une amie précieuse.

— Merci.

Si ce qu'elle venait d'entendre était vrai, où était donc son père aujourd'hui ? Pourquoi n'était-il pas venu la voir ? Elle n'avait pas pu le retrouver, mais lui devait bien savoir où elle vivait.

Kitty demanda à Mary d'amener Mlle Delaware à sa chambre et de la fournir en rafraîchissements. Il lui fallait un peu de temps pour rassembler ses pensées. Elle avait des centaines de questions à poser, mais pour l'instant, elle avait tout simplement besoin de réfléchir à ce qu'elle venait d'apprendre. Son père était en vie, et il s'était trouvé à Londres si peu de temps auparavant ! Elle devait parler à Matt dès qu'il reviendrait, et ensuite, appeler sa grand-mère.

⁂

— Merci d'être venu, capitaine Bryant. La seule famille connue de Mme Cora Wakes est son fils, Colin, et nous avons du mal à le trouver. Nous n'avions pas envie de solliciter Mlle Underhay.

Matt hocha la tête et attendit que l'assistant de la morgue découvrît le visage de la femme. C'était le moment qu'il avait redouté. Les souvenirs d'autres cadavres, les traits bouffis et boursouflés, l'assaillirent. Il prit une profonde inspiration et tenta de se concentrer sur l'image de Cora, en vie, à l'hôtel.

— Oui, je vous confirme qu'il s'agit de Cora Wakes.

L'assistant lui recouvrit à nouveau la tête, et Matt expira lentement la respiration qu'il avait retenue, soulagé que l'épreuve fût finie. Il était content que Kitty fût dispensée de la terrible tâche d'identifier son employée décédée.

— Vous dites qu'on l'a trouvée dans la rivière ?

Le sergent confirma d'un grognement en quittant la pièce, Matt sur ses talons.

— Oui, monsieur, près du ferry nord. En cette saison, la marée aurait plutôt eu tendance à l'emporter au loin, de l'autre côté de la baie, mais son corps s'est pris dans les roseaux. C'est sans doute le batillage d'un navire qui l'a envoyé là. Comme pour l'autre monsieur.

— Un accident ?

Matt dégaina une cigarette dès qu'ils arrivèrent devant le bâtiment et en offrit une au sergent.

— Le médecin estime que non. Une grosse plaie à l'arrière de la tête. Pas d'eau dans les poumons. A priori, elle est morte avant d'être entrée dans l'eau.

L'agent accepta la cigarette, et les deux hommes marchèrent brièvement côte à côte.

— Un meurtre ?

— Son portefeuille était toujours dans la poche de son manteau, donc le vol n'était pas le mobile, semble-t-il, répondit le sergent, l'air grave.

— Sale affaire.

— Très sale.

— Avez-vous de nouvelles pistes concernant l'autre meurtre ? demanda Matt.

Le sergent soupira.

— Nous n'avons pas grand-chose d'autre que l'identification. Un gradé de Londres, un inspecteur, est en chemin pour cuisiner votre M. DeVries, et j'ai l'impression qu'il a bien envie que ce soit lui, l'assassin. Ça m'a tout l'air d'être une terrible histoire.

— Il était peut-être tout simplement au mauvais endroit au mauvais moment. J'espère que vous arrêterez bientôt le coupable.

— Merci, monsieur. Je présume que Mlle Underhay et Mme Treadwell seront affectées par la nouvelle, cela faisait un sacré paquet de temps que Mme Wakes travaillait au Dolphin. Qu'arrive-t-il donc à cette ville ?

Matt souffla un petit nuage de fumée.

— Oui, ce sera difficile pour elles, j'en suis sûr. Dans quoi opérait M. DeVries, exactement ?

Il aurait été ravi de discuter avec le mystérieux « M. Smith », ne serait-ce que pour l'écarter de sa liste de suspects pour les lettres anonymes.

— C'est un expert dans son domaine, mais un domaine loin d'être recommandable. C'est un tailleur de gemmes, un spécialiste. On murmure qu'il était à Dartmouth pour une mission là-dedans, justement. Et que M. Blaas, l'homme que nous avons sorti du fleuve, était client de ce genre de joyaux.

Matt écrasa sa cigarette et siffla discrètement.

— Je suppose qu'on ignore tout de la mission en question ? Aucune dame des environs ne s'est plainte d'avoir été allégée de ses bijoux il y a peu ?

Il savait qu'il y avait plusieurs beaux manoirs dans le périmètre, ainsi que les clients aisés des hôtels cossus de Torquay.

— Non, monsieur, c'est un vrai mystère. Au moins, nous savons que ce n'est pas lui, l'assassin de Mme Wakes, puisqu'il est sous les verrous.

Le sergent éteignit sa cigarette à son tour.

— Pas de nouvelles au sujet de l'agression de Mme Craven non plus ? Même modus operandi ?

— Ah ça, monsieur, qui sait. C'est l'inspecteur Greville qui s'occupe d'étudier tout cela.

L'expression du sergent changea légèrement, et il détourna le regard de celui de Matt. Ce dernier se demanda si la police soupçonnait Kitty, entre les élucubrations de Mme Craven au sujet d'Elowed et les lettres anonymes.

— Ma foi, bonne chance, dit-il en tendant la main pour serrer celle du sergent. Je suis certain que vous ferez tout ce qui est en votre pouvoir pour coffrer le ou les coupables.

— Oui, monsieur, et merci encore. Ce n'était pas une tâche agréable pour une belle journée de printemps.

L'homme le salua et le laissa seul avec ses réflexions. Matt poursuivit son chemin, perdu dans ses pensées.

— Capitaine Bryant ! l'interpella-t-on d'une voix pantelante, interrompant sa rêverie.

Il s'arrêta sur le trottoir ; un petit homme, vingt-cinq ans environ, des lunettes à lentilles épaisses sur le nez, le rattrapa.

— Pfiou, j'ai bien failli vous manquer, monsieur. Walter Cribbs, du *Torbay Herald*, annonça-t-il en lui présentant une carte légèrement cornée.

Matt la lui prit par politesse. Il n'appréciait guère la presse et ne lui faisait pas confiance, mais c'était une raison supplémentaire de ne pas vouloir s'en faire une ennemie.

— Je crois que vous étiez au Dolphin Hotel hier soir pour couvrir le vandalisme ? demanda-t-il.

Les yeux du reporter brillèrent derrière ses lunettes. Sa respiration s'apaisa et se fit moins sifflante.

— Oui, en effet, quelle affaire. Un vrai choc. Mlle Underhay doit être très soulagée qu'il n'y ait pas eu de victimes.

— En effet. Espérons que le coupable soit arrêté rapidement.

— La criminalité semble connaître un pic drastique depuis votre arrivée, capitaine Bryant. Un homme recherché par la police qui séjournait au Dolphin, un incendie, Mme Craven violemment attaquée dans sa propre demeure, et maintenant, une employée du Dolphin retrouvée noyée, probablement assassinée.

Une expression de vague mépris plissait la bouche de Walter Cribbs, et Matt eut soudainement envie de la lui retirer à coups de poing. Mais il garda son calme.

— Oui, je ne pensais pas du tout qu'il s'agissait d'une ville aussi dangereuse. C'est sans doute pour cela que Mme Treadwell m'a engagé ; pour assurer la sécurité et l'intimité de ses clients.

— J'ai cru comprendre que Mlle Underhay était peut-être impliquée dans l'attaque contre Mme Craven ?

Le journaliste avait sorti un calepin, et son crayon planait au-dessus.

— Alors on vous a mal informé. Mlle Underhay souhaite de tout son cœur la guérison de Mme Craven, qui est confuse depuis l'agression. Mme Craven est une amie proche de sa grand-mère.

Son instinct s'avérait juste : Mme Craven avait répété à la police ses divagations au sujet d'Elowed, et maintenant celle-ci se penchait sur l'alibi de Kitty. L'idée que la jeune femme pût avoir participé à toute l'affaire était de toute évidence ridicule.

— Et Cora Wakes, dont on a retrouvé le cadavre noyé dans de mystérieuses circonstances peu après l'incendie ?

Matt souffla du nez, moqueur.

— Insinuez-vous que Mlle Underhay se soit amusée à essayer de réduire son propre hôtel en cendres par un soir de pluie et qu'elle ait tué Cora Wakes parce que cette dernière l'aurait prise la main dans le sac ? Je pense que vous avez passé trop de temps au cinéma, mon ami.

Walter remit calepin et crayon dans la poche de son manteau.

— Ne m'en voulez pas, il fallait bien que je tente le coup. D'habitude, ce que je traite de plus intéressant, c'est la énième amende de Jeb Carter pour ébriété et atteinte à l'ordre public. Il faut bien que je pose les questions. Mlle Underhay et moi sommes très proches, et on ne doit pas me voir faire montre de favoritisme.

C'était de toute évidence faux, d'après la façon dont Kitty avait parlé de Walter.

— Serez-vous au concert de jazz de ce soir ? demanda Matt. Mlle Delaware et ses musiciens ont fait un malheur à Londres, me semble-t-il.

— Nous autres journalistes ne prenons jamais de pauses ; il faut livrer les nouvelles à la population. Je présume que je vous y verrai là-bas, Mlle Underhay et vous. Je suis certain que Kitty m'attendra.

Là-dessus, Walter le salua en inclinant le bord de son chapeau puis descendit la rue à pas vifs.

Matt décida de passer par le kiosque à rayures jaunes et vertes de Hubert Farjeon à côté du ferry sur le chemin de l'hôtel. C'était un petit bâtiment en bois en forme de tourelle de château de conte de fées, avec un toit pointu coiffé d'un fanion.

L'échoppe était fermée, mais Matt passa quelques minutes à étudier les affiches détaillant les excursions en autocar de M. Farjeon. Tous les mercredis, il emmenait des groupes à Torquay découvrir les délices raffinées de ses glorieuses plages et de ses promenades sophistiquées. Les vendredis, il partait à Dartmoor pour la journée entière et proposait à ses clients d'explorer la saisissante sauvagerie des landes et de déguster un délicieux cream tea du Devon. Il y avait encore plusieurs autres itinéraires, tous décrits avec un tel sens de l'hyperbole que Matt se demanda si M. Farjeon employait Walter Cribbs pour écrire ses arguments publicitaires.

Il remarqua le policier en civil en train de fouiller la partie herbeuse de la berge près du ferry et se demanda si c'était en ce point du fleuve que les autorités pensaient qu'on avait jeté Cora à l'eau. Il semblait bien, en tout cas, que c'était l'endroit où avait été retrouvé l'autre homme. Il aurait aimé poser des questions à l'agent mais décida qu'il devait retourner au Dolphin pour prévenir Kitty que l'inspecteur Greville risquait de venir lui rendre une petite visite.

CHAPITRE 13

Kitty peinait à terminer de se préparer quand elle entendit toquer à la porte de sa chambre.

— Qui est là ?

Elle se tortilla pour faire descendre sa robe en satin bleu foncé sans manches sur ses hanches et chercha son collier sur sa coiffeuse.

— C'est Matt. Vous êtes habillée ?

— Vous êtes déterminé à ruiner ce qui reste de ma réputation ?

Elle traversa la pièce au pas de course pour le tirer à l'intérieur avant que quelqu'un passât par là et ne le vît devant sa chambre.

— Où étiez-vous, toute la journée ? J'ai tant de choses à vous raconter.

Sans attendre sa réponse, elle lui tendit le collier, se retourna et pencha la tête en avant, exposant le dos échancré, très à la mode, de sa robe.

— Pourriez-vous le fermer pour moi, s'il vous plaît ? Je n'ai pas de femme de chambre pour m'aider ce soir, tout le monde est occupé en bas, et il faut que je sois dans la salle de bal pour le début de la performance de Mlle Delaware.

— Kitty, je dois vous parler.

Le minuscule fermoir lui donna du fil à retordre. Ses doigts étaient froids contre la peau de sa nuque.

— Est-ce au sujet du corps dans la rivière ? Quelle horrible nouvelle. Une des filles l'a appris de la bouche de quelqu'un qui réside ici ce matin, et tout le monde n'a parlé que de ça de toute la journée. Il paraît qu'il a été retrouvé au même endroit que cet autre pauvre homme. Mickey m'a dit que vous aviez été convoqué au poste, et puis Cora n'est pas venue travailler…

Elle releva la tête lorsque ses doigts s'éloignèrent de son cou, laissant derrière eux un très léger crépitement d'électricité.

— Kitty, le corps dans la rivière…

Sa phrase mourut sur ses lèvres. Elle pivota pour le regarder.

— Qui est-ce ?

Elle sentit qu'elle connaissait déjà la réponse, mais l'entendre la terrifiait. L'idée même la rendait malade. Les bruits de couloir disaient qu'il s'agissait d'une femme, et Cora était absente. Elle avait refusé de croire qu'il pût y avoir un lien.

— La police m'a demandé de confirmer officiellement son identité. Bien sûr, elle savait déjà qui elle était, mais c'est le protocole… Je suis tellement désolé, Kitty.

— Cora.

Elle avait beau l'avoir soupçonné, la confirmation était un choc.

— Ils essaient de retrouver son fils, Colin, dit Matt en hochant la tête. Cela fait quelques semaines qu'on ne l'a pas vu à son adresse.

— Accident ? Ou suicide ? Que lui est-il arrivé ?

Elle ne pouvait croire que Cora fût morte. Elle faisait partie des meubles du Dolphin, à fourrer son nez dans les affaires de tout le monde, à offrir à tous thé et biscuits. À s'efforcer d'être la première à découvrir la moindre bribe de nouvelle et à diffuser le ragot, que son interlocuteur voulût l'entendre ou non.

— Il semblerait qu'elle ait été assassinée. Le médecin dit qu'elle a été frappée à la tête avant de tomber dans l'eau.

Secouée par un hoquet, Kitty plaça sa main devant sa bouche. Au son de ses peurs faites réalité, elle sentit une bile lui monter du fond de la gorge.

— Mais qu'est-ce qui se passe par ici, Matt ?

Elle le regarda se mettre à faire les cent pas dans la chambre.

— J'aimerais pouvoir vous répondre, mais je ne sais pas. En tout cas, le danger est bien plus grand que votre grand-mère ou moi l'avions imaginé.

Kitty se laissa tomber sur la chaise longue au pied de son lit.

— Je savais que mamie me cachait quelque chose.

— Seulement qu'elle s'inquiétait pour votre sécurité. Elle était convaincue que les lettres anonymes avaient quelque chose à voir avec votre mère, mais elle était réticente à s'exprimer au sujet de votre père. Je me demande quand nous allons avoir des nouvelles de l'expéditeur, avec tous ces événements, et si ses messages vont devenir plus spécifiques.

— Vous pensez que nous allons continuer d'en recevoir, maintenant que Cora est morte ?

— Oh, oui, j'en suis certain, répondit Matt, hochant la tête. Il y a forcément un rapport entre les deux ; je ne crois pas aux coïncidences.

— Mlle Delaware m'a dit qu'elle avait vu mon père à son club, à Londres, il y a quelques semaines.

Elle ne pensait pas voir Matt muet de stupeur un jour, mais il semblait qu'elle avait accompli cet exploit.

— Apparemment, elle a connu mes parents quand ils étaient encore ensemble, et elle dit l'avoir identifié.

Elle raconta rapidement à Matt tout ce qu'elle avait appris au cours de l'après-midi.

— Kitty, faites très attention. À nouveau, tout ceci ne peut être une simple coïncidence.

Il n'avait pas l'air ravi.

— Nous appellerons votre grand-mère demain matin. Elle doit savoir ce que Mlle Delaware vous a dit sur votre père et ce qui est arrivé à Cora.

— Vous pensez que c'est vrai ? Que mon père est à Londres, vivant ?

— Je ne sais pas. C'est possible. Nous pouvons essayer d'en apprendre davantage au cours des jours à venir. Je crois qu'il est grand temps que votre grand-mère nous dise tout ce qu'elle sait.

Elle vit l'heure sur sa montre.

— Je dois y aller, lança-t-elle en sautant sur ses pieds. Je suis en retard.

— Je vous rejoins dans un instant. Je dois me changer.

Il se glissa hors de sa chambre, et elle termina sa toilette avant de fermer la porte à clé et de se diriger vers la salle de bal. Elle prit une profonde inspiration en descendant le large escalier de chêne, les jambes caressées par ses jupes de satin.

En entrant dans la vaste pièce, elle fut accueillie par le bourdonnement de conversations se mêlant aux accords du petit groupe de musiciens maison du Dolphin. La fumée des cigarettes était suspendue dans un nuage bleu pâle au-dessus des nappes blanches des tables, et les énormes lustres de verre scintillaient de lumière électrique. Certains couples avaient déjà investi la piste de danse, d'autres s'étaient assis. Des joyaux rutilaient sur les robes et les coiffures de ces dames, et ces messieurs étaient élégants dans leurs complets sombres. Les événements de soirée du Dolphin étaient gratuits pour les clients et ouverts aux visiteurs extérieurs moyennant un billet d'entrée peu coûteux. Ils avaient bien vendu pour l'ouverture, et ils affichaient complet pour les chambres.

Elle avisa Walter Cribbs qui rôdait, à moitié caché derrière l'un des palmiers en pot, et partit rapidement dans la direction opposée. Elle ne souhaitait nullement avoir affaire à lui. Mlle Delaware devait faire son entrée d'ici quelques minutes avec ses musiciens, et il semblait que toute la société de Dartmouth était là pour la voir.

Kitty louvoya entre les différents noyaux d'invités, adressant hochements de menton et sourires à celles et ceux qu'elle connaissait. Manifestement, la nouvelle de l'arrivée de Mlle Delaware s'était répandue comme un feu de broussaille. Il y avait plusieurs groupes dont elle supposait qu'ils étaient venus en voiture de Torquay, ainsi que de nombreux visages qu'elle ne reconnaissait pas.

Elle arriva au niveau de la petite estrade basse juste au moment où ses musiciens terminaient leur dernière chanson et où ceux de Mlle Delaware, dans les coulisses, s'apprêtaient à prendre le relais. Les spectateurs applaudirent, et les couples sur la piste de danse reprirent leur siège tandis que Kitty montait sur scène pour s'emparer du microphone.

— Mesdames et messieurs, bienvenue au Dolphin Hotel. Nous sommes ravis et honorés d'avoir parmi nous pour les deux prochaines semaines la merveilleuse Mlle Vivien Delaware et son groupe. Mlle Delaware chantait il y a peu au club The Cat's Miaow à Londres, et c'est une célébrité qu'on ne présente plus à Chicago, aux États-Unis, sa ville d'origine. C'est une chance immense pour nous de la recevoir. Je suis certaine que vous lui ferez un accueil chaleureux. Mlle Vivien Delaware !

Kitty descendit de scène sous des applaudissements enthousiastes tandis que Vivien apparaissait en quelques grandes enjambées, vêtue d'une robe du soir en soie dorée audacieuse, à la nouvelle mode. Elle hocha la tête pour remercier Kitty de sa présentation puis se lança dans *Night and Day*, un succès retentissant de l'année dernière qui ne pouvait que faire la joie de l'assistance.

— Champagne ?

On lui mit un verre dans la main, et elle tourna la tête pour découvrir à côté d'elle Matt, resplendissant dans un complet à veston croisé noir. Ses cheveux indisciplinés étaient pour une fois bien coiffés, et elle aperçut des boutons de manchette dorés lorsqu'il ajusta son nœud papillon.

— Vous portez admirablement le costume, monsieur Bryant, murmura Kitty. Et vous êtes rapide à l'enfiler.

Elle prit une gorgée de sa boisson et continua d'observer la pièce.

— Et la robe de soirée vous va très bien, mademoiselle Underhay.

Sa voix grave si proche de son oreille la fit rougir.

— Vivien est terriblement douée, vous ne trouvez pas ? demanda-t-elle.

— Elle est excellente. Vous avez de la chance d'avoir pu accueillir quelqu'un de sa stature. Comment l'affaire s'est-elle conclue ?

— Je ne sais plus bien, dit Kitty en fronçant les sourcils. Je me souviens m'être dit qu'elle ne voudrait sans doute pas venir, comme, bien sûr, nous ne pouvons pas nous permettre les tarifs de Londres, mais je croyais avoir entendu dire qu'elle ne se sentait pas très bien en ce moment et qu'on lui avait conseillé l'air marin. J'ai tenté. Je n'ai eu la confirmation qu'il y a quelques semaines, après que notre programmation d'origine nous a fait défaut.

— Et vous ne vous rappelez pas qui vous a parlé d'elle ?

Elle jeta un coup d'œil vers lui.

— J'ai reçu un prospectus de l'agence avec qui nous travaillons pour trouver nos artistes, il me semble. Je voulais quelque chose qui nous sorte de l'ordinaire, et nous commencions à être pressés par le temps. Non, en fait, je pense que c'est Cora qui m'a dit avoir entendu parler de Vivien dans un magazine spécialisé, figurez-vous, et que c'est ainsi que j'en suis venue à écrire à son agent.

Ses yeux s'élargirent.

— Vous pensez qu'il aurait pu y avoir une sorte de coup monté destiné à la faire venir ici ?

Matthew leva son verre et en but une gorgée.

— C'est curieux, vous ne trouvez pas ?

Une transition impeccable, et Vivien passa à la chanson suivante. Matt prit son champagne à Kitty pour le placer à côté du sien sur une table non loin de là.

— Me feriez-vous le plaisir de m'accorder cette danse, mademoiselle Underhay ?

Avant qu'elle pût protester, il l'entraîna à sa suite sur la piste de danse bondée.

— Qu'est-ce que vous faites ?

— Walter Cribbs se dirigeait vers nous, expliqua Matt en la guidant d'une main experte vers un espace plus calme.

— Oh, la canaille ! Je ne serais pas étonnée qu'il ait aussi un photographe avec lui. On peut payer le journal pour faire imprimer des clichés de soi bien habillé lors d'une soirée.

Elle n'eut même pas terminé sa phrase qu'elle aperçut le photographe en question capturer Sir Roderick Nightingale, le juge du tribunal local, avec sa femme et sa fille.

— Son article alimentera la rubrique mondaine, ce sera de la bonne publicité. M. Cribbs a insisté sur l'étroitesse de votre amitié, fit remarquer Matt. Autant sourire et donner l'impression que vous passez un bon moment.

L'audace de Walter Cribbs lui arracha un hoquet d'indignation. Matt continua de la guider au cœur de la piste de danse ; la douce chaleur de sa main à travers le fin satin bleu marine de sa robe l'étourdissait un peu tandis qu'ils dansaient ensemble au rythme de la musique, et elle se laissa aller au tempo de leurs pas.

Quand, à la fin de la chanson, il l'amena sur le côté de la piste et la relâcha, elle eut du mal à savoir si ce qu'elle ressentait était du soulagement ou de la déception.

— Je vois que nos verres ont disparu. Je vais nous en trouver d'autres, dit Matt en disparaissant dans la foule.

— Mademoiselle Underhay, quel triomphe ! Votre chère grand-mère doit être ravie.

M. Farjeon se tenait devant elle. Au lieu de son habituelle veste rayée jaune et vert et de son tout aussi habituel canotier, il portait un complet noir plutôt démodé qui semblait avoir connu des jours meilleurs et sentait vaguement la naphtaline. C'était un petit homme raide à la soixantaine bien tassée et aux cheveux gris qui portait la moustache.

— Merci, monsieur Farjeon, c'est très aimable à vous. Ma grand-mère est en déplacement pour l'instant, et je sais qu'elle sera très déçue si elle ne parvient pas à rentrer à temps pour entendre Mlle Delaware chanter.

L'homme exécuta une minuscule révérence.

— Le récit de la soirée lui plaira davantage que celui de ce malheureux incendie, et, bien sûr, du terrible accident de Mme Wakes.

— Bon sang, les nouvelles vont vite dans notre petite ville. Heureusement, le feu a fait peu de dégâts, mais comme vous l'avez dit, la mort de cette pauvre Cora est un véritable choc. J'ai entendu dire que c'était vous qui aviez fait l'abominable découverte, pour le premier meurtre ?

M. Farjeon devint grave.

— En effet, c'était bouleversant. J'ai vu quelque chose bouger dans l'eau. J'ai d'abord été en colère – j'ai cru qu'on avait abandonné là des ordures ou une carcasse d'animal. Je me suis servi d'une perche de batelier pour essayer de le ramener vers la rive. Pardonnez-moi, mademoiselle Underhay, quand je dis que le choc d'avoir vu ces yeux morts plongés dans les miens…

Il s'interrompit et s'essuya la lèvre supérieure d'un mouchoir un peu sale.

Kitty fut soulagée de voir Matt revenir avec des verres pleins.

— Monsieur Farjeon, j'ai le plaisir de vous présenter le capitaine Bryant, qui a depuis peu la charge de la sécurité du Dolphin.

Matt eut un minuscule haussement de sourcils en entendant Kitty employer son titre militaire. Il tendit la main à M. Farjeon.

— Ravi de vous rencontrer, monsieur. J'ai cru comprendre que vous possédiez une agence d'excursions en car ?

M. Farjeon lissa sa moustache.

— Ah, oui, vous avez peut-être vu ma petite échoppe. Des voyages à la journée pour visiter les délices de notre glorieuse campagne à bord du Daisy-belle.

— Merveilleux, merveilleux. Tenez-vous ce commerce depuis longtemps ?

— Depuis un bon petit nombre d'années à présent. J'ai dû interrompre mes activités pendant la guerre. Il y avait les pénuries de carburant, et, bien sûr, la présence de l'armée. Il m'a fallu du temps pour tout rebâtir, et les clients sont très exigeants de nos jours.

— M. Farjeon et moi parlions de cette pauvre Cora, et, bien sûr, de l'autre infortuné.

Kitty prit une gorgée de champagne pour se donner du courage. M. Farjeon avait dû connaître des difficultés financières au cours de la décennie écoulée, d'où son apparence peu reluisante.

— Oui, comme je le disais à Mlle Underhay, quelle tragédie ! Et ce quelques jours à peine après la précédente. La police a examiné le périmètre autour de ma boutique. Je crois qu'elle a récupéré le sac à main de cette malheureuse dame sur la berge. Une affaire vraiment affligeante.

Il secoua la tête, navré. Kitty et Matt échangèrent un regard.

— Pauvre femme. Je crois que la police essaie de retrouver son fils.

M. Farjeon darda sur Matt un regard acéré.

— En effet, j'ignorais… Oh, ciel. Je crois que Colin Wakes n'a pas tourné comme l'espérait cette pauvre Cora. Il a pris de son père : boisson et menus larcins.

— D'après la police, elle aurait connu sa fin peu avant minuit, dit Matt avec douceur.

— Vous habitez près de votre boutique, monsieur Farjeon, auriez-vous vu ou entendu quoi que ce soit de fâcheux ? demanda Kitty.

— Moi, chère dame ? Non, pas du tout. Ni pour l'un, ni pour l'autre. À cette heure-là, je devais être au fond de mon lit. Je n'ai plus vingt ans, vous savez. Je vous prie de m'excuser ; je vois le maire me faire signe.

Il les salua tous les deux d'un hochement du menton et s'enfuit.

— Curieux, à nouveau, remarqua Matt. C'était une sortie sur les chapeaux de roue.

— Hmm. Vous pensez qu'il a effectivement assisté à quelque chose ?

— Je ne sais pas, mais il est vraiment louche. On dirait qu'il n'a pas pu avoir pris part à la sortie de votre mère à Dartmoor, cependant, s'il n'était pas en activité à l'époque.

Kitty vida la fin de son champagne.

— On dirait bien, en effet ; il est possible que cette piste ne mène nulle part, que cette photographie n'ait rien à voir avec quoi que ce soit. Il faut que j'aille discuter, et que j'aille voir mon équipe, aussi. Je crois que le premier entracte de Mlle Delaware sera dans quelques chansons.

Elle se dirigea vers le bar et vit que ses employés semblaient absorber le flux de clients en quête de rafraîchissements. Les serveuses circulaient d'une table à l'autre, et le repas froid, inclus dans le prix du billet pour les visiteurs extérieurs, était en train d'être servi dans la pièce voisine.

Contente que tout se passât comme elle l'avait prévu, elle traversa petit à petit cette section de la pièce en saluant vieilles connaissances et nouveaux venus.

— Félicitations, mademoiselle Underhay, c'est un bel événement.

Kitty ne reconnaissait pas l'homme qui venait de l'apostropher. Il avait dû acheter un billet visiteur, car il n'était certainement pas l'un des clients de l'hôtel. C'était un homme d'âge mûr, un gentleman élégamment habillé, avec des cheveux grisonnants et un petit accent indéfinissable.

— Merci, monsieur. J'espère que vous appréciez votre soirée, dit-elle – sa réponse par défaut.

Elle poursuivit ensuite son chemin, mais il y avait quelque chose chez l'homme qui la poussa à se retourner vers lui, et elle le trouva en train de l'observer d'un regard très déconcertant. Mais le temps qu'elle trouvât Matt, l'inconnu avait disparu.

CHAPITRE 14

Kitty était occupée avec les reçus et comptes de la soirée jazz dans le salon de sa grand-mère le lendemain lorsque l'inspecteur Greville vint lui rendre visite.

C'était un homme grand, fin et lugubre d'une cinquantaine d'années doté d'une moustache triste. Il retira son chapeau en entrant dans le salon.

— Mademoiselle Underhay, inspecteur Greville, se présenta-t-il en lui tendant sa carte.

— Je vous en prie, inspecteur, entrez, et asseyez-vous. J'ai demandé qu'on fasse monter du thé et qu'on appelle le capitaine Bryant. Avez-vous du nouveau concernant l'agresseur de notre pauvre Cora ?

Elle s'installa sur le sofa et attendit sa réponse. Matt l'avait prévenue que l'inspecteur risquait de passer la voir et lui avait suggéré de se servir de son titre militaire. L'âge et l'apparence générale de son visiteur le laissaient supposer qu'il avait lui aussi travaillé dans l'armée par le passé.

— Pour l'heure, nous avons plusieurs axes de recherches, répondit l'inspecteur Greville après avoir pris, semblait-il, le temps de peser ses mots. Nous essayons d'établir une chronologie, de savoir qui a vu Mme Wakes et quand.

On toqua à la porte, et une jeune femme de chambre rousse en uniforme noir élégant chargée d'un plateau à thé passa le seuil, Matt sur ses talons.

— Merci, Alice. Vous pouvez y aller, la congédia-t-elle tandis que Matt serrait la main de l'inspecteur.

— Comment puis-je vous aider ? demanda Kitty en plaçant les tasses, prête à servir.

— Merci, mademoiselle.

Le policier accepta son thé et en but une gorgée, puis reprit :

— Je cherche seulement à éclaircir quelques zones d'ombre, pour ainsi dire.

— Bien sûr, dit Kitty en tendant une tasse à Matt.

— Votre grand-mère, Mme Treadwell, nous a signalé avoir reçu des lettres anonymes qui la faisaient craindre pour votre sécurité et celle de l'hôtel ?

— Oui, les messages étaient très vagues, mais ils l'inquiétaient. Elle a engagé le capitaine Bryant pour veiller sur les lieux, et on m'a dit que vous aviez mis en place des patrouilles supplémentaires, relata Kitty en sirotant son propre thé.

— J'ai remis tout ce que nous avons au commissariat, intervint Matt.

L'inspecteur reposa sa tasse avant de sortir un calepin de la poche de poitrine de son manteau.

— Il y a quelques similarités entre l'attaque subie par Mme Craven, le meurtre de M. Blaas et celui de Mme Wakes.

— Il me semblait bien.

Kitty attendit qu'il continuât. Elle se demanda si « Blaas » était un nom de famille néerlandais, comme « DeVries ».

— Mme Craven est une femme âgée, et de toute évidence, sa blessure a causé chez elle une certaine confusion.

Il étudiait Kitty de sous ses paupières lourdes, et elle était incapable de deviner ce qu'il pouvait bien penser.

— Aux dires de Mme Craven, reprit-il, la personne l'ayant attaquée aurait potentiellement été une femme habillée en homme. Il semble que ce soient sa sveltesse et son rire aigu qui l'aient fait douter.

— Oui, elle nous en a fait part lorsque nous lui avons rendu visite à l'hôpital. Elle avait l'air très perturbée, confirma-t-elle en lui présentant le plateau de biscuits. Fait assez extraordinaire, elle a mentionné le nom de ma mère.

Une légère rougeur apparut sur les joues de l'inspecteur.

— Oui, mademoiselle, je crois que votre mère est portée disparue depuis quelques années ?

— Depuis 1916. J'avais six ans. C'était la guerre, elle était connue pour ses tendances quelque peu bohémiennes – c'était un soutien fervent du mouvement des suffragettes –, et la police manquait de main-d'œuvre. Je crois qu'il a fallu du temps avant que sa disparition suscite l'inquiétude ; mais personne ne l'a vue depuis et toutes les enquêtes ont mené à la triste conclusion qu'elle n'est très probablement plus de ce monde.

Kitty reposa les biscuits sur le plateau.

— Je vois. Et vous ne savez pas du tout pourquoi Mme Craven a pu penser avoir vu votre mère ? poursuivit l'inspecteur, manifestement mal à l'aise.

— Je n'en ai pas la moindre idée. Elle ne l'appréciait guère, et il est possible que dans sa confusion, elle ait associé l'événement déplaisant à quelqu'un qu'elle n'aimait pas. Il est également possible que ce soit dû à ma présence dans la pièce ; il paraît que je lui ressemble.

Elle but une gorgée de thé. Matt garda le silence.

— J'ai cru comprendre, d'après le capitaine Bryant, que vous travailliez ici, à l'hôtel, l'après-midi où l'on a attaqué Mme Craven ?

Kitty haussa un sourcil.

— Je pense qu'il vous suffira d'interroger mes employés pour confirmer la solidité de mon alibi, inspecteur. Le capitaine Bryant lui-même peut vous dire m'avoir vue à l'hôtel au moment où il est parti honorer leur rendez-vous. Je n'ai aucune raison d'agresser les amies de ma grand-mère, et je n'aurais certainement pas pu faire le trajet jusque chez elle, l'assommer puis revenir assez vite pour prétendre n'être jamais partie.

Elle le regarda prendre des notes dans son carnet.

— Quand avez-vous vu Mme Wakes pour la dernière fois ?

— Vous n'avez rien remarqué d'étrange dans son comportement ?

— Au contraire, elle semblait satisfaite. Je m'étais dit que c'était parce que le salaire en plus tombait à pic, et parce qu'elle était bien contente de rester au sec par un soir aussi pluvieux.

L'inspecteur consigna soigneusement les réponses de Kitty.

— Mlle Underhay est-elle tirée d'affaire à présent ? demanda Matt en s'enfonçant dans le sofa. Elle n'aurait pas pu non plus avoir porté à Cora ce coup sur la tête puis l'avoir poussée dans le fleuve, puisqu'elle était présente à l'hôtel pour s'occuper des clients, du fait de l'incendie.

— Les réponses de Mlle Underhay nous aident beaucoup. Il faut bien faire la lumière sur les détails les moins clairs, et, comme je l'ai dit, établir une chronologie. Ce que vient de dire Mlle Underhay nous confirme les faits tels que nous les a racontés votre responsable de l'entretien.

— Bien sûr, Mickey l'a vue après notre départ pour l'hôpital, dit Kitty en s'emparant de la théière pour remplir la tasse du policier.

— M. Farjeon m'a dit que vos hommes avaient découvert le sac à main de Mme Wakes non loin de sa boutique, dans les hautes herbes près de la berge, intervint Matt. Au même endroit où M. Blaas a perdu la vie ?

L'inspecteur posa son regard sur lui.

— Oui, nous pensons que c'est en ce point-là qu'elle est entrée dans l'eau.

— Son sac était sur le rivage, mais son portefeuille se trouvait dans la poche de son manteau, fit remarquer Matt. Vous ne trouvez pas cela évocateur ?

Kitty se tourna vers lui, les sourcils froncés, en se demandant ce qu'il voulait dire par là.

— Vous voulez dire, demanda l'inspecteur, qu'elle aurait pu sortir son portefeuille de son sac pour verser de l'argent à quelqu'un, ou pour recevoir un paiement, et ne pas l'y ranger ensuite ?

— Était-il bien rempli ? questionna Kitty.

L'inspecteur vida sa tasse et les étudia tous les deux du regard, l'air de se demander s'il pouvait leur confier l'information qu'il était sur le point de révéler.

— Il contenait un billet de cinq livres.

Le cerveau de Kitty se mit à tourner à toute vitesse.

— Cora n'aurait pas eu autant d'argent sur elle. Elle manquait toujours de fonds parce qu'elle finançait son fils, Colin. Il travaillait peu et lui demandait souvent de l'aide. C'est vraiment étrange.

— En effet, répondit l'inspecteur en se levant et en récupérant son chapeau, laissé sur la table d'appoint. Merci pour le thé, mademoiselle Underhay. Vous avez ma carte, si quoi que ce soit vous vient qui serait susceptible de nous aider dans notre enquête.

— Inspecteur, l'homme qui séjournait ici, M. Smith – ou plutôt M. DeVries –, a-t-il joué un rôle dans la mort de l'autre homme ?

Greville tourna et retourna son chapeau entre ses mains, l'air de ne pas bien savoir quelle quantité d'informations il devait leur révéler.

— Les deux hommes étaient en lien l'un avec l'autre, mais je ne crois pas que M. DeVries ait pris part au meurtre.

— Je vois, merci.

Elle ne pouvait s'empêcher de sentir un certain soulagement l'envahir à cette idée ; M. Smith avait peut-être commis elle ne savait quels crimes, mais au moins, il n'était pas l'assassin de M. Blaas.

— Je vous raccompagne vers la sortie, déclara Matt, escortant l'inspecteur Greville hors du salon.

⁂

— Vous pensez que Cora serait allée retrouver quelqu'un pour récupérer cet argent ? demanda Kitty dès qu'il fut de retour dans le salon.

— Je n'en suis pas sûr.

Il se mit à faire les cent pas à travers la pièce. Il sentait son regard sur lui.

— L'inspecteur Greville consulte la banque.

— La banque ?

— Colin, le fils de Cora, n'a pas été vu à son adresse depuis des semaines. Cora était une mère très aimante. Si elle était allée recevoir un quelconque paiement, son débiteur ne l'aurait pas tuée en laissant l'argent derrière lui.

— Oh. Vous pensez que Cora s'attendait à retrouver Colin et que les cinq livres étaient pour lui ?

— Peut-être. Je pense qu'elles auraient pu venir de ses économies.

— Croyez-vous qu'il puisse être lié à l'incendie ?

Matt voyait les rouages s'activer dans l'esprit de Kitty.

— Il est possible que Cora ait prévu de lui donner de l'argent pour qu'il puisse s'enfuir, reprit-elle. Mais pourquoi démarrer un incendie ?

— Peut-être pour pouvoir fouiller l'hôtel sans être interrompu à la recherche de ce mystérieux objet sur lequel quelqu'un cherche à mettre la main ?

— Oh, quel sac de nœuds. Colin pourrait-il être derrière ces lettres, à votre avis ?

— C'est une possibilité ; il est forcément au courant, pour votre mère et sa disparition. En tout cas, nous devons appeler votre grand-mère avant le déjeuner avec Mlle Delaware et son agent.

— Vous pouvez lui parler de l'incendie et de Cora d'abord, et puis je l'interrogerai sur Vivien et mon père, suggéra Kitty.

— Lâche.

Il s'installa au bureau et composa le numéro. Mme Treadwell fut, sans surprise, choquée d'apprendre qu'on avait délibérément mis le feu à l'hôtel, et sembla sincèrement attristée par la nouvelle de la mort de Cora. Il tendit ensuite le combiné à Kitty.

— Ma chérie, comment te sens-tu ? Quelles horribles nouvelles. Pauvre Cora. La police pense-t-elle son bon à rien de fils impliqué ?

— Je ne sais pas si Colin est un suspect, l'inspecteur ne nous a pas confié grand-chose. Mais il y a de quoi le soupçonner. Il n'y a toujours pas eu d'arrestation pour l'autre meurtre. Sur une autre note, le premier concert de Mlle Delaware a été un succès phénoménal, en dépit de tout. Les visiteurs ont fait des kilomètres et des kilomètres pour venir l'écouter. Quel dommage que des événements si terribles soient venus tout gâcher.

— C'est triste à dire, mais le sensationnalisme attire ; je doute que le sort de notre pauvre Cora dissuade. Je suis contente que tout se soit bien passé avec Mlle Delaware.

Matt entendait sans problème les réponses de Mme Treadwell.

— Ma mère a-t-elle jamais mentionné une amie nommée Vivien ? demanda Kitty.

— Ta mère ? Je ne sais pas, ma chérie. Pas que je me souvienne. Elle en avait beaucoup, des amis, comme tu le sais, mais elle ne disait jamais grand-chose à leur sujet. Elle savait que je désapprouvais. Pourquoi ?

— Mlle Delaware affirme connaître mes parents. Elle dit les avoir rencontrés quand ils étaient encore ensemble et qu'ils vivaient en Amérique. Et m'avoir connue quand j'étais tout bébé, avant que ma mère m'amène au Dolphin.

Il y eut quelques secondes de silence.

— Voilà qui est vraiment très inattendu.

— Mlle Delaware a également dit avoir repéré mon père à Londres, il y a quelques semaines, dans le club où elle chantait, continua Kitty d'une voix légèrement tremblante. Elle est sûre de l'avoir bien reconnu.

Le hoquet de surprise de Mme Treadwell fut si sonore que Matt l'entendit également.

— C'est impossible. Cela fait des années que personne n'a aperçu Edgar en Angleterre. Depuis qu'il est parti en Amérique au début de la guerre.

— Quand l'as-tu vu pour la dernière fois, mamie ?

Matt haussa les sourcils. Pour autant qu'il sût, Mme Treadwell avait toujours nié avoir jamais rencontré le mari d'Elowed ; mais

Kitty, de toute évidence, avait à présent des raisons de soupçonner le contraire.

— En 1914, au début de la Grande Guerre. Ta mère était rentrée en Angleterre avec toi. Edgar l'a suivie quelques semaines plus tard. Puis Elowed m'a télégraphié de Londres pour me dire qu'Edgar retournait en Amérique. Elle m'a demandé de lui faire un prêt pour l'aider à faire la transition jusqu'à ce qu'il règle certaines affaires professionnelles.

Il vit les doigts de Kitty se contracter sur le combiné jusqu'à en devenir blancs.

— J'ai pris le train pour aller vous voir, ta mère et toi. Edgar était là, mais pas pour longtemps. J'ai voulu lui rappeler son devoir patriote de servir son pays. Les jeunes hommes de toute l'Angleterre faisaient la queue pour s'enrôler, j'avais honte que mon gendre ne soit pas parmi eux. Mais ton père avait d'autres idées en tête. Sa mère venant de Boston, il avait la double nationalité ; il n'avait pas la moindre intention de s'engager, même dans l'optique d'une guerre qui se serait terminée avant Noël.

— Tu ne m'as jamais rien dit de tout cela. Tu as toujours affirmé ne jamais l'avoir rencontré.

— Non. Je ne voulais pas que tu voies ton père comme un lâche, que tu aies à porter cette honte. Je n'ai vu Edgar que deux ou trois fois en tout, et celle-ci était la dernière. Ta mère a toujours été réticente à dire où ils s'étaient rencontrés et dans quoi il travaillait. Elle était majeure quand ils se sont mariés, donc, bien sûr, je n'ai rien pu faire pour empêcher leur union. C'était déjà assez malheureux que tu aies perdu ta mère, je n'ai pas pu me résoudre à te parler de ton père et de ses failles. Je regrette d'avoir à le dire, mais ton père n'était pas le genre de gentleman que j'aurais aimé voir ta mère épouser. Je suis désolée, Kitty, j'aurais dû l'évoquer avec toi, mais tu étais orpheline de mère, et le moment ne m'a jamais semblé adéquat.

Pas étonnant que Mme Treadwell n'eût jamais voulu aborder le sujet du père de Kitty avec elle. Un lâche qui s'était enfui pour éviter la mobilisation… Une fureur froide saisit Matt à l'estomac. Cet homme devait être un vrai vaurien pour ainsi abandonner femme et enfant de l'autre côté de l'océan afin d'éviter l'armée. Qu'il ne fût qui plus est même pas rentré au pays après la guerre, ne serait-ce que pour découvrir ce qui leur était arrivé, c'était navrant.

— Oh, mamie. Penses-tu que tous les événements déplaisants actuels aient à voir avec ce qui s'est passé au moment de la disparition de ma mère ?

Matt déglutit fort en voyant une larme rouler le long de la joue de Kitty. La nouvelle devait être affreusement difficile à digérer.

— Je ne sais pas. Je n'arrive pas à comprendre. Pourquoi maintenant ? Après tout ce temps ? Ta mère ne t'a laissé que quelques petites choses. Et pourtant, quelqu'un pense manifestement que nous sommes en possession d'un objet précieux.

— Je sais. Il n'y a rien dans son héritage qui ait la moindre valeur. Et certainement pas au point de causer tout ce micmac.

— J'ai insisté auprès de Livvy pour qu'elle vienne terminer sa convalescence au Dolphin dès qu'elle sera en état de voyager. Dis-moi que tu me pardonnes de t'avoir caché la vérité au sujet de ton père, ma chérie, je ne voulais que te protéger.

— Bien sûr que je te pardonne. Mamie, ce sera merveilleux de vous voir toutes les deux, tante Livvy et toi. Tu me manques tellement.

Kitty passa encore quelques minutes à bavarder avec sa grand-mère avant de mettre fin à l'appel. Elle reposa le combiné avant de sortir son mouchoir de sa poche et de se tamponner les yeux et le nez.

Il attendit qu'elle se fût ressaisie pour lui poser sa prochaine question.

— Qu'avez-vous qui appartienne à votre mère ?

— Un vieux médaillon, des photographies. Quelques foulards qui lui appartenaient, son étole de fourrure, et mon horloge.

— Votre horloge ?

Kitty sourit.

— Apparemment, juste après leur mariage, mes parents sont allés visiter l'Europe pour leur lune de miel, et ma mère a acheté une étrange et adorable petite horloge à coucou en bois. Vous avez dû en voir, des comme ça – avec les poids en dessous et un coucou qui chante toutes les heures. Je l'ai toujours adorée, cela fait des années qu'elle est là, à mon mur.

— Qu'est-il arrivé au reste de ses affaires ?

— Vous avez vu les lettres – enfin, en partie. Ma grand-mère ne supportait pas de voir autour d'elle ce qui lui avait appartenu, mais elle pensait que je pourrais vouloir tout cela pour moi un jour, alors elle a tout fait emballer et remiser dans l'hôtel jusqu'aux rénovations d'il y a quelques années. Ce sont quelques cartons à peine.

— Et donc, où sont-ils maintenant ?

Kitty haussa les épaules.

— Je n'en suis pas certaine. Nous avons dû les déplacer. Je crois que c'est Mme Craven qui les a. Il y avait une fuite dans le toit au-dessus du débarras, et mamie a eu peur qu'ils prennent l'humidité.

Elle écarquilla les yeux.

— Vous pensez que c'était cela, qu'on cherchait ? Les affaires de ma mère ? Mais il n'y avait rien dans ces cartons qui ait de la valeur. Ce n'étaient que quelques vieux vêtements et effets personnels. J'aurais dû les jeter, en vérité.

Matt se demanda ce qu'il en était réellement.

— Quelqu'un doit pourtant penser qu'il y a quelque chose, répliqua-t-il.

Il aurait donné cher pour savoir ce que c'était et ce qu'il y avait là-dedans qui valait la peine de tuer.

— Je voulais poser davantage de questions à mamie, soupira Kitty, au sujet de mon père, de ce à quoi il ressemblait, mais elle avait l'air de tellement s'en vouloir de m'avoir caché la vérité aussi longtemps. J'oublie parfois que c'est une vieille dame.

Elle lui adressa un pâle sourire.

— Nous ferions mieux de rejoindre la salle à manger, répondit Matt. J'ai l'impression que Mlle Delaware est le genre de femme qu'on n'a pas envie de faire attendre. Peut-être qu'elle pourra vous en dire davantage.

CHAPITRE 15

Vivien Delaware était assise à une table avec vue sur le fleuve. Son costume deux-pièces d'un lavande doux était chic et très actuel. Il était accompagné d'un chapeau assorti, d'une effronterie à la dernière mode, mais ses bijoux lui semblèrent un peu tape-à-l'œil pour une tenue de jour. Un petit homme dodu aux joues roses et à la barbe hirsute vêtu d'un costume à carreaux assez ostentatoire était assis à côté d'elle.

— Kitty, mon cœur, venez. Je vous présente mon agent, Bobby. Il a été retenu à Londres pour affaires et n'est arrivé ici que ce matin.

Mlle Delaware se mit sur ses pieds pour enlacer Kitty, et son agent se leva lui aussi pour les saluer tous les deux.

— Enchantée de vous rencontrer. Voici le capitaine Matthew Bryant, le responsable de la sécurité du Dolphin Hotel.

Le temps d'une infime seconde, quelque chose s'altéra dans l'expression de Vivien, et Matt sentit l'atmosphère s'imprégner d'une certaine méfiance. La lumière éclatante du soleil soulignait les petites rides sur son visage, et il se demanda quel âge avait réellement Vivien.

— Vivien omet toujours de dire que je ne suis pas seulement son agent, mais aussi son mari, fit Bobby en reprenant son siège tandis que Matt tirait une chaise pour Kitty.

— Votre petite ville nous a fait un accueil chaleureux hier soir. C'est toujours un plaisir de chanter pour un public qui aime ce qu'il entend.

Vivien tendit son verre à son mari pour qu'il lui resservît du champagne. Matt nota qu'elle venait d'ignorer la remarque de Bobby et qu'elle ne portait pas d'alliance. L'agent finit de leur verser du champagne à tous et remit la bouteille dans le seau à glace.

— Oui, ce fut un succès, il y a eu beaucoup de visiteurs venus de loin. Je suis ravie que vous ayez accepté notre offre.

La réponse de Kitty fournit à Matt l'ouverture dont il avait besoin.

— Notre Dartmouth doit beaucoup vous changer de Londres. Combien de temps avez-vous passé au Cat's Miaow ?

Vivien s'enfonça dans son siège et sirota son verre.

— Trois mois. Mon médecin trouvait que l'air de la ville commençait à affecter mes cordes vocales, et la proposition de Kitty est arrivée exactement au bon moment. Elle a dit avoir eu une annulation de dernière minute, et il nous restait un peu de temps de battement avant notre retour à la maison. J'avais hâte de voir le Dolphin et Kitty.

Bobby sembla légèrement perturbé par la déclaration de Vivien, remarqua Matt. Son expression avait un peu changé.

— Je suis désolée d'apprendre que vous avez été souffrante, répondit Kitty.

Vivien balaya ses inquiétudes d'un revers de la main.

— Oh, je vous en prie, ma chérie, ce n'est rien. Vous savez comment sont les médecins, à faire une montagne d'un rien. Je suis certaine que l'air d'ici me fera le plus grand bien.

— Vous retournerez donc aux États-Unis une fois votre saison ici terminée ? demanda Matt à Bobby.

— Oui, nous repartons pour Chicago. Vivien a signé pour six mois chez un club très prisé en ce moment.

— Ce doit être difficile, avec la prohibition qui perdure ?

Bobby rit.

— On murmure qu'elle sera révoquée avant la fin de l'année, et Chicago n'est pas exactement une ville sobre, si vous voyez ce que je veux dire.

Le serveur interrompit momentanément la conversation en leur apportant le premier plat.

— Avez-vous également connu mes parents ? demanda Kitty à Bobby dès que l'employé se fut suffisamment éloigné.

— Non, ma chère. Je n'ai épousé Vivien qu'il y a dix ans, répondit celui-ci en lui souriant.

— Votre maman était votre portrait craché. Les mêmes grands yeux, les mêmes cheveux blonds.

Le regard de Vivien détailla Kitty.

— À quoi ressemble mon père ? Savez-vous que je ne l'ai jamais vu, en réalité ? Je pourrais passer devant lui dans la rue et ne pas le reconnaître. C'est plutôt triste, vous ne trouvez pas ?

— Oh, ma chérie, fit Vivien en reposant sa cuillère à soupe contre son assiette pour presser sa main contre sa poitrine. Je compatis de tout mon cœur. Edgar était bel homme quand il a rencontré votre mère. Bien habillé, toujours avec sa fidèle pince-cravate en diamant. Des yeux bleus, une moustache.

Vivien soupira. Elle semblait perdue dans ses souvenirs.

— Vous savez pourquoi il n'est jamais venu me voir ? Ou rendre visite à ma mère ? demanda Kitty en jouant avec le petit pain dans sa deuxième assiette, le réduisant en minuscules boules de mie.

Matt prit une inspiration et attendit la réponse de Vivien.

— Mon cœur, Edgar Underhay est, ou était, un homme très charmant. Je sais qu'il est venu vous voir à Londres au début de la guerre, votre mère et vous, mais il est ensuite retourné en Amérique. J'ai croisé sa route quelques années plus tard à Chicago, en très… suspecte compagnie. Eddie avait toujours été un amateur d'argent facile, de jeux, de forts enjeux. Je crois qu'il est parieur professionnel.

Elle interrompit son récit pour se pencher en avant et attraper la main de Kitty par-dessus la table.

— Je ne veux pas vous faire de peine, mon cœur. Je pense qu'il avait bien l'intention de revenir vous voir, votre mère et vous, mais votre grand-mère désapprouvait leur mariage, m'a-t-il dit, et la guerre a largement compliqué les choses, bien sûr. Edgar n'était pas le genre d'homme fait pour l'armée. Je ne sais pas où il était ces dernières années, mais l'Edgar Underhay que j'ai vu au Cat's Miaow n'était pas le gentleman élégant et fringant que j'ai connu avant la guerre.

Kitty cligna des yeux et hocha le menton.

— Je comprends, Vivien. Je vous remercie de votre honnêteté.

Celle-ci secoua la tête.

— Il a toujours dit qu'il viendrait vous chercher, Elowed et toi. Il a toujours dit que ses deux plus grands trésors se trouvaient auprès de votre mère.

Lorsqu'elle haussa les épaules, les joyaux en forme de diamants sur la broche du revers de sa veste projetèrent des reflets irisés sur la nappe. Le serveur revint et les débarrassa de leurs bols de soupe, ce qui laissa à Kitty le temps de se donner une contenance.

— Et vous êtes certaine qu'il s'agissait d'Edgar Underhay ? Malgré son changement d'apparence ? demanda Matt.

Vivien lâcha la main de Kitty et le regarda dans les yeux.

— Oui, c'était Edgar. Il était plus vieux, un peu plus usé, la pince-cravate et l'assurance arrogante n'étaient plus là, mais c'était lui, pas de doute là-dessus. Je l'aurais reconnu quelles que soient les circonstances.

— Pensez-vous qu'il pourrait venir me voir à présent ? demanda Kitty d'un ton qui ne permit pas à Matt de savoir si la perspective de rencontrer son père l'enthousiasmait ou lui faisait un peu peur.

Le serveur amena le second plat et le plaça devant eux.

— Je ne sais pas, mon cœur. Je suis surprise qu'il n'ait pas essayé de vous faire passer un message, à vous ou à votre mère. Il doit savoir où vous êtes. Il a un contact non loin d'ici, je crois, dit Vivien en plissant le front.

— À moins qu'il n'ait appris la disparition d'Elowed et ne se dise qu'il est parti trop longtemps, murmura Matt.

Il n'était toujours pas absolument convaincu par l'histoire de Vivien et se demanda si elle n'était pas en train de tâter le terrain auprès de Kitty en prévision d'un retour d'Edgar. Il n'arrivait pas à savoir, en étudiant le visage de Kitty, ce que lui évoquait la possibilité de revoir son père après une si longue absence. Cette histoire de trésor lui avait fait dresser les oreilles, et il était certain qu'elle n'avait pas non plus échappé à Kitty. Qu'était donc ce soi-disant trésor que tout le monde semblait tout à coup vouloir ? Peut-être suffisamment pour tuer ?

⁂

Après le déjeuner, Kitty retourna dans la suite de sa grand-mère. Elle appela le pavillon hospitalier pour demander si Mme Craven allait mieux et apprit qu'elle avait été transférée à une clinique privée à Torquay pour sa convalescence. Depuis sa conversation avec Vivien, elle se sentait agitée et confuse. Son père était-il vraiment en Angleterre ? Pourquoi ne voulait-il pas la voir ? Avait-il des ennuis ? Vivien l'avait dépeint comme un homme n'ayant pas vécu une vie extrêmement reluisante et connaissant à présent des difficultés. Elle n'était pas naïve, elle avait entendu parler de Chicago, des bars clandestins et des gangsters. Les journaux relataient souvent avec crudité les plus horribles des incidents.

Matt étant parti discuter précautions supplémentaires pour la sécurité de l'hôtel avec Mickey, Kitty décida d'aller prendre l'air le long de la berge. Elle laissa un mot pour Matt au guichet et se mit en route d'un pas tranquille, profitant de la brise sur son visage ainsi que du paysage et des sons réconfortants de la vie normale autour d'elle.

En chemin, elle salua du menton certaines personnes qu'elle connaissait et s'arrêta pour admirer un bébé dans sa poussette. Des navires de plaisance suivaient la rivière, amenant pour certains les vacanciers voir le château au niveau de l'estuaire. Lui parvenaient les rumeurs de conversations et de rires des passagers sur les ponts. D'autres bateaux remontaient le courant, laissant derrière eux des sillons d'écume blanche scintillante de soleil. Il était difficile de croire que la pauvre Cora avait connu une fin si terrible ici, en un lieu si paisible. À cette pensée, elle sentit un frisson descendre sa colonne vertébrale.

Elle avait atteint le Boat Float. L'autre gros hôtel de la ville se trouvait juste en face, à côté des échoppes et des salons de thé.

— Bonjour, mademoiselle Underhay.

L'homme qui venait de lui adresser la parole leva son chapeau, et elle le reconnut : c'était l'inconnu qui lui avait parlé la veille au soir. Il était propre sur lui, mais renvoyait une impression de légère usure, comme tant d'autres qui avaient subi un revers de fortune depuis la Grande Guerre.

— Bonjour, répondit-elle.

Elle s'apprêta à reprendre sa promenade, mais à sa surprise, il lui adressa à nouveau la parole.

— J'espère que vous ne me trouverez pas cavalier, mais je suis une vieille connaissance de votre grand-mère, Mme Treadwell. Puis-je vous demander comment elle va ?

Une sensation de malaise lui picota la nuque.

— Ma grand-mère va bien, merci. Elle est absente pour le moment – une visite familiale.

— Et votre mère ?

Kitty chancela.

— Je vous prie de m'excuser. Vous m'avez l'air souffrante, dit l'inconnu en la prenant par le bras pour la guider vers un banc non loin de là.

Kitty s'assit et prit une profonde inspiration pour se remettre.

— Je suis navrée, monsieur. De toute évidence, cela fait longtemps que vous n'avez pas vu ma grand-mère. Ma mère a disparu il y a bien longtemps, et nous ne savons pas où elle se trouve aujourd'hui. Cela fait un certain nombre d'années que personne ne m'avait demandé de ses nouvelles.

« Alors c'est donc vrai », crut-elle l'entendre murmurer.

— Pardonnez-moi, mademoiselle Underhay, je ne voulais pas vous bouleverser. Je suis resté à l'étranger longtemps pour des raisons de santé et ne suis de retour dans les environs que depuis peu. J'espérais voir votre grand-mère à la soirée musicale d'hier.

— Dans ce cas, c'est bien compréhensible que vous n'ayez pas eu vent de ce qui s'est passé, monsieur… ?

Elle attendit qu'il lui livrât son nom. L'identité de cet inconnu piquait fortement sa curiosité, d'autant plus qu'elle avait bien en tête la description que Vivien avait faite de son père. Cet homme serait du bon âge, avait un léger accent et avait vécu à l'étranger.

Elle sentit les battements de son cœur accélérer à cette perspective ; pourtant, elle ne se sentait aucun lien vis-à-vis de lui.

— M. Kelly, lui dit-il en rivant son regard au sien. Êtes-vous sûre d'être parfaitement remise, mademoiselle Underhay ?

— Oui, merci.

Elle se leva, ajusta ses jupes et épousseta quelques écailles de peinture que le banc lui avait laissées en souvenir.

— Serez-vous longtemps dans les environs, monsieur Kelly ? Ma grand-mère espère pouvoir revenir bientôt, et je suis certaine qu'elle serait ravie de renouer avec une vieille connaissance.

— Hélas, je ne sais pas avec certitude combien de temps je pourrai rester, mais j'espère vous revoir avant mon départ.

Il effleura son chapeau, et elle n'eut pas le temps de comprendre ce qui se passait qu'il disparaissait déjà quelque part dans la rue principale.

— Sapristi.

Kitty passa quelques minutes à regarder dans la direction où il avait disparu. Qui était-ce ? Vu l'hésitation qu'il avait marquée avant de lui répondre, elle était à peu près certaine que son nom n'était pas réellement « Kelly ». Elle osait à peine se risquer à l'imaginer, mais s'agissait-il de son père ? Il correspondait à la description de Vivien, toute vague que fût celle-ci. À moins que ce ne fût quelqu'un de plus sinistre cherchant à obtenir des informations sur ce mystérieux trésor. Mystérieux trésor dont elle avait entendu parler pour la première fois le jour même, et le commentaire de son père était si vague que ce pouvait être à Elowed et elle-même qu'il s'était référé.

L'interaction avec l'inconnu l'avait laissée plus perturbée encore, et, sans Matt à ses côtés, vulnérable. Elle se demanda si elle aurait dû raconter à l'inspecteur Greville qu'on avait essayé de la pousser sur la chaussée.

— Ma chère mademoiselle Underhay.

Le son de la voix de Walter Cribbs était tout sauf bienvenu, et son humeur descendit en piqué. Elle espéra qu'il n'était pas sur le point de renouveler de quelque manière que ce fût les avances non sollicitées qu'il lui avait faites à Noël.

— Monsieur Cribbs.

Le reporter se planta devant elle de sorte qu'elle ne pouvait désormais plus retourner à l'hôtel à moins de très délibérément le contourner. Le soleil se reflétait dans ses lunettes rondes à monture noire.

— Des nouvelles de la police concernant l'incendie volontaire au Dolphin ? Ou l'enquête sur les meurtres de Cora Wakes et M. Blaas ?

Kitty le regarda avec répugnance.

— Monsieur Cribbs, il serait plus approprié de poser ces questions à l'inspecteur Greville, vous ne trouvez pas ?

Il continua sans prêter attention à son commentaire.

— Colin Wakes est toujours porté disparu, et j'apprends maintenant d'une source anonyme que vous avez reçu des lettres de menaces ?

Calepin et crayon dégainés, il était prêt à prendre ses réponses en note.

— Votre source anonyme doit être mal informée, monsieur Cribbs, et je ne sais certainement pas qui la police peut bien rechercher. À présent, si vous me permettez, je dois retourner au travail.

Elle fit mine de s'avancer, espérant qu'il s'écarterait.

— Et qu'en est-il des rumeurs de trésor ? demanda Walter.

Il était trop proche d'elle pour son confort personnel, et elle remarqua un petit bouton sur le côté de son nez.

— De trésor ? répéta Kitty en faisant de son mieux pour avoir l'air de tomber des nues, mais aussi pour retenir un mouvement de recul instinctif.

À nouveau, cette référence sortie de nulle part à un soi-disant trésor. Où ces rumeurs avaient-elles commencé ?

— De trésor, confirma Walter, étirant les lèvres en un sourire déplaisant. Un fabuleux joyau que l'on aurait confié à votre mère.

Elle sentit une nausée lui monter dans l'estomac.

— Ce sont des sottises. Jamais je n'ai eu vent d'un tel bijou. Ma mère n'a rien laissé qui ait la moindre valeur, et cela fait dix-sept ans qu'elle a disparu. D'où sortent ces allégations absurdes ?

Walter se recula légèrement.

— Pardonnez-moi de me montrer inquisiteur, mademoiselle Underhay. Mais selon ma source, le joyau est réel et plusieurs entités sont à sa recherche.

Une vague de soulagement frappa Kitty quand elle vit Matt s'approcher.

— Matthew.

Walter jeta un coup d'œil en arrière, et une expression agacée parut passer sur ses traits.

— M. Cribbs vous importune-t-il, Kitty ?

— Je ne fais que mon travail, rétorqua l'intéressé en rangeant calepin et crayon dans la poche de sa veste.

— Il semble qu'il croie que ma mère ait été en possession d'un joyau prodigieux, et que cette affaire soit en lien avec ce qui est arrivé à la pauvre Cora et à l'autre homme, expliqua Kitty en fusillant Walter du regard.

Matt haussa les sourcils et se mit à observer attentivement Walter, qui eut tout à coup l'air moins sûr de lui sous le poids de son regard.

— D'où peut donc vous venir une idée aussi farfelue ? demanda Matt.

— Deux experts en joaillerie criminelle à Dartmouth, l'un d'entre eux retrouvé mort, et des rumeurs au sujet d'une pierre depuis longtemps disparue d'une valeur de vingt mille livres. Vous savez qu'un journaliste protège l'anonymat de ses sources, fanfaronna Walter.

Matt se pencha en avant vers lui.

— Je suis certain que l'inspecteur Greville aurait envie de parler à vos sources. Je vous suggère de remettre à la police toute information que vous auriez en votre possession et de cesser de déranger Mlle Underhay. Vingt mille livres, mon œil. Votre informateur est un fou ou un ivrogne, conclut-il avant de se redresser.

— Je ne fais que mon travail, pas besoin de vous montrer désagréable, protesta Walter d'une voix plus proche du couinement que d'autre chose.

Là-dessus, il salua Kitty d'un hochement de tête et prit la fuite.

CHAPITRE 16

— Bon sang, que cet homme me met mal à l'aise, dit Kitty en frissonnant. Il me rappelle ces petits scarabées noirs qui grouillent dans l'ombre et trouvent toujours le moyen de jaillir d'un coin sale ou humide.

— Je vois ce que vous voulez dire, approuva Matt avant de se renfrogner. Ce qui me dérange davantage, c'est que cette rumeur de trésor ou de gemme semble se répandre dans tout Dartmouth. Vingt mille livres. C'est ridicule. Je me demande bien d'où peuvent venir ces idioties.

Il s'aligna sur son pas, et ils se dirigèrent ensemble vers l'hôtel. Kitty trouva sa présence apaisante, après toutes les émotions fortes de la journée.

— Qui pensez-vous que soit son informateur ?

— Il pourrait s'agir de n'importe qui. De quelqu'un au commissariat qui aurait vu la dernière lettre, de Vivien Delaware et de son mari, ou même de Cora.

— J'ai rencontré quelqu'un d'autre pendant que j'étais sortie.

Elle lui raconta son échange avec le mystérieux M. Kelly.

— Vous pensez qu'il pourrait être votre père ? demanda Matt en lui jetant un coup d'œil.

Kitty s'immobilisa.

— Je ne sais pas. Je dois garder cette éventualité en tête, j'imagine.

Elle se sentait un peu mieux à présent qu'elle avait confessé l'idée à voix haute. Elle savait que Matt ne la tournerait pas en ridicule, ne la rejetterait pas sans autre forme de procès. Elle se remit à marcher.

— Faites attention, Kitty. Nous ne pouvons pas écarter la possibilité qu'il soit effectivement Edgar Underhay, je suis d'accord, mais il pourrait tout aussi bien être un opportuniste ou un escroc. Il pourrait même travailler de conserve avec Vivien et son mari.

— En d'autres termes, ne faire confiance à personne.

Il y a peu, elle avait eu du mal à faire confiance à Matt. Sa vie entière étant bâtie sur l'incertitude, elle n'avait pas le moindre mal à se montrer suspicieuse.

— Exactement.

Kitty ne retrouva pas le mystérieux M. Kelly à la performance de Mlle Delaware ce soir-là, mais Walter Cribbs, en revanche, fit une apparition. Elle parvint avec brio à l'éviter toute la soirée, mais crut voir Hubert Farjeon chuchoter à son oreille dans un coin de la salle de bal.

Matt avait mené une enquête discrète pour tenter de trouver la piste de M. Kelly, mais jusque-là, rien. Aucune des maisons d'hôtes, aucun des hôtels à qui il s'était adressé ne connaissaient son nom. À son soulagement, il n'y avait pas eu de nouvelles lettres ou de nouveaux messages ; son cœur ratait un battement chaque fois qu'elle vérifiait son courrier.

Bobby était en train de récupérer des messages au guichet de la réception le lendemain quand l'inspecteur Greville arriva dans le hall. Ses clients étaient pour l'essentiel sortis pour la journée, et la pièce était calme.

— Inspecteur Greville, du nouveau ? salua-t-elle le policier.

Elle vit Bobby se figer brièvement.

— Auriez-vous un moment à m'accorder, mademoiselle Underhay ?

Il lança un regard éloquent en direction de Bobby, qui lisait à présent son courrier l'air de rien au bout du comptoir.

— Bien sûr, je vais appeler une des filles pour qu'elle vienne prendre ma place, dit-elle en sonnant la cloche avant de passer le flambeau à l'employée qui se présenta. Pouvez-vous demander à Alice de monter un plateau à thé dans la suite de ma grand-mère, s'il vous plaît, et dire à M. Bryant de nous rejoindre ? Venez dans le salon à l'étage, inspecteur.

Elle prit la tête et le conduisit vers l'ascenseur, dont elle ouvrit la grille métallique. L'inspecteur Greville la suivit à l'intérieur et retira son chapeau en entrant ; Kitty franchit le seuil du salon de sa grand-mère et s'assit. Matt et le plateau à thé les rejoignirent quelques minutes plus tard.

— Y a-t-il du neuf, inspecteur ? demanda Matt dès que la femme de chambre eut quitté la pièce.

— La maison de Mme Craven a été cambriolée hier soir, dit l'inspecteur Greville en se caressant pensivement la moustache. C'était la demi-journée de congé de la domestique, et elle était allée au cinéma avec le jeune homme qu'elle fréquente. Il l'a raccompagnée, et quand ils sont arrivés à la maison, il y avait de la lumière en bas. Ils se sont naturellement alarmés, mais lorsqu'ils sont entrés, les voleurs étaient déjà partis.

Kitty eut un hoquet de stupeur.

— Oh, quelle horreur. Ont-ils pris beaucoup de choses ? La maison a-t-elle subi des dégâts ?

Son cerveau s'activa avant même qu'elle eût fini de poser ses questions. Le cambriolage était forcément lié au reste des crimes, s'il lui valait une visite de l'inspecteur. Elle eut le terrible pressentiment qu'elle savait parfaitement ce sur quoi les voleurs avaient cherché à mettre la main.

— Mademoiselle Underhay, il me semble que Mme Craven gardait chez elle deux cartons contenant des possessions de votre mère pour le compte de votre grand-mère ?

Kitty savait qu'il connaissait déjà la réponse.

— Oui. Mme Craven a gentiment proposé à ma grand-mère de les entreposer chez elle lorsque l'hôtel a connu des rénovations il y a quelques années. Elle ne voulait pas les avoir près d'elle mais ne pouvait pas se résoudre à s'en débarrasser non plus.

L'inspecteur hocha la tête.

— Puis-je vous demander ce que contenaient ces cartons ?

— Des vêtements, quelques livres, soupira Kitty, rien qui ait la moindre valeur, pécuniaire ou autre. Ma grand-mère n'a conservé ces affaires que parce qu'elle se disait que je pourrais vouloir garder un souvenir de ma mère si elle ne rentrait pas. Leur présence à l'hôtel l'affectait tellement qu'elle a voulu les soustraire à sa vue. Je crois qu'elle avait peur qu'elle m'affecte, moi.

— Pas de joyaux, pas d'ornements de quelque genre que ce soit à l'intérieur de ces rangements ?

— Non, inspecteur, pas que je sache.

Matt se racla la gorge.

— J'en déduis que ce sont les possessions de la mère de Kitty que les voleurs cherchaient ?

— Rien n'a été dérobé, déclara l'inspecteur Greville en buvant une gorgée de thé. On n'a touché ni à l'argenterie, ni aux tableaux, ni aux quelques petits bijoux qui n'avaient pas été mis sous clé dans le coffre-fort, ni aux espèces gardées dans la cuisine pour les dépenses de la maison. Seuls les cartons ont été fouillés.

— C'est ridicule, protesta Kitty en se dressant sur ses pieds pour faire les cent pas dans le petit espace entre le sofa et le bureau de sa grand-mère. Ma mère n'a laissé aucun objet de valeur derrière elle, aucun.

— Et pourtant, mes agents m'ont confié que plusieurs rumeurs circulent en ville au sujet d'une gemme hors de prix qui aurait été confiée à votre mère et que quelqu'un serait à présent revenu chercher.

Kitty se laissa retomber dans son siège.

— Mais qui lui aurait donné pareil bijou? Et pourquoi serait-on à sa recherche maintenant, après toutes ces années?

L'inspecteur avait posé sa tasse sur la table. Il se pencha en avant et joignit les doigts, son regard planté dans le sien.

— Nous avons des raisons de croire que votre père, Edgar Underhay, a acquis un rubis brut extrêmement précieux auprès d'un gentleman de Chicago et l'a confié à votre mère dans l'optique de venir le récupérer plus tard, un jour.

— Vous avez dit « acquis », inspecteur? demanda Matt.

Les coins de la bouche du policier se relevèrent brièvement.

— Nous ne sommes pas certains que l'acquisition en question ait été tout à fait licite. Quelque chose à voir avec une partie de poker. Un coup d'autant moins recommandable que le monsieur en possession de qui la pierre se trouvait était bien connu dans certains cercles de Chicago. Il tient à ce qu'elle lui soit rendue et l'a fait savoir.

Une exclamation étouffée échappa à Kitty. Un gangster de Chicago et un joyau volé. Toute cette histoire était d'un ridicule consommé… sauf que Cora était morte et qu'on avait fouillé non seulement l'hôtel, mais aussi la maison de Mme Craven.

— Mais pourquoi maintenant ? demanda-t-elle. Pourquoi après tout ce temps ?

Le sourire lugubre sur les lèvres de l'inspecteur se fit plus sec.

— Tous les principaux intéressés n'ont été que récemment libérés de prison, et ils désirent ardemment mettre la main sur la pierre.

— Mon père a-t-il fait de la prison ? demanda Kitty.

— Il est connu des autorités, pas de doute là-dessus, mais non, je ne crois pas qu'il ait été incarcéré récemment. De l'avis du collègue de Chicago avec qui j'ai échangé, cependant, il aurait essuyé d'importants revers financiers ces derniers temps. Edgar n'a pas fait partie de votre vie, j'en suis bien conscient, mademoiselle Underhay, mais cet homme est désormais un suspect dans mon enquête, et je vous demanderai de bien vouloir me prévenir s'il prenait contact avec vous.

Matt siffla.

— Vous avez certainement entendu dire également, inspecteur, qu'Edgar Underhay aurait été aperçu à Londres.

— Ce qui ne fait qu'ajouter du crédit aux rumeurs, bien sûr. Mademoiselle Underhay, je demanderai à mes hommes de surveiller attentivement l'hôtel et vous conseille de ne pas quitter les lieux seule tant que cette affaire ne sera pas résolue.

— Je suis certain que Kitty fera très attention, dit Matt.

Il darda sur elle un regard lourd de sens, et elle sentit le rouge lui monter aux joues au souvenir de sa balade au bord de l'eau la veille.

— Vous pourriez vouloir vous pencher sur la piste d'un certain M. Kelly. Je ne suis pas parvenu à le trouver pour l'instant, mais il a déjà approché Kitty deux fois, et nous soupçonnons qu'il puisse avoir un lien quelconque avec les événements. Il a prétendu connaître sa grand-mère mais ne semblait pas au courant de la disparition d'Elowed Underhay.

— Merci. J'en conviens, il y a de quoi trouver cela étrange. Nous sommes également toujours à la recherche de Colin Wakes. On dit – des rumeurs, à nouveau – qu'il aurait été vu dans la région. S'il vous contacte, ou si vous entendez quoi que ce soit, je vous prie de m'en faire part.

Matt escorta l'inspecteur Greville jusqu'à la sortie puis revint au bureau.

— Et si ce M. Kelly était vraiment mon père ? s'exclama Kitty dans un cri du cœur en appuyant ses paumes l'une contre l'autre pour empêcher ses mains de trembler. Vous venez peut-être de le mettre en grave danger s'il y a des gangsters qui hantent les rues de Dartmouth à la recherche d'un objet que je n'ai pas en laissant des cadavres dans leur sillage.

Un sanglot lui échappa. Matt s'assit devant elle et prit ses mains dans les siennes.

— Kitty, nous ignorons qui est cet homme. C'est peut-être un meurtrier. Vous êtes en danger par sa faute, et vous ne lui devez pas la moindre loyauté, lui assura-t-il en lui pressant les doigts.

— Je ne sais honnêtement pas que penser. Je croyais que mon père était sans doute mort ou en Amérique, il est tout à coup à Londres, et à présent, il est peut-être ici à Dartmouth, mais il semble que ce soit un lâche de la pire espèce, voire un parieur et un repris de justice.

Une larme roula sur sa joue, et elle secoua la tête.

— Toute cette affaire sera bientôt résolue, lui assura Matt. L'inspecteur Greville est un homme bien, et je resterai à vos côtés jusqu'à ce qu'il ait appréhendé le responsable, qu'il s'agisse ou non de votre père.

Matt sortit un mouchoir de sa poche et le lui tendit. Il était en train de lui faire les promesses qu'il avait justement voulu éviter de formuler, et cela ne lui plaisait pas.

Kitty se tamponna la joue, réconfortée par sa proximité et sa gentillesse. Le regard de Matt se planta dans le sien, et son cœur rata un battement.

— Essayez de vous reposer, Kitty, dit-il en se redressant et en détournant la tête. Je serai en bas. Il y a quelques éléments que je dois vérifier.

Il sortit avant qu'elle pût dire quoi que ce fût, et elle se demanda si elle avait imaginé ce qu'elle avait lu dans ses yeux quand il l'avait rassurée.

⁂

C'est pensif que Matt descendit avec lenteur le large escalier de chêne poli pour retrouver le rez-de-chaussée. Ce qu'éveillait en lui la proximité de Kitty le perturbait. Après la mort d'Edith, il n'aurait jamais cru éprouver à nouveau quelque chose pour une femme.

Il ne lui restait plus que quelques marches lorsqu'il remarqua deux individus en intense conversation et s'immobilisa quelques instants. La grande, l'élégante, la flamboyante Vivien Delaware était en plein tête à tête avec le courtaud Hubert Farjeon coiffé de son canotier. Un duo pour le moins inattendu.

Ils passèrent devant le bas de l'escalier sans regarder dans sa direction. Matt prit sa décision dans un claquement de doigts ; il descendit furtivement les dernières marches et se glissa en vitesse dans le bureau de l'alcôve derrière le guichet en laissant la porte légèrement entrouverte. Heureusement, la réceptionniste, occupée par une nouvelle cliente et son chien de manchon, ne le repéra pas.

— Je vous assure, monsieur Farjeon, que je ne vois pas de quoi vous voulez parler. Je ne suis pas du tout au courant de cette affaire.

La voix de Vivien portait jusqu'à sa cachette. Elle semblait indignée, mais aussi légèrement ébranlée, et Matt se demandait ce que son interlocuteur avait bien pu lui dire.

Il risqua un rapide coup d'œil à travers l'interstice entre la porte et le cadre et vit Mlle Delaware s'en aller à grandes enjambées en tirant sur ses gants.

Hubert passa devant la cachette de Matt et quitta l'hôtel d'un pas plus paisible ; il semblait seulement pensif.

Matt s'apprêtait à retourner dans le hall quand il se rendit compte qu'il n'avait pas été le seul témoin indiscret de cette petite scène. Bobby se tenait dans l'ombre à côté de l'ascenseur, et le regard qu'il portait sur Hubert Farjeon lui sembla peu amène. En réalité, Matt trouva même qu'il avait l'air franchement meurtrier.

CHAPITRE 17

Mlle Delaware descendait rarement avant midi ; son spectacle se terminant tard le soir, elle préférait prendre son petit déjeuner dans sa chambre. Matt fut donc surpris de la rencontrer devant l'hôtel un peu avant 10 heures, le lendemain de sa rencontre avec Hubert Farjeon.

— Capitaine Bryant, Matt, dit-elle en posant une main gantée sur son bras. Puis-je vous parler en privé ?

Il lui offrit son bras en tâchant de dissimuler sa surprise.

— Profitons de l'air matinal. Votre mari se joindra-t-il à nous ?

Ils se mirent à marcher le long de la berge en faisant mine d'admirer le paysage du bord de fleuve. La promenade était encore calme et peu fréquentée. Sur l'eau, les bateliers préparaient leurs navires.

— Bobby a du travail dont il doit s'occuper. J'avais mal à la tête, comme cela m'arrive régulièrement, alors je suis sortie prendre l'air.

— Comment puis-je vous aider, mademoiselle Delaware ?

Elle s'était attardée devant l'entrée afin de lui mettre le grappin dessus, il en était sûr. Sa femme de chambre ou l'un des employés de l'hôtel lui avait certainement fait part de son habitude de sortir après le petit déjeuner pour une balade matinale.

— Oh, appelez-moi Vivien, je vous en prie, mon cher. Je me sens terriblement vieille quand on m'appelle « mademoiselle Delaware ».

— Très bien, Vivien.

Il attendit qu'elle continuât.

— Vous semblez très proche de Kitty. C'est une adorable petite, je ne veux pas qu'il lui arrive quelque chose.

Matt fronça les sourcils ; les cheveux à la base de sa nuque se hérissèrent, et il sut qu'il y avait un problème.

— Que voulez-vous dire ?

— Écoutez, Edgar Underhay est ici à Dartmouth. Je l'ai vu hier. Je sais qu'il a laissé un joyau à la mère de Kitty, et je suis convaincue qu'il est là pour essayer de le récupérer.

Matt s'immobilisa.

— Est-ce de cela que vous entretenait Hubert Farjeon hier ?

Vivien lui lâcha le bras, une expression furieuse sur le visage.

— Ce petit opportuniste déplaisant ! Il essayait de m'arracher des informations. Il a laissé entendre qu'il savait quelque chose au sujet de la femme qu'on a trouvée dans la rivière.

Ils restèrent debout là quelques secondes, à observer l'eau sombre qui courait à quelques pas d'eux.

— Vous a-t-il décrit ce quelque chose ? demanda Matt.

— Non, il s'est contenté de sous-entendus fort désagréables, répondit Vivien, le menton haut.

— Essayait-il de vous faire du chantage ?

Elle éructa un rire nasal.

— Certainement pas. Qu'aurait-il donc sur moi ? Comme je l'ai dit, il essayait de me soutirer je ne sais quoi. Il semblait me croire au courant de quelque chose. Absurde.

Sa dénégation ne convainquit pas Matt. Elle disait sans doute la vérité en affirmant que Hubert avait essayé d'obtenir des renseignements de sa part, mais sa réaction quand il avait parlé de chantage avait été évocatrice.

— Vous avez dit que vous étiez au courant, pour la pierre?

Elle lui jeta un bref regard.

— C'est la raison de mon inquiétude pour Kitty. Elle doit la mettre en lieu sûr. Il y a des individus qui ne reculeront devant rien pour mettre la main dessus. Ce caillou était la garantie d'Eddie, et je crois qu'il veut le récupérer à présent. Sa présence ici pointe Kitty du doigt.

— Est-ce en réalité pour ce «caillou», comme vous dites, que vous avez accepté ce contrat avec le Dolphin?

Elle détourna les yeux.

— Ce serait ridicule. C'était de la curiosité, je voulais voir la fille d'Eddie et d'Elowed. J'espérais renouer avec cette dernière. Je me serais attendue à ce qu'Edgar soit déjà venu récupérer la gemme, ou, dans le cas contraire, à ce qu'elle s'en soit débarrassée il y a longtemps.

C'était peut-être son expérience militaire qui le lui soufflait, mais il sut instinctivement qu'elle lui mentait.

— L'avez-vous déjà vue, cette pierre?

— Elle n'avait rien d'impressionnant, ce n'était vraiment rien de plus qu'un gros caillou. Elle n'était pas taillée. Edgar me l'a montrée, un jour où il avait beaucoup bu, juste avant le départ pour l'Angleterre d'Elowed et Kitty. Il l'avait gagnée à une partie de poker.

— Et quand vous l'avez vu au club à Londres, vous avez deviné pourquoi il était là et où il se rendrait ensuite. Qu'est-ce qui vous fait penser qu'Elowed n'a pas emporté le joyau avec elle toutes ces années auparavant? lança Matt d'un ton qu'il savait méprisant. Je crois que vous feriez mieux de retourner à l'hôtel.

Vivien se tourna vers lui, les yeux lançant des éclairs.

— Vous pouvez penser ce que vous voulez, monsieur Bryant, mais ce joyau pourrait bien menacer la vie de Kitty. Edgar n'est pas le seul à vouloir s'en emparer, et il y a aussi certaines personnes qui voudraient s'emparer de lui et qui essaieront peut-être de se servir de Kitty pour arriver à leurs fins.

— Merci de l'avertissement, dit Matt en inclinant le bord de son chapeau pour la saluer.

À grandes enjambées, il prit le chemin de la ville, droit vers le commissariat ; il voulait parler à l'inspecteur Greville aussi vite que possible. On le fit entrer dans une arrière-salle petite et plutôt sombre, équipée d'un bureau et de deux ou trois chaises, qui semblait servir de bureau à l'inspecteur.

— Capitaine Bryant, bonjour.

Matt raconta à l'inspecteur sa conversation avec Vivien Delaware.

— J'en déduis qu'à votre avis, ses raisons de s'entretenir avec vous n'étaient pas celles qu'elle prétendait ? demanda Greville.

— Non, monsieur, je soupçonne qu'elle ait voulu essayer de savoir si Kitty avait trouvé la pierre ou était en contact avec son père. Je crois en revanche qu'elle a raison de penser que Kitty est peut-être en danger.

L'inspecteur, pensif, se renfonça dans son fauteuil et tapota de son crayon le bord de son bureau.

— J'ai augmenté le nombre de patrouilles, et Mlle Underhay me semble être une jeune femme intelligente. J'ai des hommes qui vont poser des questions à toutes les maisons des environs afin de localiser ce M. Kelly ainsi que Colin Wakes. Ce satané reporter semble partout, en revanche, avec ses questions.

J'aimerais bien savoir qui lui a parlé de la pierre, même s'il y a un certain nombre de sources qui en auraient été capables, je présume.

— Walter Cribbs. Oui, je suppose qu'il y a matière à produire un véritable scoop. Il semble très bien informé, en tout cas.

— Humpf, grogna l'inspecteur, l'air peu impressionné. Mlle Underhay et sa grand-mère ignorent tout de ce supposé joyau ?

— Oui, monsieur. Kitty, en tout cas, c'est certain. Pour sa grand-mère, j'en suis moins sûr. J'ai toujours l'impression qu'elle ne m'a peut-être pas tout dit.

— Je vois. Et vous dites que M. Farjeon aurait laissé entendre, au cours d'une conversation avec Mlle Delaware, qu'il saurait quelque chose au sujet de la mort de Cora ?

— Oui, monsieur.

— Dans ce cas, je crois qu'il nous faut parler à notre ami Hubert pour découvrir ce qu'il a à nous dire.

Greville eut à peine terminé sa phrase que le téléphone se mit à sonner.

— Quoi ? Je vois, oui. Nous arrivons, dit-il avant de raccrocher. Il semble que nous arrivions trop tard, capitaine Bryant. M. Farjeon a été retrouvé mort, assassiné dans sa boutique.

Matt se leva d'un coup et accompagna l'inspecteur vers le bord de fleuve. Il ne leur fallut que quelques minutes pour atteindre le kiosque jaune et vert en forme de tourelle où Hubert Farjeon vendait ses excursions en autocar.

Un petit attroupement de badauds intéressés s'était formé non loin de là, tenu à l'écart des lieux par un agent aux larges épaules et aux joues vermeilles. L'inspecteur s'approcha de la petite boutique, Matt sur ses talons.

— Où est-il ?

— À l'intérieur, monsieur. Le sergent a dit de ne toucher à rien avant votre arrivée. Le médecin est en route.

L'échoppe était toujours fermée par son rideau de fer ; la porte était entrebâillée.

— Qui l'a trouvé ? demanda l'inspecteur en étudiant la scène de crime.

— Le coursier de l'épicerie. M. Farjeon avait commandé du pain, du fromage et des fruits. Rien d'inhabituel à signaler ; le garçon est arrivé et a toqué à la porte, qui s'est ouverte toute grande, et il a trouvé M. Farjeon à l'intérieur, mort, expliqua le policier en désignant un jeune homme livide assis sur le perron d'une maison voisine, en conversation avec le sergent.

L'inspecteur Greville hocha la tête et ouvrit précautionneusement la porte de la boutique d'une main gantée. Matt lui emboîta le pas tandis que l'agent se postait devant l'encadrement pour bloquer la vue aux passants.

Matt s'efforça de retenir un mouvement de dégoût. Hubert Farjeon était en travers du fauteuil dans lequel il s'asseyait pour vendre ses billets. L'odeur poisseuse et métallique du sang assaillit ses narines, et il ne réussit qu'à retenir un haut-le-cœur. Le spectacle ravivait trop de souvenirs, invoquait trop d'images, réminiscences d'autres scènes imprégnées de cette même affreuse odeur. Il vit passer devant ses yeux les visages d'amis et de camarades.

Hubert avait l'air surpris, comme s'il ne s'était pas attendu à se faire attaquer par l'individu sous ses yeux, mais le manche noir mat du gros couteau enfoncé dans sa poitrine ne laissait pas la moindre place au doute.

Le soulagement envahit Matthew lorsque l'inspecteur referma la porte.

— Le médecin sera bientôt là. Agent, vérifiez que personne parmi ces gens n'a vu ni entendu quoi que ce soit de suspect et notez leurs informations, puis faites circuler, s'il vous plaît.

Libéré de la vue du corps de Hubert, Matt avala une grande goulée d'air. Il avait vu trop de corps, trop de morts. Les curieux se laissèrent de mauvaise grâce disperser par le policier. Parmi eux se trouvait Walter Cribbs, dans son manteau noir, qui parlait aux badauds en prenant des notes.

Le médecin se gara à côté de la scène de crime, et l'inspecteur l'accompagna à l'intérieur de la boutique. Matt resta dehors et s'alluma une cigarette. Il attendrait que le cadavre eût été emporté avant de demander à l'inspecteur l'avis du docteur.

Un corbillard arriva bientôt derrière la voiture du médecin, et quelques minutes plus tard, la morgue eut le feu vert pour faire sortir feu Hubert Farjeon de sa boutique.

— Il est mort il y a deux heures maximum, d'après le docteur Carter, dit Greville en rejoignant Matt. Ce qui correspond à l'heure où Hubert arrivait à sa boutique tous les matins d'ordinaire.

Matt termina sa cigarette, jeta le mégot et l'écrasa de ses orteils.

— C'est bien ce que je pensais. Le sang était encore visqueux.

— L'arme du crime ne nous donne aucun indice. C'est un couteau à tout faire, ou destiné au jardin ou à la cuisine, comme on en vend dans n'importe quel magasin. Le garçon n'a rien repéré de suspect. Il dit que le ferry n'était pas encore passé quand il est arrivé avec le déjeuner de M. Farjeon.

Le claquement de la porte du corbillard leur signala que Hubert Farjeon avait été emmené.

— Pas de traces de lutte à déclarer. Farjeon semble avoir laissé son meurtrier entrer dans sa boutique.

— Ce qui suggère qu'il s'agissait soit de quelqu'un qu'il connaissait, soit de quelqu'un qu'il s'attendait à recevoir, conclut Matt.

Il se demanda ce que Vivien avait fait de sa matinée avant de l'alpaguer. Et, plus important encore, où se trouvait Bobby.

— Nous n'avons trouvé ni papiers ni documents à part le sac contenant les billets pour les visites à la journée. Rien ne semble avoir été pris ou fouillé, déclara l'inspecteur en se caressant la moustache. Les événements prennent une grave tournure. Je vais visiter la résidence de M. Farjeon au cas où j'y trouverais quelque chose qui serait susceptible de nous éclairer sur sa mort. Capitaine Bryant, je vous suggère de retourner au Dolphin et de rester avec Mlle Underhay. Le tueur devient plus audacieux, et si cet homme, Kelly, tente de la contacter, je dois le savoir immédiatement.

— Bien sûr, monsieur.

Matt traversa rapidement la ville pour regagner le Dolphin. Il avait toujours l'odeur du sang dans ses narines, et il lui était difficile de concilier l'agitation normale et quotidienne de la ville avec l'horreur à laquelle il venait d'assister. Ce spectacle, si peu de temps après celui du visage boursouflé de Cora, réveillait toutes les horreurs de la guerre enfouies dans son esprit.

Il se savait incapable de retourner à l'hôtel dans cet état d'esprit ; il lui fallait un peu de temps et d'espace pour réfléchir. Il revint sur ses pas jusqu'à l'église Saint-Sauveur, trouva l'énorme porte médiévale gravée ouverte et entra s'asseoir dans le fond. C'était un vieux bâtiment orné de boiseries sculptées et peintes en rouge et or. Vaguement conscient du regard curieux de la femme de ménage qui passait la serpillière dans l'entrée, il ferma les yeux pour laisser le sanctuaire multi-centenaire l'envelopper de son calme.

Peu à peu, le parfum de mort qui semblait l'avoir suivi depuis la boutique disparut, remplacé par l'arôme de lavande de la cire d'abeille diligemment appliquée sur les bancs d'église. Il ne savait pas bien combien de temps il était resté là, mais la femme de ménage avait presque fini son travail. Au moins, ses mains avaient arrêté de trembler, et son cœur comme sa respiration avaient retrouvé un rythme normal.

Matt lui sourit d'un air d'excuse et laissa une donation dans la boîte à cet effet lorsqu'il quitta l'église. Il n'avait pas la foi, ne l'avait plus – la guerre s'était chargée de faire disparaître tout sentiment religieux en lui –, mais l'atmosphère de l'église avait calmé ses nerfs. S'il était chanceux, les cauchemars qui viendraient inévitablement hanter son sommeil plus tard s'en trouveraient un peu apaisés.

CHAPITRE 18

Matt prit son temps pour rentrer à l'hôtel. Il ne s'était pas encore parfaitement remis de la vision du cadavre de Hubert Farjeon dans la boutique ; il se sentait mieux après son passage dans l'église, mais n'était pas encore prêt à parler à Kitty. Ce qu'il avait éprouvé à son égard quand il l'avait réconfortée, l'autre jour, l'avait pris de court.

Sans y penser, il s'était mis à lui parler comme Edith et lui se parlaient l'un à l'autre, autrefois. Il s'arrêta au bord de l'eau et regarda dans le lointain. Ils s'étaient mariés si jeunes, Edith et lui, mais ils avaient été si heureux. La guerre avait tout accéléré, leurs noces avaient été précoces, et l'arrivée de la petite Betty avait scellé leur bonheur, jusqu'au jour où tout lui avait été arraché. Il n'avait jamais cru qu'il serait un jour ouvert à la perspective de retrouver un amour, une intimité de cette nature.

— Capitaine Bryant, l'interpella Mickey dès qu'il entra dans le hall, avec l'air de celui qui a fait le pied de grue en attendant son retour.

— Que se passe-t-il, Mick ?

Il lui avait demandé d'être attentif à tout ce qui pourrait lui sembler inhabituel ou suspect sur son lieu de travail.

— Je crois qu'il se passe quelque chose de bizarre à l'arrière.

Le visage bronzé de Mick se plissa dans un froncement de sourcils grisonnants, et Matt comprit que le vieil homme avait du mal à expliquer ce qui n'allait pas.

— Montrez-moi ce que vous voulez dire.

Il suivit Mickey jusqu'à l'autre bout de l'hôtel, le long du couloir du service, dans la cuisine affairée, devant les chefs et le garçon chargé des boissons, puis dans l'arrière-cour où s'était déclaré l'incendie. On avait astiqué les briques noircies de suie et lavé le sol.

— J'ai ouvert l'œil, comme vous l'avez demandé, capitaine. Venez avec moi, monsieur.

Il amena Matt jusqu'au vieux portail en bois qui scellait l'un des fameux tunnels des contrebandiers dans la falaise.

— Venez voir ce cadenas.

Matt comprit où il voulait en venir. Ledit cadenas était plus brillant, et il y avait une fine pellicule d'huile sur le dessus ; un contraste marqué vis-à-vis de l'état de la porte, dont la peinture, défraîchie et cloquée, portait toujours les traces de suie de l'incendie.

— Avez-vous la clé, Mickey ?

Le vieil homme attrapa un énorme trousseau à sa ceinture et farfouilla dedans.

— Je crois que c'est peut-être celle-ci.

Il l'inséra dans la serrure, et elle tourna sans effort. Il défit le cadenas.

— Personne n'est censé être venu ici depuis au moins cinq ans.

Matt observa Mickey ouvrir la porte. Sur un petit rebord à l'intérieur du tunnel reposait une lampe-tempête en verre. Mickey la souleva pour l'inspecter du regard et la renifler.

— Ça a servi récemment.

Matt dégaina son briquet et alluma la mèche. Mickey tint la lanterne devant lui, et ils s'aventurèrent dans le tunnel. Matt sentit la sueur perler le long de son dos lorsque l'étroitesse du passage se referma sur lui. Il était manifestement condamné à devoir affronter tous ses démons d'un coup. D'autres souvenirs horribles l'inondèrent – la boue des tranchées qui les ensevelissait, la peur constante d'être enterrés vivants, dans un caveau fait des planches qui soutenaient les parois et des différentes couches de sol lourd et visqueux. À son soulagement, après une vingtaine de mètres, le tunnel déboucha sur une cavité plus vaste qui semblait avoir pu être un jour une grotte naturelle.

— Les contrebandiers gardaient leurs tonneaux ici, dans le temps, expliqua Mickey en levant la lanterne pour éclairer l'espace environnant.

La lumière jaune vacillante joua sur la paroi de roche rouge brute. Dans le coin, Matt repéra ce qui ressemblait à un tas d'étoffes.

— Par ici, Mick.

Mickey le suivit avec la lumière. L'amas comprenait des couvertures, un petit sac contenant des vêtements de rechange, des sandwichs emballés dans du papier sulfurisé, une tasse en étain et une bouteille de bière. Des fins de bougies fondues reposaient sur un rebord à proximité.

— Quelqu'un a dormi ici, dit Mickey.

— Mais qui ? Et avec quelle clé est-il entré ?

Matt inspecta la grotte ainsi que le tunnel de sortie, qui continuait vers la falaise.

— Où donne ce passage, Mick ?

— Sous le château, mais il faut attendre que l'eau soit basse. À marée haute, l'entrée est inondée. C'est dangereux.

— Combien de personnes connaissent cet accès ?

Le haussement d'épaules de Mick fit sursauter et vaciller la lumière de la lanterne.

— 'Sais pas. Surtout les anciens, aujourd'hui, j'imagine. Pendant la guerre, personne ne pouvait s'en approcher, et Mme Treadwell a maintenu l'entrée côté hôtel fermée à clé pendant des années. Elle fait tout particulièrement attention depuis la disparition de Mlle Elowed.

Matt savait que le château datait du quatorzième siècle ; il y avait forcément d'autres passages qui y menaient, et qui menaient sans doute aussi à l'église de Saint-Petroc, située à côté de la bâtisse.

— Partons d'ici.

Mickey grogna son assentiment, et les deux hommes retrouvèrent la lumière du soleil. Dès qu'il fut libéré des boyaux étroits et sombres du tunnel, Matt porta automatiquement sa main à ses cigarettes et en alluma une, les doigts tremblants.

— Remettez la lanterne et le cadenas en place, Mickey. Je vais prévenir l'inspecteur Greville et voir s'il peut envoyer une patrouille coincer celui ou celle qui utilise le tunnel. Vous connaissez d'autres passages qui permettent d'entrer et de sortir ?

— Il y avait tout un dédale de tunnels, à l'époque. Certains ne donnaient sur rien, d'autres se sont effondrés ou ont été condamnés par les travaux de construction pour la ville. Je ne me souviens pas qu'il y en ait qui débouchent sur l'hôtel. À part celui du château, mais il faut prendre le bateau.

— Je ferais mieux d'aller dire à Mlle Underhay ce qui se passe.

Mickey hocha la tête.

— Jusqu'à ce qu'on ait une patrouille de police sur les lieux, j'ouvre l'œil.

Matt le remercia et rentra dans l'hôtel. Leur mystérieux arpenteur de tunnels était manifestement bien préparé et s'était forcément fait fournir un accès à une clé. Le suspect évident était Colin Wakes, mais pourquoi se cacherait-il dans le tunnel ? La maison de sa mère était vide, et il n'avait pas de raison de chercher à échapper à la loi. Pour autant que Matt sût, en tout cas. Colin avait un passé douteux, mais il n'était pas aux prises avec les autorités en ce moment même… n'est-ce pas ?

Il s'arrêta au guichet de la réception pour écrire un mot à l'intention de l'inspecteur Greville puis donna quelques pièces à un commis de cuisine pour qu'il allât l'apporter au commissariat.

Kitty était dans la salle de bal, debout à l'une des tables avec Mme Homer, la responsable du personnel d'étage.

— J'essaie de m'occuper des rideaux, du linge de table et du décor pour que tout soit prêt d'ici le bal masqué de samedi prochain. C'est le grand final de Vivien avant son retour en Amérique, et ensuite j'aurai une troupe d'acrobates qui prendra le relais pendant deux semaines.

Elle avait les joues rouges et une mince ligne de poussière sur le côté du visage. Elle ajouta un autre paquet de linge à la pile que la gouvernante avait dans les bras et la congédia.

— Où étiez-vous passé toute la matinée? Mickey vous cherchait.

— C'est réglé, il m'a trouvé.

Quelque chose dans le ton de sa voix dut la mettre en alerte.

— Que se passe-t-il ? Est-il arrivé autre chose ?

— Hubert Farjeon a été retrouvé mort assassiné ce matin.

— Comment? Où? demanda-t-elle en se laissant tomber dans l'un des petits fauteuils dorés.

— Poignardé, dans sa boutique. L'inspecteur Greville est sur place.

Il la vit déglutir.

— A-t-il la moindre idée de l'identité de l'assassin ? Ou de son mobile ?

— Il est toujours à la recherche de Colin Wakes et de ce M. Kelly, ne serait-ce que pour les innocenter, dit-il, se doutant qu'elle s'inquiétait à l'idée que son père fût impliqué de près ou de loin dans cette dernière tragédie.

— Oui, je suppose, acquiesça-t-elle en hochant la tête. Quelle horreur, Matt. Pauvre M. Farjeon.

— Kitty, il y a autre chose.

Il lui fit part de ce que Mickey et lui avaient découvert dans le tunnel.

— Ce pourrait être Colin. Cora lui aurait donné une clé et l'aurait fourni en nourriture grâce aux cuisines. Ce pourrait être lui, l'auteur de l'incendie. C'est forcément quelqu'un qui vient d'ici, et il serait le suspect évident. Mais pourquoi ? Rien de tout cela n'a de sens. Je me sens affreusement mal dès que je réfléchis à tout ce qui se passe à l'hôtel, mamie me manque si fort. C'est terrifiant, Matt. Deux personnes près de moi ont été assassinées, et si vous ne m'aviez pas empêchée de finir sous les roues de ce camion à charbon, j'aurais pu connaître le même sort.

— J'ai envoyé un message à l'inspecteur Greville. Mickey garde un œil sur la porte jusqu'à ce qu'il puisse envoyer un policier monter la garde sur place.

Kitty frissonna et se frotta le haut des bras.

— Que c'est sinistre ! J'en ai la chair de poule. J'espère que le responsable sera bientôt capturé. Pensez-vous que Hubert ait été au courant de quelque chose, au sujet du meurtre de Cora ?

— Je l'ignore, répondit Matt en se frottant le menton. Greville est en train de vérifier chez lui, mais de toute évidence, quelqu'un a cru qu'il savait quelque chose. Sinon, pourquoi le tuer ?

— Et c'est peut-être en lien avec ce joyau dont je ne sais rien et que je n'ai pas, ajouta Kitty en frissonnant.

Elle enfouit son visage dans ses mains.

— C'est horrible, absolument horrible.

— Allons, trouvons-nous de quoi déjeuner. Si vous vous conduisez bien, je vous offrirai peut-être un scone à la crème pour le dessert.

C'était délibérément qu'il parlait avec légèreté, sur le ton de la plaisanterie, espérant la ragaillardir. Il décida d'attendre un peu avant de lui faire part des informations de Vivien ; elle n'avait pas besoin de s'inquiéter encore davantage.

Elle l'accompagna le long du couloir menant à la salle à manger.

— Je vous rejoins rapidement. J'ai un brin de toilette à faire, dit-elle en agitant vers lui ses mains poussiéreuses, sourire aux lèvres.

— À tout de suite.

Bobby était occupé à fureter, à son poste habituel, à côté de l'ascenseur de la réception, repérable parmi les ombres à son costume à carreaux criard. Matt s'approcha par-derrière.

— Vivien n'est pas avec vous ? demanda-t-il en abattant une main amicale sur son épaule.

Le petit homme rond bondit de surprise.

— Non, pas encore. Je, euh, je l'attendais justement. Vous avez eu l'occasion de vous en rendre compte, c'est une vraie Belle au bois dormant.

— Oh, elle était debout et vaillante assez tôt ce matin. Je l'ai croisée en allant prendre l'air.

Bobby sembla avoir un coup de chaud. De petites perles de sueur se formèrent le long de la racine de ses cheveux.

— Ah, oui, j'étais occupé ce matin. Les affaires, vous savez ce que c'est.

— Bien sûr. Je suis curieux ; gérez-vous d'autres artistes, ou Mlle Delaware vous tient-elle occupé ?

Bobby tira de sa poche un grand mouchoir en soie jaune et entreprit de s'éponger au niveau du front et autour du cou.

— Bon sang, il fait chaud aujourd'hui, vous ne trouvez pas ? Oh, j'en ai quelques autres dont je dois m'occuper, vous savez, en plus de Vivien. Des contrats à relire, vous voyez.

— Ce doit être difficile d'être toujours sur les routes et de vivre avec le contenu d'une valise.

Bobby sembla se détendre un peu.

— Oui, ça peut l'être, mais ça l'est davantage en Amérique. La ségrégation, vous savez, expliqua-t-il avec un geste vague des mains.

Matt devina que Bobby et Vivien rencontreraient bien des obstacles et des jugements si la nouvelle de leur mariage se répandait.

— Je présume que c'est pour cette raison que Mlle Delaware continue d'utiliser son propre nom de famille ?

— Je tâche de trouver des contrats à l'étranger, là où je peux. C'est plus facile à Londres, ainsi qu'à Paris, bien sûr.

— Mais cette fois-ci, vous retournez en Amérique ? demanda Matt.

Bobby s'agita d'un pied sur l'autre, mal à l'aise.

— L'appel du travail. J'ai mes autres clients à gérer, et c'est une obligation… à long terme.

La lumière se fit tout à coup dans l'esprit de Matt.

— Une obligation vis-à-vis du genre de personne à qui on ne dit pas non ?

Les lèvres de Bobby se retroussèrent.

— Vis-à-vis de qui il vaut mieux se montrer docile, disons.

CHAPITRE 19

Bobby lui fila entre les doigts dès que Kitty apparut, la joue nettoyée et son rouge à lèvres retouché.

— Je pensais vous retrouver à table ?

— J'ai croisé Bobby. Nous avons discuté.

— Oh ? fit-elle en haussant un sourcil à la courbe parfaite.

— Allons déjeuner, et je vous dirai tout.

Dans la salle à manger, Matt s'assit en face de Kitty. La pièce était relativement vide, beaucoup de clients de l'hôtel étant de sortie ce jour-là, et le bruit des conversations était feutré. Ils venaient de finir le premier plat quand une femme de chambre se faufila parmi les tables pour se diriger droit vers eux.

— Oh, mademoiselle, je suis vraiment désolée de vous déranger, mais vous devez venir immédiatement.

La fille faisait attention à parler à voix basse et balayait la pièce de coups d'œil nerveux, comme si elle avait peur qu'une des autres tablées pût l'entendre.

— Montrez-nous ce qui s'est passé, lança Matt en bondissant sur ses pieds.

Kitty l'imita, et ils se pressèrent vers l'ascenseur. La femme de chambre leur expliqua, le souffle court :

— Je suis montée nettoyer votre chambre, mademoiselle, et la porte était ouverte.

Le chariot vide se trouvait devant l'entrée de la chambre de Kitty. Matt vit qu'on avait forcé la serrure ; il y avait des éclats de bois fendu.

— Y avait-il qui que ce soit en haut quand vous êtes arrivée ?

— Non, monsieur, tout était silencieux, dit la femme de chambre, un mélange de fébrilité et de peur sur le visage.

Kitty poussa un hoquet audible en découvrant la pièce.

— Mais qu'est-ce que… ?

Tout était sens dessus dessous ; les tiroirs étaient sortis de la commode, leur contenu éparpillé au sol. Les vêtements avaient été arrachés à leurs cintres et jetés au sol. Même le matelas était de travers sur le lit, comme si on avait regardé en dessous. La serrure du tiroir de sa table de nuit avait été forcée elle aussi, et le peu que renfermait sa boîte à bijoux en avait été vidé sans ménagement.

— Ce n'est clairement pas un cambriolage ordinaire, murmura Matt.

— Je suis vraiment désolée, mademoiselle Underhay, lança la femme de chambre, qui resta dans l'encadrement de la porte, incertaine, tandis que Kitty s'avançait prudemment dans la pièce.

— Laissez-nous une minute, le temps que Mlle Underhay vérifie si quelque chose lui a été volé, lui dit Matt avant de fouiller la poche de sa veste à la recherche d'un calepin et d'un stylo. Je vous prie, transmettez ce message à l'inspecteur Greville. Alfie, le commis, sait où le trouver.

La jeune femme prit le mot et disparut.

— Qui a bien pu… ? demanda Kitty.

Elle observa la pièce, évaluant l'étendue des dégâts.

— Oh ! s'exclama-t-elle douloureusement en se penchant pour ramasser un objet au sol. Matt, l'adorable petite horloge de ma mère, elle est brisée.

Avec précaution, elle plaça sur son lit l'horloge à coucou sculptée. C'était un ouvrage en bois sombre, avec gravé sur le devant un motif typique de la Forêt-Noire, un ours et un arbre ; elle n'avait rien de spécial sinon l'affection que lui vouait Kitty par association. Le motif chantourné du bois sur le dessus était cassé, les aiguilles s'étaient détachées, et il vit que les poids pendant aux chaînes en dessous de l'horloge avaient souffert, sans doute lorsque le voleur avait jeté le tout au sol.

— Qu'est-ce que c'est que ça ? s'interrogea-t-il en étudiant de plus près l'un des poids.

De loin, il les avait crus faits de bois, comme l'horloge, mais leur chute avait révélé qu'il s'agissait de papier mâché peint conçu pour évoquer des pommes de pin.

— Il y a quelque chose dans le poids, remarqua Kitty en se penchant sur l'ouvrage.

Elle souleva l'horloge et tira sur l'enveloppe abîmée. Il s'était attendu à voir du plomb, comme il était d'usage, mais ce fut autre chose qui apparut : une pierre de forme grossière, rouge sombre, qui scintilla en captant la lumière du soleil. Le joyau, de la taille d'un petit œuf de pigeon, reposait dans sa main.

— Il était ici depuis le début, chuchota Kitty.

Des voix se faisant entendre dans le couloir, Kitty plongea rapidement la pierre dans la poche de son cardigan et recouvrit l'horloge avec l'une de ses robes.

L'inspecteur Greville se tenait devant la porte, accompagné d'Alice, la jeune femme de chambre rousse à qui il avait confié le message.

— Vous a-t-on pris quoi que ce soit, mademoiselle Underhay ?

— Je ne vois rien qui me manque, inspecteur, répondit Kitty en secouant la tête. Mes bijoux ont été renversés, mais tout semble là. Je n'ai rien d'autre dans ma chambre qui ait la moindre valeur.

— Pas de témoins ? Personne n'a entendu ou vu quoi que ce soit de suspect ?

— Non, monsieur. C'est une heure creuse. La plupart des clients sont de sortie pour la journée ou prennent leur déjeuner dans la salle à manger. Ils n'utilisent pas cet étage, donc personne ne vient ici, à part les employés qui viennent changer le linge.

L'inspecteur hocha la tête.

— Pensez-vous que le coupable soit au fait de l'organisation générale et des routines de l'hôtel ?

— On dirait bien, dit Matt, en colère contre lui-même.

Il aurait dû se douter que les cambrioleurs, de plus en plus désespérés, essaieraient une deuxième fois de fouiller la chambre de Kitty. Ils auraient dû eux-mêmes venir la passer au peigne fin, quand bien même Kitty n'avait de toute évidence pas eu la moindre idée d'où se cachait le rubis.

— Et cette pièce est la seule à avoir été fouillée ? Rien à déplorer dans votre chambre, monsieur Bryant ? Ni dans celle de Mme Treadwell ? demanda l'inspecteur. Dans quel ordre le ménage a-t-il été fait ?

— J'ai commencé par celle de M. Bryant, comme elle est plus loin dans le couloir et que les appartements de Mme Treadwell sont au premier étage. Tout était normal, répondit la femme de chambre, vivement, comme si elle craignait de se voir reprocher les déboires du jour.

Matt croisa le regard de Kitty, et elle secoua la tête dans un mouvement à peine perceptible, lui intimant de ne rien dire au policier de la découverte du rubis.

— Très probablement un pied-de-biche, déclara l'inspecteur Greville en examinant la serrure cassée et le chambranle endommagé. Ou en tout cas une barre utilisée pour faire levier.

— Oui, nous avons fait des améliorations au niveau de la sécurité, peut-être l'intrus a-t-il été incapable de mettre la main sur la clé. Ce pourrait aussi être quelqu'un d'autre, observa Matt, tâchant d'envisager toutes les interprétations possibles de ce nouveau rebondissement.

— Descendons dans la suite de ma grand-mère, si vous voulez bien, dit Kitty. Alice peut-elle commencer à s'occuper de ma chambre ?

— Je n'y vois pas d'inconvénient. Je n'ai pas l'impression qu'il y ait beaucoup d'informations à trouver ici.

Matt resta en arrière quelques instants pour donner des instructions à la femme de chambre tandis que Kitty et l'inspecteur reprenaient le couloir pour descendre dans la suite de Mme Treadwell. Il les rattrapa devant la porte, au moment où Kitty sortait la clé de sa poche.

Matt fut soulagé de constater que les appartements de la grand-mère de Kitty semblaient parfaitement intacts. Kitty s'assit à côté de lui sur le sofa après avoir appelé la réception pour qu'on fît monter un plateau à thé.

— Avez-vous trouvé quoi que ce soit de pertinent chez Hubert Farjeon ? demanda Matt une fois celui-ci arrivé et la domestique congédiée.

L'inspecteur Greville se caressa pensivement la moustache avant de se servir dans l'assiette de biscuits.

— Rien de très concluant. Rien qui indique qu'il ait été au courant de quoi que ce soit de particulier par rapport à la mort de Cora Wakes.

— Mais? demanda Matt, certain que l'inspecteur ne leur disait pas tout.

— Je crois que M. Farjeon a peut-être tenté de convaincre certaines personnes qu'il les savait impliquées dans le meurtre de Cora, voire qu'il avait été témoin de celui de M. Blaas. Un jeu extrêmement dangereux face à un meurtrier.

— Du chantage, souffla Kitty.

— De toute évidence, l'une de ses victimes était la bonne. La question est : laquelle?

— Nous pensons que Vivien Delaware figurait parmi ses cibles, et elle est sortie inhabituellement tôt ce matin. Son mari, Bobby, ne semble pas avoir d'alibi non plus, dit Matt en buvant une gorgée de thé.

— M. Farjeon aurait pu également avoir vu Colin Wakes, s'il s'avère que c'est Colin qui a occupé le vieux tunnel de contrebande, ajouta Kitty. M. Farjeon le connaissait et ne le tenait pas en haute estime.

— Toujours pas de traces de ce M. Kelly ou d'Edgar Underhay, ni de confirmation définitive qu'ils sont une seule et même personne, précisa l'inspecteur Greville en regardant Matt. En réalité, nous n'avons rien qui nous indique qu'Edgar Underhay se trouve à Dartmouth, ou même en Angleterre, excepté la déclaration de Mlle Delaware.

Il prit un autre biscuit.

— Je suppose donc que vous souhaiterez interroger Mlle Delaware et son mari?

— Puis-je vous demander de me laisser mener cet entretien dans la suite de votre grand-mère, Mlle Underhay? Je sens que j'obtiendrai de meilleurs résultats ici qu'en les faisant venir au commissariat.

— Bien sûr, inspecteur. Je vous demanderai seulement de vous souvenir que Mlle Delaware est mon invitée et que j'ai besoin d'elle pour le bal masqué de samedi prochain. Le Dolphin a investi des sommes importantes dans sa présence pour le lancement de la saison estivale.

Matt vit la main de Kitty s'égarer vers la poche de son cardigan.

— Bien sûr, mademoiselle. Je serai absolument cordial tant que je n'aurai pas d'éléments concluants contre elle. Et pour votre tranquillité d'esprit, j'ai mis un homme en poste à l'arrière de votre hôtel afin de surveiller l'entrée des tunnels sans être vu. J'ai bon espoir qu'il appréhende rapidement la personne qui séjourne à l'intérieur.

Kitty sourit.

— Merci, inspecteur, je me sens effectivement plus en sécurité. Je vais passer en bas pour demander si Mlle Delaware et son mari sont disponibles, et je ferai monter un plateau à thé supplémentaire, ajouta-t-elle en lançant un regard appuyé à l'assiette de biscuits vide.

— Merci, mademoiselle Underhay, c'est très aimable à vous. Capitaine Bryant, je suis navré de vous ennuyer, mais pourriez-vous rester pour les entretiens ? Je suis à flux tendu en ce moment, question ressources, et avoir quelqu'un d'autre à côté de moi m'aiderait beaucoup.

Matt vit à l'étincelle d'agacement dans le regard de Kitty que cette exclusion ne lui plaisait pas, mais elle se contenta de sourire à nouveau, de récupérer le plateau et de quitter la suite.

⁂

Kitty descendit les escaliers et se réfugia dans le bureau derrière le guichet de la réception. Le rubis dans sa poche se logeait dans le creux de sa hanche. Elle essayait d'envisager toutes les ramifications de sa découverte. Que devait-elle en faire ? Si quiconque découvrait qu'elle avait la pierre en sa possession, sa vie serait en danger – quoique, vu tout ce qui s'était passé aujourd'hui, elle l'était sans doute déjà. Elle n'imaginait pas non plus que remettre le rubis à la police pût résoudre quoi que ce fût, mais elle ne pouvait garder un objet volé. Peut-être aurait-elle dû le confier à l'inspecteur, mais tout était allé si vite. C'était également le seul lien qu'elle avait avec son passé, la seule chose qui pût lui permettre de découvrir ce qu'il s'était passé avec son père et sa mère.

Elle prit le relais de la fille au guichet pour qu'elle pût faire une pause thé. Elle préférait se tenir occupée pour éviter que son cerveau s'attardât sur les événements du jour. Elle ne fut pas surprise lorsque le téléphone sonna et qu'elle entendit la voix de sa grand-mère à l'autre bout de la ligne.

— Ma chérie, je viens de recevoir un appel de la « clique ». Est-ce vrai ? Hubert Farjeon a-t-il été assassiné ?

— Oui, mamie. On l'a trouvé dans sa boutique ce matin. Matt était avec l'inspecteur quand la police a été prévenue.

Elle aurait dû deviner qu'une des amies de sa grand-mère l'appellerait. Mme Craven était hors jeu, et c'était la meneuse, mais le reste des matrones de la ville restaient à l'affût.

— Comment la police réagit-elle ? Es-tu en sécurité ?

— L'inspecteur Greville est ici en ce moment même, mamie, il parle à des suspects. Ne t'inquiète pas, je t'en prie, nous sommes tous très protégés.

— J'espère vraiment que ce ne sont pas des clients. L'hôtel n'a pas besoin de se faire la réputation d'héberger des meurtriers, lança sa grand-mère avec indignation.

— Mamie, la situation fait peur en ce moment, c'est certain, mais il n'y a rien qui risque d'affecter nos visiteurs.

Elle ne pouvait pas parler à sa grand-mère du cambriolage dans sa chambre ni de l'intrus dans les tunnels.

— Où se trouve le capitaine Bryant ? exigea sa grand-mère.

— Avec l'inspecteur. Il veille sur moi, je t'assure.

— Oh, ma chérie, je n'avais jamais vu cela de toute ma vie. Dis à Matthew de me contacter dès qu'il sera libre. As-tu reçu d'autres lettres ou eu du nouveau au sujet de ton père ?

Kitty soupira.

— Non, mamie, rien. Je te promets que je demanderai à Matt de tout te dire dès qu'il en aura fini avec l'inspecteur.

— J'ai au moins de bonnes nouvelles pour toi. Livvy et moi rentrons bientôt. Elle voit le médecin demain, et j'ai bon espoir qu'il la déclare apte à faire le voyage.

L'humeur de Kitty s'améliora immédiatement.

— Ce serait merveilleux, mamie. J'ai vraiment hâte de vous voir toutes les deux. Tu penses que vous serez là à temps pour le bal masqué de samedi prochain ?

— Je ne peux rien garantir, ma chérie. Tout dépendra de Livvy. Nous devrons faire le trajet en plusieurs fois ; je crains qu'elle ne puisse pas être en voiture trop longtemps. Mais nous ferons de notre mieux. Promets-moi que tu suivras les conseils de Matt et que tu feras attention à toi, Kitty.

— Oui, mamie, ne t'inquiète pas.

Parler à sa grand-mère lui avait remonté le moral. Peut-être qu'à son retour, elle saurait lui dire quelle était la meilleure solution vis-à-vis du rubis. Elle avait été tentée de lui en parler à l'instant, mais s'était retenue, de peur que le téléphone ne fût une méthode de communication suffisamment sûre.

À peine eut-elle reposé le combiné que son moral repartit immédiatement dans les limbes. De l'autre côté du guichet lui faisait face le visage tout sauf bienvenu de Walter Cribbs.

CHAPITRE 20

— Monsieur Cribbs.

Elle s'efforça de rester professionnelle et de ne pas froncer le nez de dégoût.

— Cette chère mademoiselle Underhay, répondit Walter, l'air très content de lui.

— Comment puis-je vous aider, monsieur Cribbs ?

— Je vous en prie, appelez-moi Walter, je pense que nous nous connaissons depuis assez longtemps pour nous dispenser de formalités.

— Êtes-vous venu pour écrire au sujet du bal masqué à venir ? demanda Kitty.

— Je suis toujours ravi de couvrir les événements du Dolphin, Kitty, mais là, avec le terrible meurtre de M. Farjeon en début de journée, je me contente de suivre des pistes.

Kitty savait qu'elle allait regretter de poser la question mais le fit malgré tout.

— Et pourquoi donc ces pistes semblent-elles vous mener au Dolphin Hotel ?

Un sourire qui se voulait enjôleur s'étala sur le visage de Walter, révélant des dents jaunes inégales.

— Un instinct, c'est tout. À voir l'inspecteur Greville vous rendre si souvent visite, je me demande s'il n'y a pas un lien entre les meurtres et le Dolphin. Oh, et bien sûr, il y a les rumeurs quant au joyau fabuleux.

— L'inspecteur Greville doit avoir d'autres affaires à régler outre les meurtres, et les rumeurs de pierres précieuses ne sont que cela : des rumeurs. Je crains que vous ne soyez en train de perdre votre temps, monsieur Cribbs, et je vous remercierai de ne pas imprimer de contenu diffamatoire dans votre torchon.

Le sourire déplaisant de Walter s'élargit encore.

— Vraiment ? Et qu'en est-il donc du cambriolage de votre chambre en début d'après-midi ?

À qui avait-il parlé ? Les bruits de couloir se répandaient toujours comme des feux de broussailles dans une petite ville, et il n'aurait sans doute pas été difficile de délier la langue d'Alice, la jeune femme de chambre qui avait découvert l'état de ses quartiers.

— Dartmouth semble être en train de devenir une véritable plaque tournante du crime. Il ne se passe donc rien à Torquay ou à Newton Abbott en ce moment ?

— Vous a-t-on dérobé un quelconque objet précieux ? Pensez-vous que le voleur ait été à la recherche du joyau ? Pourquoi y a-t-il un policier dans la cuisine de l'hôtel ? demanda Walter en approchant son visage du sien, calepin et crayon sortis, prêt à noter ses réponses.

— Je n'ai rien à dire, monsieur Cribbs. Vous perdez réellement votre temps. On ne m'a rien pris qui ait une quelconque valeur. À nouveau, il n'y a pas de pierre. La sécurité est très bonne à l'hôtel et le policier dans la cuisine prend les dépositions au sujet du feu.

Kitty s'efforçait de garder un ton léger ; elle refusait de lui donner la satisfaction de voir son irritation. Elle devrait avoir une conversation avec ses employés pour leur rappeler de tenir leur langue.

Walter remit son carnet dans sa poche et lui adressa ce qui se voulait sans doute un sourire vainqueur.

— Nous ferions peut-être mieux de parler du bal masqué, plutôt. C'est un très bel événement qui s'annonce. Je le couvrirai pour la rubrique mondaine, bien sûr. J'espère vraiment que vous me réserverez une danse ou deux.

Kitty songea qu'il neigerait en enfer avant que cela n'arrivât.

— Je doute avoir le temps de danser. Il y a beaucoup à faire pour assurer le succès d'une soirée d'une telle ampleur.

Walter gloussa, et le son aigu lui scia les nerfs.

— Ne vous abrutissez pas de travail, voyons. C'est important de prendre du temps pour se reposer.

— Je suis sûre que vous travaillerez beaucoup vous aussi, fit-elle remarquer. Les représentants de la belle société de Dartmouth aiment voir leurs noms imprimés dans les pages consacrées aux événements de prestige. Je suis certaine que le *Herald* ne vous paie pas pour aller danser.

— Certaines des sommités de Dartmouth ont de la chance de ne pas figurer dans la rubrique judiciaire, rétorqua Walter, boudeur.

— Ah, monsieur Cribbs, quel hasard ! lança l'inspecteur Greville en apparaissant derrière Walter. Puis-je m'entretenir avec vous un instant ?

Kitty eut la satisfaction de voir Walter paraître un peu mal à l'aise. Le petit sourire moqueur qu'il arborait depuis son arrivée s'effaça d'un coup de son visage.

— Je ferai tout ce qui pourra satisfaire la loi, inspecteur Greville.

— Comment avez-vous eu vent du sort tragique de M. Farjeon ? Vous êtes arrivé sur les lieux du crime à une vitesse remarquable.

Walter s'agita sous le regard de l'inspecteur.

— Les sources d'un journaliste sont normalement sacrées, mais en l'occurrence, il se trouve que je passais simplement par là lorsque le coursier m'est tombé dessus en ressortant de la boutique.

— Je vois. Et où alliez-vous, lorsque vous passiez simplement par là ?

Une lueur sévère s'alluma tout à coup dans ses prunelles, et Kitty était bien contente que ce regard ne fût pas braqué sur elle.

— J'étais en route pour aller me trouver des provisions. La journée peut être longue quand on est sur la brèche à chasser des histoires, répondit Walter d'une voix où perçait une note pleurnicharde.

— Seul ?

— Mais de quoi s'agit-il donc ? Je suis sorti de chez moi et me suis dirigé vers la boutique de M. Farjeon pour lui poser quelques questions, mais elle semblait fermée, alors je me suis dit que j'allais d'abord me chercher à manger au magasin et voir s'il était arrivé à mon retour. J'étais à nouveau tout près lorsque le jeune garçon a déboulé dans la rue en criant comme un damné.

L'inspecteur Greville haussa un sourcil.

— Le garçon est ensuite allé demander de l'aide. Qu'avez-vous fait quand vous vous êtes retrouvé seul avec le corps ?

Kitty écarquilla les yeux.

— Rien, rien du tout. Qu'aurais-je fait à ce vieil Hubert ? J'ai passé la tête par la porte et vu qu'il était mort. Toute cette odeur de sang m'a retourné l'estomac, alors je suis ressorti prendre l'air, et puis le gamin est revenu avec votre agent, qui m'a dit de ficher le camp.

— Vous n'avez pas fouillé le kiosque ? Ni pris un quelconque document ?

— Non, je vous l'ai dit. Voir Hubert avec ce couteau dans les entrailles aurait mis mal à l'aise n'importe qui.

L'inspecteur toussa, et Walter sembla tout à coup se rappeler la présence de Kitty.

— Quelqu'un s'est-il joint à vous, ou avez-vous vu qui que ce soit avant que le garçon revienne avec l'agent ?

La sueur perla au front de Walter.

— Non, je ne sais pas. Des passants ont commencé à s'approcher en entendant le gamin pousser ses cris d'orfraie.

Walter agita les bras pour ponctuer son récit, et le mouvement attira l'attention de Kitty sur une marque marron foncé sur sa chemise, au niveau du poignet. Il y avait une autre tache au bord de sa veste. La bile lui monta dans l'estomac. Walter avait dû faire plus que passer la tête dans le kiosque, pour se retrouver avec du sang sur ses vêtements.

Le tout n'échappa pas non plus à l'inspecteur Greville.

— Je vois que vous avez du sang sur votre chemise et votre veste, monsieur Cribbs.

Le bout des oreilles de Walter vira au rose.

— C'est sans doute arrivé là quand le garçon m'est rentré dedans. Je n'ai rien touché dans cette boutique.

— Quelles questions comptiez-vous poser à M. Farjeon ?

— Il m'avait dit avoir des soupçons au sujet de l'identité de l'assassin de Cora Wakes. Les sous-entendus sont revenus plusieurs fois, alors j'ai voulu essayer de découvrir s'il disait la vérité. Je me suis dit que quelques billets le persuaderaient peut-être de me dire ce qu'il savait. Il aimait l'argent, Hubert.

— Et où avez-vous entendu la rumeur au sujet d'une pierre précieuse ?

— Des ragots dans le pub du coin et quelques pièces ici et là dans les bonnes mains.

L'expression de l'inspecteur se fit plus dure que jamais quand Walter avoua comment il trouvait la matière pour ses articles.

— Et vous n'avez pas envisagé de venir confier la moindre de ces informations à la police ?

— C'est un gros sujet. Je pourrais vendre cher l'histoire aux journaux nationaux, peut-être me faire créditer. Elle pourrait même m'offrir mon ticket pour Londres, m'amener au sommet de ma carrière, expliqua Walter en faisant traîner nerveusement ses semelles par terre.

— Si je découvre que vous avez compromis une scène de crime, monsieur Cribbs, ou que vous avez nui au bon déroulement de mon enquête, je parlerai à votre employeur, l'avertit Greville. Vous pouvez partir pour l'instant, mais je risque d'avoir besoin de vous parler à nouveau.

Dans un trottinement tout sauf digne, Walter s'enfuit de l'hôtel sans demander son reste.

— Oh, cet homme, lança Kitty dans un cri du cœur, parcourue par un frisson.

Elle vit l'inspecteur Greville dissimuler un sourire dans sa moustache.

— Je suis d'accord, mademoiselle Underhay. Malheureusement, l'expérience m'a appris que c'est ainsi que sont certains journalistes.

Il les salua, Matt et elle, et sortit lui aussi de l'hôtel.

— Combien en avez-vous entendu ? demanda Kitty.

Elle n'avait pas remarqué l'arrivée de Matt dans leur petit groupe, trop occupée qu'elle avait été à étudier Walter. Elle voulait lui demander ce que Vivien et Bobby avaient dit à l'inspecteur.

— Suffisamment. Pourquoi n'avez-vous pas donné le rubis à Greville ?

— Je ne peux pas, pas encore. Il me faut un peu de temps pour réfléchir à tout cela.

Matt avait le visage blanc dans la lumière déclinante. Elle alluma la lampe de bureau à l'abat-jour vert, et un halo doré éclaira le hall lambrissé.

— Le ciel est nuageux ; il fait sombre tôt, ce soir.

Une famille vint récupérer les clés de sa chambre, et elle fut distraite quelques minutes par ses obligations vis-à-vis de ses clients.

— Matt, tout va bien ?

Quelque chose dans son attitude lui soufflait qu'il y avait un problème.

— Je suis désolé. La journée a été difficile. J'aurais préféré que vous lui donniez ce joyau.

Sa réponse surprit Kitty. Elle avait l'habitude de voir le capitaine Bryant confiant. Tout à coup, elle se rappela ce dont il lui avait fait part, au sujet de la guerre, se rappela l'avoir vu ouvrir la vitre dans le taxi pour se sentir moins à l'étroit dans l'espace clos. Une vague d'émotion chaude l'envahit.

— Je suis désolée, le garder a été, je ne sais pas, un instinct, dit-elle, à voix basse pour que personne ne pût l'entendre en passant. Vous n'auriez pas dû aller dans ce tunnel avec Mickey.

Un rouge pâle monta aux joues de Matt, et il se raidit.

— C'était mon devoir d'aller vérifier ce qu'il se passait. C'est mon travail, celui pour lequel votre grand-mère m'a engagé.

— Je sais. Je suis désolée, c'est seulement que je m'inquiétais pour vous. Après avoir dû voir Hubert et identifier Cora, ça n'a pas dû être une expérience plaisante.

Les épaules de Matt s'affaissèrent légèrement.

— Je vous prie de m'excuser. Vous avez raison, les événements de la semaine écoulée m'ont affecté plus que je ne m'y attendais.

— Y a-t-il quoi que ce soit que je puisse faire ? demanda-t-elle en posant sa main sur son bras par-dessus le comptoir dans une marque de soutien tacite.

Il se dégagea comme si ses doigts l'avaient brûlé. Quand il planta son regard dans le sien, elle eut du mal à lire le maelstrom d'émotions qui s'y mélangeaient.

— Je vais vous demander de m'enfermer dans ma chambre et de garder la clé. Si vous entendez du bruit, ne venez pas me voir. Quelquefois, lorsque je suis exposé à des événements comme ceux-ci, les cauchemars reviennent.

La requête lui arracha un léger hoquet. Matt était lugubre.

— Il ne m'arrivera rien, il n'y a rien que quiconque puisse faire. Demain, je serai à nouveau comme avant.

— Je comprends.

Nombreux étaient les hommes à être revenus des combats couturés de cicatrices intérieures, cicatrices bien plus profondes que celles qui marquaient leur peau. Elle avait reçu à l'hôtel des clients venus pour de telles convalescences, leur épouse espérant que la paix et le calme de la ville fluviale panseraient les plaies de leur âme. Certains de ces hommes avaient, eux aussi, été sujets à des rêves terrifiants, ou étaient sortis dans la nuit ; l'un d'eux s'était enfoncé dans le fleuve froid et noir.

Matt s'était montré discret au sujet des traumatismes qu'il avait subis. Il s'était élevé au rang de capitaine, et sa grand-mère avait mentionné des états de service distingués. Manifestement, il payait toujours le prix de son engagement.

Ce soir-là, Kitty fit ce que Matt lui avait demandé : elle l'enferma dans sa chambre et garda la clé de sa porte avec elle.

Ses employés avaient pu remettre la sienne en ordre, mais vu l'état de la serrure, elle avait décidé de dormir dans la suite de sa grand-mère jusqu'à ce que Mickey se fût occupé des réparations nécessaires.

Elle convint avec Matt qu'elle irait lui ouvrir à 8 heures le lendemain matin. Une fois dans la suite de sa grand-mère, elle ferma la porte à clé et la condamna à l'aide d'une table, puis elle ouvrit le vieux coffre-fort secret caché dans le banc ménagé dans l'allège de la fenêtre. Elle approcha le joyau de la lumière. Même non taillé, il luisait d'un éclat rouge sang, et le rythme cardiaque de Kitty accéléra. Elle se secoua mentalement, enveloppa le rubis dans un mouchoir blanc propre bordé de dentelle et le plaça sous les documents liés à la disparition de sa mère. Matt était toujours très mécontent qu'elle eût omis de remettre la pierre à l'inspecteur Greville ou de lui faire part de la découverte.

L'opération terminée, Kitty s'assit sur le coussin à la fenêtre et se perdit dans la contemplation de la rivière. Un léger brouillard surplombait les eaux, et il y avait quelques passants dans les rues nocturnes, promenant leur chien ou en route pour les pubs et autres bars de la ville. Elle frissonna et resserra les pans de son cardigan contre elle. Tout à coup, sa mère et sa grand-mère lui manquaient énormément. Elle ne savait absolument pas quoi faire du rubis. Qui en était le légitime propriétaire ? Son père, s'il l'avait gagné à une partie de poker ? Il ne valait probablement pas la somme astronomique qu'avait avancée Walter Cribbs. Et au fil de ses méditations, l'esprit de Kitty s'égara encore et encore du côté de Matt. Elle espérait qu'il allait bien.

Elle s'était attendue à mal dormir, après tout ce qui s'était passé ce jour-là, et, pour ne rien arranger, son inquiétude vis-à-vis de Matt qui ne la quittait pas. Mais au contraire, elle s'éveilla en sursaut lorsque la femme de chambre venue lui apporter son thé du matin se mit à toquer et à essayer d'ouvrir frénétiquement en demandant si tout allait bien d'une voix angoissée.

Kitty se glissa hors de son lit et enfila sa robe de chambre avant de remettre à sa place originelle la table qui coinçait le battant. Alice se tenait devant elle, les yeux écarquillés, un plateau à thé sur son chariot.

— Je vous demande pardon, mademoiselle Underhay, mais la porte ne s'ouvrait pas.

— La serrure se grippe, parfois. Merci pour le thé, dit-elle en prenant le plateau avant de retourner à l'intérieur.

CHAPITRE 21

Matt se réveilla ce matin-là pour découvrir ses draps réduits à l'état de tas froissé et sale de transpiration. Il se redressa en position assise et étudia la pièce d'un regard prudent. Une table d'appoint avait été renversée, mais rien n'était cassé ni détruit. Il poussa un soupir de soulagement. Il n'avait pas voulu effrayer Kitty, mais quand ses terreurs nocturnes s'emparaient de lui, c'étaient des heures entières de sa vie qui lui échappaient. Il découvrait au petit matin des objets en mille morceaux, des coupures sanguinolentes à ses pieds et des bleus ou des douleurs sur son corps.

Elles avaient été encore pires, les premiers temps de son retour du front, à la fin de la guerre. Plus violentes et plus fréquentes. Il rêvait d'Edith, de la petite Betty et des zeppelins, et se réveillait en hurlant de rage et de souffrance. Rares étaient ceux qui connaissaient ses secrets, ses cauchemars, sa terreur dévorante d'être piégé dans un espace étroit et la tragédie qu'il avait vécue avec Edith.

Il était resté dans l'armée plusieurs années après la fin de la guerre, des missions pour le gouvernement qui l'avaient amené à voyager à travers l'Angleterre et l'Europe. Mais il n'avait jamais été capable de s'arrêter où que ce fût, les souvenirs le poursuivant comme des spectres, jusqu'à sa démobilisation, quelques mois plus tôt. Il avait accepté cette mission au Dolphin pour faire plaisir à ses parents, en particulier sa mère, qui se disait que passer du temps au calme à côté de la mer l'aiderait peut-être à cesser de fuir. Il ne s'était pas attendu à se retrouver au beau milieu d'une mystérieuse et incompréhensible affaire de meurtres.

— Matt ? entendit-il en même temps que de légers coups à sa porte. C'est Kitty. Vous allez bien ? Vous voulez que je vous fasse passer la clé par en dessous ?

— Oui, merci, tout va bien.

Il regarda la pièce de métal apparaître dans l'interstice et glisser sur le parquet verni jusqu'au bord du tapis.

— Je vous retrouverai plus tard, après le déjeuner, dit-elle.

— D'accord.

Il se demanda ce qu'elle avait fait du rubis. Au moins, Kitty était pondérée, et il avait apprécié qu'elle n'eût pas paru s'émouvoir de sa demande de la veille au soir. Il espérait qu'elle avait mis le joyau sous clé dans le coffre-fort secret de la suite de sa grand-mère. Il aurait bien aimé qu'elle acceptât de le remettre à la police, mais il pouvait comprendre ses raisons de vouloir le garder.

Il entendit Mickey parler à quelqu'un dans le couloir et supposa qu'il s'agissait du menuisier qui devait venir réparer la porte de Kitty. N'ayant pas été alerté, il supposa que l'occupant du tunnel n'avait pas refait son apparition. Si c'était lui, le cambrioleur de Kitty, il avait peut-être renoncé et décidé de vider les lieux à présent qu'il y avait une présence policière à l'hôtel. Mais il avait beau espérer très fort que ce fût vrai, il n'y croyait pas réellement.

Après le petit déjeuner, il trouva Kitty plongée dans son travail, en train de mettre la touche finale aux préparatifs pour le bal.

— Votre masque est prêt ? demanda-t-elle.

— Mickey m'en a trouvé un dans l'un des débarras. Des restes du bal du Nouvel An, a-t-il dit.

— Bien. J'espère que tout va bien se passer, c'est la dernière performance de Vivien ici.

— Repartent-ils immédiatement, Bobby et elle ?

— Non, ils restent quelques jours pour visiter Torquay et voir un peu la campagne alentour avant de partir à Plymouth pour embarquer. Je regrette de le leur avoir offert, à présent, avec tout ce qui s'est passé.

Kitty repoussa de côté la pile de papier sur laquelle elle s'échinait et soupira.

— J'ai du mal à me concentrer, aujourd'hui. J'ai toujours un policier dans ma cuisine qui dérange mon chef, et le menuisier est en train de s'occuper de ma porte.

— Alors venez, prenez une pause, lui lança-t-il, souriant.

— Quel genre de pause ? demanda-t-elle, la voix soupçonneuse.

— Je veux jeter un œil à l'accès au tunnel sous le château. Mickey a dit qu'il y avait une entrée là-bas, dans le temps.

Kitty rit.

— Il y en a sans doute plusieurs, même. Les terres du château s'étendaient beaucoup plus loin à l'époque. Certaines rumeurs parlent même d'anciens tunnels dans une crypte secrète sous l'église. Mais je ne vais pas monter dans un bateau aujourd'hui, la mer est houleuse.

— Pas besoin de prendre le bateau ; nous pouvons faire un tour aux salons de thé du château et jeter un coup d'œil de là.

Lesdits salons de thé avaient rouvert après la guerre et faisaient fureur auprès des touristes.

— C'est vrai. Je ne dirais pas non à une bonne tasse et un gâteau. Et puis, nous pouvons toujours parler à Pete, le gardien du château, s'il est là. Il vit sur place, donc s'il se passe quelque chose d'étrange, il est forcément au courant, expliqua Kitty en s'emparant de son chapeau et de son sac à main. Cela fait une éternité que je ne suis pas allée prendre le thé au château.

Après la pluie de la veille au soir, c'était une journée fraîche mais ensoleillée qui les accueillit lorsqu'ils se mirent à longer le fleuve en direction de l'extérieur de la ville et du château, derrière le vieux poste de douane. La promenade montait vers les collines et contournait la baie de Warfleet après les vieux fours à chaux. Les rues étaient étroites, et des venelles raides grimpaient d'une maison à l'autre. De nombreux couples avaient eu la même idée qu'eux, comme ils le constatèrent en se dirigeant vers le petit vestibule avant le salon de thé.

Matt étudia ce dernier avec intérêt. Il était plus grand qu'il ne s'y était attendu, niché qu'il était dans les vieux murs de pierres robustes du château. Il occupait le dernier étage de la tourelle, et le vestibule donnait sur la partie surélevée de la bâtisse, celle qui était construite sur la colline. Les tables de chêne foncé étaient recouvertes de nappes liserées de dentelle. Quelques photographies de la côte en nuances de gris étaient accrochées aux murs blanchis à la chaux. Des tables supplémentaires installées dehors permettaient de profiter de la vue sur la rivière. Ils prirent place à celles, plus petites, qui se trouvaient à l'intérieur, et passèrent commande auprès de la jeune serveuse, élégante dans sa robe noire, son tablier blanc et son bonnet assorti.

— Alors? Qu'est-ce que vous vous attendiez à trouver? demanda Kitty en retirant ses gants pour soigneusement les poser sur le dessus de son sac à main.

— Je ne sais pas, dit Matt en regardant autour de lui. J'ai vraiment envie de jeter un œil pour voir si le tunnel est visible depuis l'extrémité du château.

Kitty haussa les épaules.

— Cela m'étonnerait, il est immergé à marée haute et bien caché. Il y a d'autres tunnels près de la tour du château de Kingswear, de l'autre côté de la rivière. Beaucoup ont été perdus ou sont inutilisables aujourd'hui. Pendant la guerre, tout était fermé.

La serveuse revint leur apporter ce qu'ils avaient commandé. Kitty la retint alors qu'elle faisait mine de repartir.

— Savez-vous si Pete, le gardien, est là aujourd'hui ?

— Je ne sais pas, mademoiselle, je vais poser la question pour vous. Il y a un problème, mademoiselle ? demanda la fille, l'air inquiète.

— Non, non, aucun. Je suis à la recherche d'une information et je sais qu'il connaît le château comme sa poche, c'est tout.

Un sourire soulagé éclaira le visage de son interlocutrice.

— Je vais demander, mademoiselle.

— Pete vit ici pour son travail de gardien. C'est un ex-soldat, comme vous. Il a aidé à défendre cette ville pendant la guerre. Il connaît bien ma grand-mère.

Quelques minutes plus tard, un homme âgé qui boitait légèrement se présenta à leur table.

— Mademoiselle Underhay, comment je peux vous aider ? Comment va votre grand-mère ?

— Très bien, merci, Pete. Le capitaine Bryant ici présent se posait des questions au sujet des tunnels qui viennent du château. Je crois qu'ils sont reliés à celui qui se trouve à l'arrière du Dolphin.

Matt remarqua qu'il était « capitaine Bryant » à nouveau. Pete se gratta la tête dans un geste qui fit légèrement glisser sa casquette.

— 'Sont presque tous perdus, les tunnels, mademoiselle. Y en a un qui marche toujours.

— Celui qui donne sur la mer ? demanda Matt.

— Oui, monsieur, celui-là, il est toujours ouvert, je pense. On y avait bouché l'entrée avec une grille en métal, mais je crois qu'une tempête l'a emportée au printemps dernier.

— Aucun autre, à votre connaissance ?

Le visage de Pete se plissa dans une grimace pensive.

— Y en a qui donnaient sur les collines juste derrière l'enceinte du château, mais le fermier les a fait fermer, qu'on m'a dit.

— Je présume que vous n'avez pas vu ou entendu passer des bateaux du côté de l'entrée dans la falaise ?

— Non, mademoiselle, rien remarqué. Vous pensez qu'on a un contrebandier à nouveau ? Ou quelqu'un qui met son nez là où y devrait pas ? demanda Pete, le regard tout à coup étréci.

— Non. Ma grand-mère a une porte qui ferme le tunnel de notre côté, protégée par un cadenas, et il semble que quelqu'un ait essayé de forcer le passage, dit Kitty, se contentant d'une demi-vérité.

— Sûrement des gosses qui chahutaient.

— Vous devez avoir raison, Pete. Je voulais seulement vérifier. Si vous notez quoi que ce soit d'étrange, cela dit, envoyez un message au Dolphin pour le capitaine Bryant, je vous prie.

— Pour sûr, mademoiselle Underhay, déclara Pete en hochant la tête.

Il leur serra la main à tous les deux et prit congé.

— Vous réalisez qu'il me pense en mission sous couverture pour l'armée ? demanda Matt en louchant vers Kitty en train de boire une gorgée de sa boisson chaude.

— Bien sûr, mais Pete est une bonne et honnête âme, et c'est un patriote.

Une fois leur thé terminé, ils allèrent se promener en haut du château pour observer la mer.

— La marée est haute, impossible de voir le tunnel, dit Kitty en se protégeant les yeux de la main.

— Quel âge aviez-vous pendant la guerre, Kitty? demanda Matt.

— J'avais quatre ans quand elle a commencé. Six quand ma mère a disparu. Vous deviez être jeune vous-même?

Il resta silencieux un instant, s'efforçant de ne pas se souvenir.

— Pas autant que vous, mais trop. Quatorze ans, presque quinze.

— Que s'est-il passé, Matt? Qui est Edith?

Il secoua la tête.

— Je suis désolé, Kitty. Je ne peux pas parler d'elle, pas ici, pas encore.

— Allez, dit-elle en posant sa main gantée sur son bras, nous ferions mieux de rentrer à l'hôtel.

Le retour fut silencieux. Matt était perdu dans ses pensées, et lui laisser ce moment de calme ne semblait pas déranger Kitty.

La vaste façade à colombages du Dolphin surplombait la rue. La brise venue du fleuve faisait grincer avec douceur l'enseigne en bois sculpté peinte en gris figurant un dauphin, haut au-dessus de leur tête. Les vitraux losangés captaient la lumière du soleil dans des reflets scintillants.

Matt observa discrètement Kitty. Aurait-elle choisi de s'occuper de cet hôtel, si elle avait eu son mot à dire? Peut-être Elowed s'était-elle enfuie pour échapper à sa destinée, après tout; cela dit, il craignait que les instincts de Kitty et de sa grand-mère ne fussent corrects et qu'Elowed eût perdu la vie depuis longtemps.

Si Elowed avait planifié son départ, pourquoi abandonner le rubis, et sa fille ?

— Le courrier, mademoiselle Underhay, dit la fille au guichet en tendant à Kitty un petit paquet de lettres lorsqu'elle entra dans le hall.

Matt attendit qu'elle eût fini de les passer en revue ; son instinct lui soufflait de ne pas s'éloigner. Il la vit froncer les sourcils en direction d'une enveloppe en particulier.

— Kitty ?

— Je ferais mieux de l'ouvrir là-haut, dit-elle en lui lançant un coup d'œil.

Il la suivit, et ils gravirent en vitesse le large escalier de chêne verni pour atteindre le premier étage. Kitty ouvrit la porte de la suite de sa grand-mère et traversa la pièce en direction du bureau. Elle y lâcha le reste des lettres avant de retirer ses gants et de s'emparer d'un petit coupe-papier doré.

— Je ne reconnais pas l'écriture, et elle a été apportée en personne, dit-elle en agitant l'enveloppe vers lui pour qu'il pût constater l'absence de timbre.

Avec précaution, elle déchira le rabat et révéla la mince feuille de papier.

Matt vit immédiatement que cette missive était différente des lettres anonymes. Là où celles-ci tenaient en une ligne, le courrier d'aujourd'hui contenait toute une page de texte et renfermait dans ses plis ce qu'il identifia comme une petite photographie.

Kitty se laissa choir sur le sofa. Le cliché tomba sur ses genoux tandis qu'elle parcourait la lettre.

— De quoi s'agit-il ? demanda Matt.

— C'est vraiment très étrange. Je ne sais que dire.

Elle ramassa la photographie. Elle ne pleurait pas, mais ses yeux brillaient de larmes, et elle battit des paupières en l'étudiant.

Elle secoua la tête avec virulence, comme pour s'éclaircir l'esprit, et la lui tendit.

— Ma mère.

Il l'observa à son tour. Prise de toute évidence un certain temps auparavant, elle était tout abîmée et froissée. Elowed semblait avoir à peu près l'âge actuel de Kitty. C'était un portrait de studio professionnel; installée devant ce qui semblait être un arrière-plan de photographe représentant un paysage de Grèce classique à colonnade, elle tenait dans ses mains un grand bouquet de lys. Il retourna le cliché. À l'arrière était écrit : « Ma magnifique femme le jour de notre mariage ».

— La lettre vient d'Edgar ? dit-il en rendant l'image à Kitty.

Elle hocha la tête.

— Il semblerait. Il a joint la photographie pour prouver son identité.

Matt attendit qu'elle continuât. Il brûlait de prendre la lettre et de lire ce qu'Edgar Underhay avait à dire à l'enfant qu'il avait abandonnée, mais il attendit que Kitty se donnât une contenance.

Celle-ci se tamponna les yeux à l'aide d'un mouchoir bordé de soie avant de lever la feuille à nouveau et d'en lire le contenu à voix haute.

Ma chère fille,

J'espère avoir toujours le droit de t'appeler ainsi malgré notre longue séparation. Je n'ai appris que tout récemment que ta mère n'était plus parmi nous; ce fut un choc terrible, et je dois te demander de me croire quand j'affirme que je ne savais rien de l'événement ni des circonstances qui l'entourent. Je la croyais en sécurité avec toi à l'hôtel de ta grand-mère. Je me rends bien compte que cette prise de contact risque de ne pas être bienvenue alors que tant d'années se sont écoulées. Je ne suis en Angleterre que depuis peu, après être resté de nombreuses années en Amérique. J'avais des raisons de croire que tu ne souhaiterais pas recevoir de lettres de ma part, alors, à ma honte, je ne t'ai pas écrit.

Je joins à ce courrier une photographie de ta mère en guise de garantie que je suis bien celui que j'affirme être. Je l'ai gardée avec moi depuis notre mariage. Je comprends que tu ne souhaites peut-être pas me voir ni recevoir des nouvelles de ma part, mais je crains grandement t'avoir, sans le vouloir, mise en grave danger par ma venue à Dartmouth. C'est la raison pour laquelle je ne me suis pas encore ouvertement présenté devant toi en personne comme j'en avais l'intention à l'origine. Ta mère avait en sa possession un objet qui m'appartient, un objet de grande valeur ; j'avais l'intention de le récupérer et de renouer avec toi, mais j'ai été doublé par un associé en qui j'avais confiance. Ma chérie, je t'en supplie, reste en sécurité et fais-toi protéger par quelqu'un à qui tu peux te fier.

Je ne sais pas si tu as découvert le joyau. Si oui, alors, s'il te plaît, assure-toi de le mettre sous clé dans un endroit secret et sûr. J'espère pouvoir te contacter en personne pour m'expliquer davantage, mais je n'ose te mettre – ni, en toute franchise, me mettre moi-même – encore plus en danger.

Si tu ne souhaites pas me voir ni entendre parler de moi, je le comprendrai, mais il faut vraiment que tu saisisses la gravité extrême de la situation dans laquelle je me trouve et t'ai mise contre ma volonté. Si tu acceptes de poursuivre la communication avec moi, je te demande de placer un vase de roses rouges à la fenêtre de ta grand-mère qui donne sur la rue, et je te contacterai.

Je t'en prie, ma chère enfant, prends soin de toi ; l'idée qu'il t'arrive quoi que ce soit à cause de moi m'est intolérable.

Ton père, Edgar Underhay

La voix de Kitty se brisa lorsqu'elle arriva à la dernière ligne.

— Que dois-je faire maintenant, Matt ?

CHAPITRE 22

Matt faisait les cent pas en ruminant le contenu de la lettre de Kitty.

— Ça, c'est ce qu'on appelle un sacré rebondissement, ma vieille.

C'était sorti tout seul.

— Je ne sais pas quoi faire, dit Kitty, concentrée sur les mots, qu'elle relisait une fois de plus. Ni au sujet de cette lettre, ni au sujet de la pierre.

Elle la mit de côté et attrapa à nouveau la photographie.

— Vous ressemblez beaucoup à votre mère, fit remarquer Matt.

Elle effleura d'un doigt tendre le coin du cliché abîmé.

— Je ne sais pas, continua-t-il. Que voulez-vous faire, Kitty ?

Il attendit qu'elle répondît. Il savait ce qu'ils *devraient* faire : tout remettre à l'inspecteur Greville, y compris ce fichu rubis, mais ce n'était pas à lui de prendre cette décision. Tout ce qu'il pouvait faire, c'était tâcher de garder Kitty en sécurité.

— Si je donne la lettre et la pierre à l'inspecteur, mon père risque de se trouver en plus grand danger encore. Et moi aussi par la même occasion. Ce joyau, c'est le premier lien tangible que j'aie vis-à-vis de mes parents, et c'est peut-être la clé de la disparition de ma mère, dit-elle d'une voix troublée.

— Kitty, je sais que c'est difficile à envisager, mais vous devez regarder les faits. Nous ne savons pas qui a tué M. Blaas, Cora ou Hubert Farjeon. Et je l'admets, l'intérêt de cette personne pour vous m'inquiète.

Elle soupira et plaça lettre et photographie sur le bureau.

— Je sais que mon père est un voyou et un lâche, il l'admet plus ou moins lui-même dans son courrier, mais je n'arrive pas à l'imaginer capable de violence.

— Souhaitez-vous placer les roses à la fenêtre ? demanda Matt.

Elle hocha lentement la tête.

— Je souhaite résoudre cette énigme. Je souhaite rencontrer mon père, l'avoir sous mes yeux. Il a dû garder ce cliché sur lui toutes ces années. Je veux entendre de sa bouche pourquoi il n'est jamais revenu.

— Je comprends.

Et, d'une étrange façon, c'était vrai. Il voulait découvrir qui avait tué Blaas, Cora et Hubert, et, il l'espérait, aider l'inspecteur Greville à traduire en justice l'auteur de ces crimes. Mais il entendait aussi le désir lancinant de combler le vide que peut laisser dans la poitrine l'absence de quelqu'un.

— Je vais faire chercher des roses rouges, et nous verrons bien ce qui se passe ensuite, déclara Kitty en se levant et en déverrouillant le bureau pour ranger à l'intérieur la lettre et la photographie. Ne parlons pas de cette affaire à l'inspecteur Greville, pas encore.

Son regard inquiet croisa celui de Matt.

— Très bien, si vous êtes sûre de vous. Vous savez que cela ne me plaît guère, cependant. J'ai promis à votre grand-mère d'assurer votre sécurité, et je ne pensais pas à ce moment-là qu'un rubis inestimable ferait partie de l'équation.

— Je le sais bien, et je vous jure que je ne commettrai pas d'imprudence, dit-elle, les lèvres ourlées par un mince sourire.

Matt aurait voulu pouvoir la croire.

Suivant les instructions de son père, elle plaça un grand vase de fleurs sur une petite table d'appoint dans l'avancée de la fenêtre de la suite et envoya Matt vérifier que le bouquet était visible depuis la rue.

— Et maintenant, nous attendons, dit-elle.

— La nuit sera tombée d'ici quelques heures. Je ne pense pas qu'il vous contacte à nouveau aujourd'hui. S'il est aussi inquiet qu'il le dit au sujet de votre sécurité, ainsi que de la sienne, je m'attends plutôt à ce qu'il provoque une rencontre brève, sans doute quand vous vous y attendrez le moins.

Kitty soupira.

— Vous avez sans doute raison.

La soirée fut chargée. Comme les jours précédents, Vivien Delaware eut un succès retentissant, et le temps que le dernier client regagnât son lit et que les visiteurs eussent tous vidé les lieux, il était fort tard.

Vivien n'était manifestement d'humeur à bavarder ni avec Kitty ni avec Matt, et elle quitta la salle de bal dès la fin de la performance, de même que Bobby et les musiciens. Matt accompagna Kitty dans le hall s'assurer que le portier de nuit était bien en poste et ouvrait l'œil.

— Ce pauvre policier est-il toujours en train de faire le guet dans la cuisine ? demanda Kitty, à voix basse pour ne pas être entendue du portier.

— Oui. Greville nous laisse un homme pour quelques jours.

De son côté, Matt était content qu'il y eût une présence policière à l'hôtel. La mesure supplémentaire ne pouvait que jouer en faveur de la sécurité de Kitty.

— Je vais passer à la cuisine me prendre du lait chaud à monter là-haut.

— Si je peux en faire un chocolat chaud, je vous suis, dit Matt en lui souriant.

Elle eut à peine le temps de commencer à verser du lait dans la casserole que Matt lui attrapa le bras. Elle se figea.

— Regardez ! lança le policier en se dressant sur ses pieds.

Tous observèrent vers la porte dans la falaise, osant à peine respirer. Elle s'était très légèrement entrouverte ; quelqu'un était dans le tunnel. Le policier jura que personne n'était passé de leur côté et que l'intrus s'apprêtait donc forcément à sortir. Matt effleura sa manche et lui indiqua la porte arrière de la cuisine, dont le verrou n'était pas tiré.

L'agent et lui se dirigèrent petit à petit vers la sortie à pas lents et prudents, et Kitty les suivit. Ils regardèrent dans le clair de lune la porte du tunnel s'ouvrir davantage et un visage pointer son nez dans les ombres.

Matt retint son souffle. Tout dépendait de leur prochaine action. S'ils se faisaient voir, ou s'ils agissaient trop vite, leur homme pourrait repartir immédiatement d'où il venait et leur filer entre les doigts. Il sentit un frisson glacial danser le long de sa colonne vertébrale lorsqu'il s'imagina devoir peut-être retourner dans les tunnels, dans l'obscurité, cette fois.

Pendant ce qui leur sembla durer une éternité, il ne se passa rien du tout. Puis la porte du tunnel s'ouvrit plus grand, et une silhouette masculine mince émergea. L'homme regarda autour de lui, comme pour vérifier que le champ était libre, puis s'élança vers le portail. Avant que Matt pût l'en empêcher, le policier souffla dans son sifflet et chargea à travers la porte arrière de la cuisine.

L'intrus sursauta et retourna en courant vers les tunnels. Matt poussa un grognement audible et, jurant dans sa barbe, suivit les épaules larges de l'agent en direction de leur cible.

— Matt ! s'écria Kitty en courant à sa suite dans un claquement de talons. Prenez ceci.

Il s'interrompit brièvement pour accepter la grosse torche en métal qu'elle lui tendait.

— Restez ici ! Retournez à l'intérieur et appelez Greville, cria-t-il en l'allumant avant de suivre le policier à l'intérieur de la falaise.

L'obscurité l'enveloppa à l'instant où il entra dans le boyau et où la porte retomba derrière lui. Reconnaissant de la vivacité d'esprit de Kitty, il s'éclaira à l'aide de la lumière jaune le long du tunnel étroit, sur les talons de l'agent. Devant eux, dans les ténèbres, il entendait les bruits de pas frénétiques de l'homme qu'ils pourchassaient racler contre la roche.

Bientôt, ils furent dans la grotte où Mickey et lui avaient découvert les couvertures. Il balaya l'espace du rayon de sa torche, à la recherche d'une hypothétique autre issue, mais ne vit que celle que Mickey avait dit mener à la mer sous le château.

Cette fois, Matt ouvrit la voie et le policier le suivit. Il s'avança en tendant l'oreille, à l'affût d'un quelconque son de la part de leur cible. L'air sentait l'eau et le sel, et c'est le cœur tambourinant dans la poitrine qu'il s'aventura plus loin dans les profondeurs de la falaise.

Matt commençait tout juste à sentir les parois du tunnel se refermer sur lui lorsque, tout à coup, elles s'écartèrent. Une fourche. Matt poussa un soupir haletant en s'efforçant d'étudier les options qui s'ouvraient à eux pour repousser la terreur qui s'emparait de son esprit. L'un des embranchements descendait, tandis que l'autre, bien plus petit, s'élevait en faisant un coude vers la droite. Le fugitif avait une longueur d'avance, et Matt braqua la torche vers le sol et les murs autour de lui, à la recherche d'indices quant à la direction qu'il aurait pu prendre.

— Je ne l'entends pas, dit le policier.

Matt n'entendait à peu près rien en dehors du son de son propre sang battant dans ses oreilles.

— Je doute qu'il soit venu en bateau. Essayons de ce côté.

Il prit le chemin qui montait, et, au mépris de ce que lui hurlait son instinct de survie, s'enfonça plus loin dans le complexe.

Le tunnel se fit de plus en plus étroit à mesure qu'ils progressaient, et Matt sentit ses épaules commencer à frotter contre les parois. Il pensait entendre devant lui l'homme qu'ils poursuivaient.

— Monsieur, je ne peux pas aller plus loin.

Matt jeta un coup d'œil derrière lui : la large carrure de l'homme l'empêchait d'avancer davantage. Il déglutit.

— Pouvez-vous revenir sur vos pas, vérifier que Mlle Underhay va bien et prévenir de la situation ?

— Oui, monsieur, j'ai des allumettes dans ma poche pour m'éclairer.

Le policier entama son retour en arrière. Matt prit une profonde inspiration et poursuivit sa route. Il se forçait à se concentrer sur ce pour quoi il était là, à repousser les horribles souvenirs qui le narguaient depuis les recoins sombres de son esprit. Les souvenirs de la boue des Flandres, lourde et collante, qui s'effondrait, qui appuyait contre sa poitrine, qui emplissait son nez et sa bouche. La roche des parois commença à laisser place à de la terre ; de longues racines pâles, à l'odeur moite d'humus, pendaient du plafond et accrochaient ses cheveux.

Régulièrement, il avait l'impression d'entendre des bruits de frottements devant lui et espérait qu'il s'agissait de sa cible. Une douche de terre et de cailloux lui tomba dessus, et il faillit lâcher la torche. Il avait envie de vomir. Quand donc ce maudit tunnel allait-il se rouvrir ?

Mais il eut à peine formulé cette pensée que l'espace se fit plus étroit encore, tant et si bien qu'il fut obligé de se mettre à plat ventre et de ramper. Il voyait des feuilles devant lui dans le faisceau jaune, respirait un air vert, sentait la fraîcheur de la nuit sur son visage. Il avança en se tortillant, espérant que l'homme qu'il pourchassait ne se cachait pas juste devant lui, prêt à l'attaquer.

Finalement, il émergea par ce qui semblait être un terrier de blaireau parmi les vastes arrondis d'un champ juste devant les murs du château. Il fallut un moment à ses yeux pour s'ajuster à la lumière de la lune tandis qu'il tournait la tête à la recherche de l'homme qu'il avait suivi jusque-là. Il dirigea sa lampe vers une haie obscure, essayant de trouver sa cible allongée là, cachée, mais il n'en trouva pas trace.

Matt tomba à genoux sur l'herbe, terriblement soulagé d'être hors des tunnels et en vie. Il se doutait que le retour en ville à travers les bois serait long et pénible, mais il était tout simplement incapable d'envisager de retourner au Dolphin par là où il était venu.

Lentement, il commença à suivre la haie en faisant attention à l'irrégularité du sol sous ses pieds. Il arriva à un portail et se dirigea vers la petite longère du Devon aux murs de pierre. À son approche, les chiens de ferme se mirent à aboyer. Une lumière s'alluma dans le bâtiment.

⁂

Kitty avait appelé le commissariat dès que Matt s'était enfoncé dans le tunnel. Elle attendit ensuite dans la cuisine, pétrie d'angoisse, que Matt ou le policier refissent leur apparition dans la cour.

Sa patience fut récompensée environ une demi-heure plus tard par la sortie de l'agent.

— Que s'est-il passé ? Où est le capitaine Bryant ?

Son cœur battait à toute vitesse. L'uniforme de l'homme était déchiré et sale. Elle le conduisit dans la cuisine et mit la bouilloire sur le feu, tâchant de calmer ses nerfs en se tenant occupée et en se donnant des objectifs.

— Le capitaine Bryant est toujours à la poursuite de l'intrus, mademoiselle, dit le policier en s'effondrant sur une chaise, clairement secoué. Le tunnel était trop étroit pour moi, alors il a continué seul. Il m'a demandé de revenir en arrière et de rester avec vous, mademoiselle. Il fait noir comme dans un four au fond de ces tunnels. On ne voit pas sa main devant soi.

— J'ai téléphoné au commissariat, vos collègues devraient arriver bientôt. Avez-vous aperçu le visage de l'homme ? Où êtes-vous allés ?

Au moins, Matt avait la torche, mais cette pensée ne lui apportait pas un grand réconfort.

L'agent lui raconta leurs péripéties à travers les boyaux de la falaise, et leur théorie – que l'homme s'était échappé par voie de terre.

— Matt pourrait être n'importe où. Il pourrait être en danger mortel !

Elle savait que les tunnels représentaient son pire cauchemar, et s'aventurer là-dedans seul sur les talons du fugitif était d'une bravoure défiant l'entendement. Cette aventure lui causerait des souffrances terribles. Elle se précipiterait à sa suite elle-même si elle pensait pouvoir lui être d'aucune aide.

— Mademoiselle Underhay. Agent Jones. Auriez-vous l'amabilité de m'expliquer ce qui se passe ici ? demanda l'inspecteur Greville en entrant dans la pièce, escorté par le portier.

CHAPITRE 23

Lorsque le téléphone retentit enfin pour l'informer que Matt était en sécurité, Kitty sentit l'épuisement la frapper comme une lame de fond et la vider du peu d'énergie qu'il lui restait. L'inspecteur Greville envoya une voiture le chercher à High Castle Farm.

Le temps qu'il fût de retour à l'hôtel, les premières taches rosées de l'aube striaient le ciel et les oiseaux avaient commencé à chanter.

— Capitaine Bryant, à ce que j'ai cru comprendre, vous avez eu de la chance que M. Dykes n'ait pas vidé le chargeur de son fusil de chasse sur vous quand il vous a surpris dans sa ferme, fit remarquer l'inspecteur Greville lorsque Matt entra dans le hall de l'hôtel.

Il paraissait éreinté et échevelé; il avait de la terre plein son costume et une égratignure à la joue gauche.

— Je crois qu'il m'a pris pour un renard qui en avait après ses poules, au début. J'ai pu le convaincre que je n'étais pas un vagabond cherchant à le cambrioler, mais il s'en est fallu d'un cheveu.

Il s'effondra sur une chaise. Kitty lui tendit le verre de whisky qu'elle lui avait versé.

— Pas de signes de votre cible ?

— Non, monsieur. De toute évidence, il connaissait ces tunnels et le terrain au-dessus. Le temps que j'atteigne le champ, il avait disparu.

Greville poussa un profond soupir.

— Je crois que nous pouvons partir du principe que notre homme est très probablement Colin Wakes. C'est forcément quelqu'un qui vient d'ici, pour connaître aussi bien la disposition de ce réseau. Avez-vous réussi à bien voir son visage ? L'agent Jones a dit ne pas y être parvenu, dans la pénombre.

— Je ne l'ai qu'entraperçu, je le crains. L'agent Jones et moi étions assez loin, et il faisait sombre. C'est un homme fin, plus petit que la moyenne, avec un visage mince et une moustache fine, c'est tout ce que je peux dire, énuméra-t-il en avalant une gorgée de whisky.

L'inspecteur jeta un œil à sa montre.

— En tout cas, il correspondrait à la description de Wakes. Mais pour l'instant, je pense que nous ferions tous mieux d'aller nous reposer, la nuit a été longue. Nous allons continuer de chercher Colin Wakes ; s'il a aussi peur de croiser la route de la police, c'est forcément pour une raison, sans compter qu'il rôde dans les vieux tunnels de contrebandiers.

Il mit son chapeau et leur souhaita une bonne fin de nuit.

Le portier partit accomplir ses devoirs matinaux, laissant Kitty seule avec Matt dans le hall.

— Comment vous sentez-vous ? murmura-t-elle.

— Content d'être sorti des tunnels, répondit-il avec une grimace.

Kitty retint un bâillement.

— Je suis désolée, il faut que j'aille dormir un peu. Puis-je vous apporter quoi que ce soit d'autre ?

— Non, dit-il en terminant son whisky. Merci pour le verre.

— Est-ce que cela ira pour vous ? demanda-t-elle tandis qu'il se levait pour monter les escaliers à sa suite.

Elle espérait que l'épreuve qu'il venait de vivre n'allait pas déclencher de nouvelles terreurs nocturnes.

— Je survivrai, assura-t-il avec un bref sourire.

Une réponse dont elle dut bien se satisfaire.

⁂

Les journées suivantes furent largement occupées par les préparatifs pour la performance finale de Vivien ainsi que pour le bal masqué, et Kitty se jeta à corps perdu dans le travail pour se distraire de sa frustration. L'affaire patinait. La police avait beau poursuivre ses efforts, Colin Wakes semblait s'être évaporé. Kitty s'attendait en permanence à ce que son père la contactât à nouveau, mais rien, malgré le vase chargé de roses qu'elle persistait à laisser en évidence à la fenêtre. Sa grand-mère et sa grand-tante étaient parties d'Écosse mais ne seraient de retour qu'après le bal, Livvy ayant reçu pour consigne d'entrecouper son trajet de nombreux arrêts.

Vivien et Bobby continuaient de faire profil bas. Kitty ne les voyait que lors des performances nocturnes.

À sa grande frustration, Matt continuait de surveiller chacun de ses faits et gestes, dans l'hôtel comme au-dehors, souvent jusqu'à trouver des excuses pour l'accompagner.

— Je commence à avoir l'impression que nous sommes un couple de petits vieux mariés depuis cinquante ans, se plaignit-elle lorsqu'il insista pour l'escorter au bureau de poste.

Il haussa un sourcil, et le coin de sa bouche s'étira.

— Alors je suis sûr que vous en conviendrez : je ferais un époux très attentif.

Elle se renfrogna, et lui se mit à marcher à ses côtés d'un pas tranquille, comme s'il avait tout le temps du monde. Elle se demanda s'il avait déjà été l'époux de quelqu'un, et si c'était cela, la tragédie de sa vie. Peut-être celui de la mystérieuse Edith.

— J'ai quelques courses à faire au marché, dit-elle en partant vers le Butterwalk.

La vieille arcade couverte était un peu plus loin de la rivière, derrière les principales artères.

— Je ne crois pas avoir vu le marché, fit remarquer Matt en lui emboîtant le pas.

Ils passèrent devant les vitrines des magasins, sous les étages soutenus par les colonnes de pierre. Le marché était petit mais animé, avec des étals chargés de toutes sortes de produits – légumes, poissons, quincaillerie et mercerie qui se battaient pour occuper l'espace et appâter le chaland.

Elle fit ses achats, qui s'empilèrent en paquets dans le gros panier en osier qu'elle portait sur un bras, et ils étaient sur le point de retourner à l'hôtel quand Matt lui toucha le coude.

— Regardez par ici.

Elle jeta un œil dans la direction qu'il lui indiquait. À sa surprise, elle découvrit Bobby dans une intense conversation avec Walter Cribbs. Matt la tira vers le bord du chemin piéton afin de ne pas bloquer le passage. Sous leurs yeux, Bobby tira une enveloppe en papier kraft de l'intérieur de sa veste et la tendit à Walter avant de s'enfuir à pas vifs.

— Très étrange, fit remarquer Matt.

— Que pensez-vous que contenait cette enveloppe ? demanda Kitty.

Matt haussa les épaules.

— De l'argent ? Des informations ? De la part d'un rusé personnage comme Walter Cribbs, tout est possible.

— Pensez-vous qu'il ait pu prendre quelque chose dans la boutique de Hubert Farjeon et s'en serve maintenant pour faire du chantage à Bobby et Vivien ? Il est entré là-dedans, il l'a admis, et nous sommes assez certains qu'il a menti à l'inspecteur Greville.

— Bobby et Vivien m'ont tous les deux semblé bien secoués lors de l'interrogatoire de Greville. Le plus suspect aurait été Bobby, d'après moi. Vivien attire les foules où qu'elle aille, avec son apparence ; elle aurait eu du mal à assassiner Cora ou Hubert sans qu'on la voie. Mais Bobby, qui sait ?

Kitty médita l'information, sourcils froncés.

— Mais pourquoi ? Quel pourrait être leur motif ? Et ils n'étaient pas là quand M. Blaas s'est fait tuer.

— J'y ai réfléchi, et je pense que Vivien et Bobby sont en mission pour récupérer ce rubis pour le compte de quelqu'un d'autre. Bobby a admis que leur prochain contrat serait à nouveau à Chicago, et il m'a donné l'impression que c'était un club mafieux qui les accueillait. Ils pourraient également vouloir la pierre pour eux-mêmes, bien sûr.

— C'est affreusement logique, j'imagine. S'ils ont reconnu mon père à Londres, ils auraient pu prévenir quelqu'un qu'ils savaient à sa recherche. Le trajet entre Dartmouth et la capitale ne prend pas si longtemps que ça en train ou en automobile, et Bobby est arrivé après Vivien.

— Exactement, dit Matt.

— J'ai hâte que le bal masqué soit passé. Dans quelques jours, ils seront repartis en Amérique. Je regrette de leur avoir proposé de rester jusqu'à la date de leur embarquement.

— C'est curieux que le passage de l'enveloppe se soit fait dans ce sens et pas dans l'autre.

— Oh, oui, je vois ce que vous voulez dire. Walter a déjà avoué acheter certaines informations, donc on s'attendrait à ce que ce soit lui qui paie Bobby et non l'inverse.

C'était étrange. Un frisson lui parcourut la colonne vertébrale. Walter était tout sauf fiable, et la façon dont il l'avait toujours regardée lui glaçait le sang. Quand il lui avait fait ces avances indésirables, au bal de Noël, sous le gui, elle n'avait eu d'autre choix que de littéralement lui marcher sur les pieds pour échapper à ses griffes.

Lorsqu'ils arrivèrent sur la berge, elle ne put s'empêcher de lever les yeux vers la boutique de Hubert Farjeon, en amont. Elle était toujours fermée par des cordons de sécurité.

— À ce que j'ai cru comprendre, l'inspecteur Greville n'est pas ravi que l'endroit soit devenu un site incontournable des vacanciers amateurs de frissons, dit Matt en prenant son bras dans le sien et en la faisant gentiment pivoter vers le Dolphin. Je crois que le maire insiste auprès du conseil pour la faire retirer aussi vite que possible.

— Ce serait une bonne chose. Hubert Farjeon n'avait pas de famille, pour autant que je sache, personne pour reprendre l'entreprise ou conduire son car. C'est horriblement triste.

Kitty frissonna en imaginant des inconnus loucher sur le joyeux petit kiosque où Hubert avait connu une fin si tragique.

— Mlle Delaware est aussi sortie en balade cet après-midi, je vois.

Vivien était en effet en train de se promener sur la berge. Elle était élégamment vêtue, comme d'habitude, cette fois d'un costume fauve pâle, d'une étole en fourrure de renard et d'un chapeau orné d'une haute plume. Trois petits enfants des rues la suivaient à quelques pas de distance, bouche bée devant un tel spectacle.

— Bonjour, lui lança Matt en levant son chapeau lorsqu'elle fut près d'eux.

Vivien lui adressa en réponse un hochement de menton royal qui secoua la plume sur son chapeau et fit glousser les gamins derrière elle par la même occasion.

— Vous n'avez pas vu Bobby, j'imagine ? Il devait m'accompagner aux salons de thé du château.

— Nous l'avons croisé tout à l'heure, en ville, près du Butterwalk, répondit Kitty. Je pense qu'il sera bientôt là.

Si Vivien voulait se rendre aux salons de thé, elle marchait dans la mauvaise direction. Sa tenue n'était pas non plus franchement adéquate pour le trajet, à moins que Bobby et elle n'eussent prévu de prendre une voiture, contourner la baie de Warfleet nécessitant de gravir les collines.

— Merci, ma chérie. C'est vrai qu'il m'avait dit devoir se rendre au bureau de poste.

Vivien resserra légèrement son étole autour de ses épaules, le regard peu amical.

— Peut-être que sa rencontre impromptue avec Walter Cribbs l'aura retardé, fit Matt, l'air de rien.

Vivien cligna des yeux, et ses lèvres écarlates se pincèrent sèchement.

— Walter Cribbs ? Oh, le reporter. C'est toujours Bobby qui s'occupe de gérer la presse pour moi. Il planifie les entretiens, ce genre de choses.

Matt sourit.

— Je présume que c'est ce qui lui aura fait perdre du temps, dans ce cas.

Sur ce, ils reprirent leur route et passèrent devant Vivien, qui resta là à attendre que revînt l'infortuné Bobby.

— Vous êtes vraiment retors, murmura Kitty dès qu'elle fut certaine que Vivien ne pouvait les entendre. Pensez-vous qu'il était sage de la laisser savoir que nous sommes au courant de leur rencontre ?

— Je ne pense pas que cela puisse nous causer du tort. Ils seront peut-être plus prudents s'ils craignent d'être observés.

Kitty leva les yeux vers la fenêtre de la suite de sa grand-mère lorsqu'ils atteignirent l'entrée de l'hôtel et lui agrippa le bras.

— Matt, regardez.

Il suivit son regard. Les roses rouges visibles depuis la rue avaient été remplacées par d'autres, jaunes.

— Vite. Qu'est-ce que cela signifie ? souffla Kitty en se précipitant dans l'entrée avant de se diriger vers le guichet. Ellen, ai-je reçu une lettre ou un colis pendant que j'étais sortie ?

L'urgence dans le ton de son employeuse fit écarquiller les yeux à la jeune réceptionniste.

— Seulement les fleurs, mademoiselle Underhay.

— Des roses jaunes ? demanda Matt.

— Oui, monsieur. J'ai fait comme demandé, monsieur, et j'ai éloigné l'autre vase de la fenêtre. Ai-je mal compris ? s'inquiéta la fille.

— Non, Ellen, tout va bien. Y avait-il un message avec ?

— Les instructions, mademoiselle, et je crois qu'il y avait aussi une carte, mais je ne l'ai pas ouverte, bien sûr.

— Non, bien sûr. Merci, Ellen.

— Qui a livré le bouquet ? demanda Matt.

Ellen fronça les sourcils ; de toute évidence, elle ne comprenait pas qu'ils en fissent toute une histoire.

— Le coursier du fleuriste, monsieur, sur son vélo.

Kitty monta l'escalier quatre à quatre, Matt sur ses talons, afin de voir si la fameuse carte contenait quoi que ce fût.

La clé trembla dans ses mains lorsqu'elle essaya de l'enfoncer dans la serrure, et Matt dut ouvrir la porte à sa place. Sans surprise, les fleurs rouges se trouvaient désormais sur la petite table contre le mur du fond, et c'était un vase de roses jaunes fraîchement coupées qui se trouvait devant la baie vitrée.

Kitty abandonna son sac à main et ses gants sur le sofa et se dirigea vers les fleurs. Une petite enveloppe de fleuriste était appuyée contre le vase. Elle déchira le rabat et en sortit le carton carré.

Des roses pour ma petite fille. Je te vois bientôt. E

Elle s'assit lentement sur le sofa.

— L'attente reprend, je présume, dit-elle, le cœur battant toujours à tout rompre.

— Au moins, vous savez qu'il a reçu votre message, dit Matt en examinant la carte. Il s'est fourni à Dartmouth, il est donc toujours dans les environs.

— Et ce quand bien même l'inspecteur Greville n'arrive pas à mettre la main sur lui.

CHAPITRE 24

Ce fut une aube grise et nuageuse qui se leva le matin du bal masqué. Kitty sortit tôt du lit pour superviser l'équipe chargée de la décoration déplaçant les énormes pots des palmiers aux feuilles luxuriantes et les paravents aux motifs de plumes de paon commandés par ses soins.

On regroupa les tables le long des murs bordant la piste de danse, et on plaça des touches de verdure de part et d'autre de la scène et autour du piano à queue. On intégra également des plumes de paon aux décorations des tables, et on changea le panneau qui avait servi d'arrière-plan aux performances de Vivien ; sur le nouveau figuraient des masques de carnaval décorés de paillettes d'or.

— Qu'en pensez-vous ? demanda-t-elle à Matt.

Il étudia la pièce du regard.

— C'est vraiment splendide. Vivien doit être ravie que le Dolphin se donne autant de peine pour son grand final.

— Il a toujours eu pour vocation de proposer du divertissement, aussi bien aux habitants des environs qu'à nos invités. C'est une des premières leçons que mamie m'a enseignées au sujet de la gestion de l'hôtel. La saison touristique peut passer très vite, et un mauvais été risquerait de déboucher sur un véritable désastre si nous ne nous efforcions pas d'encourager de nouveaux clients à franchir nos portes. Les billets que nous vendons aux visiteurs extérieurs qui viennent profiter de nos spectacles et dîners garantissent la bonne santé de nos comptes.

Les employés avaient quitté la pièce pour déjeuner, laissant Kitty et Matt seuls.

— En parlant de Vivien et Bobby, les avez-vous vus depuis hier ?

— Non, j'ai été occupée ici toute la matinée.

Matt sortit de sous son bras un exemplaire plié en deux du *Torbay Herald*.

— En tout cas, Walter n'a pas lésiné sur la publicité du bal.

Il ouvrit le journal pour lui montrer la photographie de Vivien légendée « L'enchanteresse chanteuse américaine » et le paragraphe dithyrambique promettant les merveilles à venir du bal masqué au Dolphin Hotel.

— Hmm, j'espère vraiment qu'il n'essaie pas de rentrer dans mes bonnes grâces à nouveau. Oh, c'était peut-être cela, l'enveloppe de Bobby à Walter, dit Kitty en levant les yeux au ciel.

— Mais Walter est un si beau parti, lança Matt en lui souriant de toutes ses dents, avant de s'écarter lestement quand elle fit mine d'envoyer un coup de poing dans sa direction. Et j'ai comme l'intuition que cette enveloppe ne contenait pas seulement des informations publicitaires.

Le rire de Kitty fut coupé net par l'entrée de Vivien, venue inspecter son nouveau décor.

— Ma chère, des paons, comme c'est pittoresque. J'espère qu'ils ne nous porteront pas malchance, cependant ; le mauvais œil, vous savez…

— Je suis sûre que vous ferez salle comble. Vous avez un superbe article dans le journal local, lui annonça Kitty en le rouvrant pour elle.

Vivien lui adressa un sourire complaisant.

— Merveilleux, ma chère, Bobby a fait un excellent travail. Qu'aviez-vous dit, au sujet de votre grand-mère ? Sera-t-elle de retour à temps pour la performance ?

— Non, répondit Kitty en secouant la tête, ma tante Livvy est très fragile depuis sa chute, et faire le trajet leur prend plus longtemps que prévu. Vous la rencontrerez peut-être, si elles arrivent avant votre départ.

— J'aimerais bien, fit Vivien avec une moue. J'ai tant entendu parler d'elle par votre mère. La disparition d'Elowed a dû être très difficile à vivre pour elle. Être entourée de ses affaires, tous les jours, tandis qu'elle attendait son retour…

— Oui, je pense qu'elle a dû trouver tout cela douloureux, commenta Matt d'une voix égale.

— J'ai très peu d'objets ayant appartenu à ma mère, et c'est bien pour cette raison que j'ai été aussi affectée par le cambriolage de ma chambre et la destruction de mon horloge à coucou. C'était un de mes rares souvenirs d'elle.

Kitty regrettait à présent de ne pas l'avoir gardée, même brisée, et d'avoir demandé à la femme de chambre qui s'était occupée de rattraper les dégâts de s'en débarrasser.

— Ces machins laids en bois brun avec les ours et tout le tintouin sont terriblement passés de mode de nos jours, mon cœur. Je suis certaine que vous pourrez la remplacer par une autre, bien plus jolie, affirma Vivien d'une voix légère en flânant jusqu'au piano pour appuyer paresseusement sur quelques touches.

— Peut-être, mais elle n'aura pas la même valeur sentimentale.

Kitty espérait que Vivien allait bientôt s'en aller et la laisser retourner à ses préparatifs. Son manque d'empathie était aussi agaçant que les notes traînantes de son accent du sud.

Matt attendit que Vivien eût terminé son inspection et se fût retirée dans sa chambre pour se tourner vers Kitty.

— Comment savait-elle à quoi ressemblait l'horloge de votre mère ?

Elle fronça les sourcils.

— Je ne sais pas, je n'y ai pas pensé, j'étais trop agacée par le manque de tact de ses commentaires sur la disparition de ma mère.

— Elle était à la pêche aux informations. Elle essayait de savoir si votre mère avait d'autres possessions cachées quelque part. Je soupçonne que ce soit la raison de son enthousiasme à l'idée de rencontrer votre grand-mère, avança Matt en repliant le journal.

— Vous pensez que c'est elle qui s'est introduite dans ma chambre ?

— Elle savait à quoi ressemblait l'horloge, et Bobby aurait pu monter la garde pour elle, s'assurer que nous ne remontions pas. Vos affaires avaient été complètement saccagées, comme si la fouille avait eu lieu dans l'urgence, et rien d'autre ne pourrait expliquer qu'elle ait été capable de donner une telle description.

— Quelle horreur, répondit Kitty en frissonnant. Mon cambrioleur a cassé l'horloge dans un accès de colère, elle semblait avoir été jetée contre le mur. Si vous avez vu juste, je comprends mieux également pourquoi Bobby semble toujours tourner en rond dans le hall.

L'idée que Vivien pût être celle qui avait fouillé sa chambre et brisé son horloge la plongeait dans une terrible colère.

— Bonjour, mademoiselle Underhay, capitaine Bryant. Je suppose que vous vous êtes remis de vos aventures de la nuit dernière ? lança l'inspecteur Greville.

Il étudia du regard le nouveau décor en entrant dans la salle de bal. À en juger par son expression, il était impressionné.

— Oui, merci, répondit Kitty.

Les battements de son cœur s'étaient un peu accélérés. C'était irrationnel, elle le savait, mais elle espérait qu'il n'était pas là pour lui annoncer qu'il avait arrêté son père ou qu'il avait appris, elle ne savait comment, qu'elle avait le rubis en sa possession.

— Du nouveau quant aux meurtres de Cora ou de Hubert Farjeon ? demanda Matt.

— On a signalé avoir vu Colin Wakes à quelques kilomètres d'ici. L'agent Jones est sur la piste, dit Greville en faisant les cent pas devant eux. J'aimerais placer deux de mes hommes ici ce soir pour surveiller le bal, mademoiselle Underhay, si cela vous semble acceptable ?

— Je vois. En civil, j'espère, inspecteur Greville. La vue d'agents en uniforme au garde-à-vous devant la piste de danse alarmerait terriblement mes clients. Les récents événements en ville ont déjà soulevé beaucoup d'inquiétudes.

L'inspecteur interrompit ses allées et venues.

— Vos clients ne se rendront compte de rien, je vous assure.

Kitty avala le nœud d'angoisse qui lui obstruait la gorge. Au soulagement de savoir que la police serait sur les lieux le disputait la peur que de nouveaux événements terribles les attendissent.

— Merci, inspecteur, vous me rassurez en effet. Vous attendez-vous à des problèmes supplémentaires au cours du bal ? demanda-t-elle, incertaine de sa formulation.

Il fronça les sourcils, l'air de soupeser quelles informations il pouvait divulguer ou non.

— J'ai effectivement des appréhensions, mademoiselle Underhay. Les individus à la recherche du joyau ne s'arrêteront probablement pas tant qu'ils n'auront pas soit mis la main dessus, soit été arrêtés. Je crains également que vous ne soyez personnellement en danger.

Son regard plongé dans le sien la transperça, et elle sentit une piqûre douloureuse au niveau de sa conscience à la pensée du rubis, soigneusement enfermé dans le coffre-fort secret de sa grand-mère.

— Je ferai tout ce qui sera en mon pouvoir pour assurer la sécurité de Mlle Underhay, assura Matt.

L'inspecteur haussa légèrement un sourcil pensif.

— Je n'en doute pas, capitaine Bryant, mais je ne souhaite vous voir blessés, ou pire, ni l'un ni l'autre. Le ou les coupables ont déjà assassiné trois personnes et violemment agressé une quatrième.

— Je comprends, monsieur.

Matt et l'inspecteur semblèrent échanger un regard.

— Restez à l'affût et continuez à me faire part de toutes vos suspicions, je vous prie. Bonne journée, mademoiselle Underhay, capitaine Bryant.

Là-dessus, il leva son chapeau et quitta la salle de bal d'un pas nonchalant.

— Pensez-vous qu'il s'attende réellement à un incident ce soir au bal ? demanda Kitty dès que la porte se fut refermée derrière lui.

— Je ne sais pas. Je peux comprendre qu'il s'inquiète. Il y aura beaucoup de monde rassemblé ici pour l'événement, et nous serons tous masqués jusqu'à minuit. Un tel contexte offre effectivement des prises à un potentiel individu peu scrupuleux.

— Au moins, la police sera dans la salle de bal. Nous serons présents, vous et moi, et Mickey ainsi que le portier de nuit ajouteront à notre sécurité à tous.

— Je me sentirais tout de même plus serein si vous n'étiez pas en possession de ce fichu rubis.

La férocité de son marmonnement ne la rasséréna certainement pas.

⁂

Matt se demandait lui aussi ce qu'anticipait l'inspecteur Greville exactement, et ce sur quoi il avait ordonné à ses hommes d'ouvrir l'œil. Peut-être soupçonnait-il qu'Edgar Underhay ou Colin Wakes pussent participer au bal, leur véritable identité protégée par un masque. Cette pensée lui avait également traversé l'esprit, ainsi que celui de Kitty, il en était presque certain. Il se demanda aussi si le policier se doutait que Kitty était en possession du rubis.

Les employés revinrent de leur pause repas pour terminer de préparer la salle de bal, et il accompagna Kitty à la salle à manger pour le déjeuner.

Vivien et Bobby, installés à leur table habituelle, étaient déjà en train de terminer leur dessert lorsqu'ils passèrent le seuil. Vivien les ignora avec application, remarqua Matt, tandis qu'on leur indiquait une table tranquille au fond de la pièce.

Kitty annonça son choix de déjeuner au serveur ; elle semblait préoccupée, et il devina que l'avertissement de l'inspecteur devait tourner en boucle dans son esprit.

— Pensez-vous que votre père essaiera de vous contacter ce soir ? demanda-t-il une fois qu'on leur eut apporté la soupe.

Kitty écrasa entre ses doigts un morceau de son petit pain.

— Ce serait de la folie ou de l'imprudence extrême de sa part, n'est-ce pas ? Il y aura énormément de monde autour de nous, et qui sait qui me tiendra à l'œil dans l'espoir de le repérer lui ?

Matt voyait Bobby dans sa vision périphérique. Il lui semblait mal à l'aise, à s'agiter dans son siège, les yeux rivés sur quelque chose derrière la fenêtre.

— Que regardez-vous ? demanda Kitty à voix basse.

— Bobby et Vivien. Surtout Bobby. Il se conduit de façon très étrange.

— Je ne vois pas bien d'ici, se plaignit Kitty. Que se passe-t-il ?

Le serveur les débarrassa de leurs bols de soupe et revint avec les omelettes au fromage garnies de salade qu'ils avaient commandées en deuxième plat.

Matt continua d'observer discrètement. Un autre serveur s'approcha de la table de Vivien et Bobby, et sembla tendre un message à ce dernier. Lorsqu'il déplia la feuille de papier et en lut le contenu, il changea de couleur ; son teint habituellement rougeaud prit une teinte livide avant de se moucheter d'un violet furieux. L'employé sembla demander si Bobby avait une réponse à faire parvenir à son correspondant, puis partit lorsqu'il secoua la tête.

Quelques secondes à peine après le départ du garçon, Bobby approcha sa tête de celle de Vivien, et ils se plongèrent dans une intense conversation.

— Que se passe-t-il ? insista Kitty.

— Bobby a reçu une espèce de message qui semble l'avoir fortement troublé, et maintenant, Vivien et lui ont une sacrée discussion.

— Il y a intérêt à ce qu'elle ne me laisse pas tomber ce soir, commenta Kitty en plantant sa fourchette dans un morceau d'omelette.

Bobby et Vivien quittèrent la salle à manger, et Matt regretta de ne pas pouvoir les prendre en filature. Il aurait adoré savoir de quoi il retournait. Mais il se contenta d'appeler le jeune serveur qui avait servi de messager.

— Vous avez fait passer un mot à la table de Mlle Delaware il y a quelques minutes. Pouvons-nous savoir de qui il émanait ? demanda Matt.

Le garçon jeta un regard confus à Kitty, comme s'il n'était pas sûr d'avoir la permission de répondre. Elle lui donna son assentiment d'un léger hochement de tête, et il se mit à parler.

— Il a été apporté au guichet par un jeune garçon, monsieur. Il a dit qu'on lui avait promis un shilling s'il transmettait le message au monsieur mangeant avec Mlle Delaware.

— Je vois. J'imagine que vous n'avez rien vu de son contenu ? demanda Matt.

Le petit serveur secoua la tête.

— Non, monsieur. Le gentleman a semblé très perturbé. En colère, même. Il a dit qu'il n'avait rien à répondre.

— A-t-il dit quoi que ce soit au moment de sa lecture ? demanda Kitty. Réfléchissez-y, s'il vous plaît, il se peut que ce soit très important.

— Il a marmonné quelque chose, mademoiselle, dans sa barbe, pour ainsi dire. Mais je ne sais pas si c'est important ou non. Il a parlé d'un « dû à récolter », raconta le garçon, l'air perplexe.

Kitty échangea un regard avec Matt.

— Merci, vous nous avez beaucoup aidés, lui assura Kitty avec un sourire.

Sur ce, le serveur repartit immédiatement au travail, l'air soulagé.

— Nous ferions mieux de rester alertes, dit Matt. Quelque chose semble se tramer.

Kitty le regarda.

— Je suis d'accord.

CHAPITRE 25

Le bal masqué devait commencer à 20 heures et se poursuivre jusqu'à 1 heure du matin. Les deux premières heures, ce seraient les musiciens maison du Dolphin qui joueraient, et la suivante serait occupée par la performance de Vivien Delaware. Les détenteurs de billets profiteraient du dîner au son du piano, puis il y aurait le retrait des masques, à minuit, et Mlle Delaware chanterait à nouveau pour le grand final du divertissement de la soirée.

Matt avait convenu avec Kitty de la retrouver dans la suite de sa grand-mère pour qu'ils se rendissent au bal ensemble. Avec le dernier cambriolage, elle avait décidé de ne pas réinvestir sa propre chambre jusqu'à la mise en place de toutes les nouvelles serrures et de tous les nouveaux dispositifs de protection, et le menuisier travaillait lentement.

Il entendit des voix étouffées s'élever depuis l'intérieur de la pièce lorsqu'il leva la main pour toquer. Son pouls accéléra. Son père n'avait pas pu réussir à se faire inviter, n'est-ce pas ?

— Entrez, lança Kitty.

À son soulagement, il la découvrit le téléphone à la main, assise au bureau, son masque à côté d'elle.

— Oui, mamie, c'est Matt. Nous allons descendre dans la salle de bal. Tu voulais lui parler ?

Matt haussa un sourcil interrogateur.

— Oui, bien sûr. Matt, mamie souhaiterait s'entretenir avec vous.

Il accepta le combiné tandis qu'elle se levait pour aller se placer à la fenêtre donnant sur le fleuve.

— Bonsoir, madame Treadwell.

Il observa Kitty réarranger avec soin les roses que son père lui avait fait parvenir. Sa tâche lui donnait un air gracile et délicat.

— Matthew, Livvy et moi espérons arriver à l'hôtel après-demain, en fin d'après-midi. Kitty m'assure que cet inspecteur Greville lui fournit une protection au sein de l'hôtel. Est-ce correct ? demanda-t-elle d'une voix angoissée.

— Oui, deux hommes seront en poste dans la salle de bal ce soir. Ne vous inquiétez pas, personne ne saura qu'il s'agit de policiers.

— Elle a dit que cette canaille d'Edgar Underhay avait eu le culot d'essayer de la contacter.

— En effet, madame Treadwell.

Il jeta un coup d'œil vers Kitty. Dos vers lui, elle contemplait la nuit, et son élégante robe dorée miroitait et scintillait dans la lumière des lampes de la petite table.

— Capitaine Bryant, Matthew, je vous en supplie, veillez sur elle. Elle se conduit parfois trop comme sa mère, avec la même sensibilité, la même impulsivité, le même entêtement. Cet homme est un manipulateur et un voyou. J'ai perdu sa pauvre mère ; je vous en prie, ne laissez rien arriver à Kitty, plaida-t-elle d'une voix vacillante.

— Je ferai de mon mieux, madame Treadwell.

Sa requête le mettait mal à l'aise. N'avait-il pas fait un serment identique à un autre parent ? Le père veuf de sa chère Edith lui avait demandé la même chose le jour de leur mariage. « Promettez-moi que vous prendrez bien soin de ma petite fille. » Les mots de son beau-père continuaient de le hanter, quand bien même il savait qu'il n'aurait rien pu faire pour empêcher ce qui était arrivé à Edith et Betty lors de cette terrible époque qu'avait été la guerre.

— Kitty m'a parlé des tunnels, reprit la vieille dame. Je me suis toujours demandé si Elowed n'avait pas été emmenée dans l'un d'entre eux. Cette idée m'angoisse depuis des années.

La voix de la vieille femme se brisa.

— C'est ne pas savoir, le pire. Penser la voir dans la rue, derrière les vitres d'un omnibus, en balade au parc.

— Je comprends.

Il lui arrivait de croire voir Edith. Tant d'autres comme eux avaient perdu des êtres chers, fils, frères, neveux, pendant la guerre, de la même façon. Porté disparu ; cru mort, comme le rapportait l'armée en termes laconiques. Pas de corps à enterrer, pas de tombe sur laquelle faire son deuil, et le minuscule espoir, désespéré, que par miracle, l'aimé soit en vie quelque part, peut-être souffrant d'une blessure ou d'un coup à la tête, privé des souvenirs qui l'auraient ramené à la maison.

— Colin Wakes a toujours été une mauvaise graine. Son père était comme lui ; il faisait des allers-retours en prison. Cette malheureuse Cora était trop faible face à Colin, elle lui donnait toujours de l'argent, lui trouvait des excuses. Pauvre âme.

— Vous pensez qu'il pourrait avoir joué un rôle dans les meurtres ? demanda Matt.

— Il vendrait sa propre grand-mère pour un shilling, alors je suis certaine qu'il ne mijote rien de bon, mais de là à tuer ? Ma foi, c'est autre chose, capitaine Bryant.

Les avertissements de Mme Treadwell résonnant à ses oreilles, il descendit le large escalier de chêne menant à l'entrée aux côtés de Kitty, la main de celle-ci sur son bras. Ils avaient précautionneusement mis leurs masques avant de quitter la suite. Le sien, d'un velours noir sans fioritures, couvrait le pourtour de ses yeux et l'arête de son nez. Celui de Kitty était assorti à sa robe – doré et à paillettes.

La musique les accueillit lorsqu'ils atteignirent les dernières marches. L'espace fourmillait d'activité, avec les invités arrivant pour l'animation du soir. Des dames en étoles de fourrure bavardaient et se saluaient les unes les autres en s'embrassant sur la joue tandis que les hommes se serraient la main, l'air contents d'eux-mêmes. Le portier de nuit se tenait devant la porte d'entrée, et dans le couloir, à côté du vestiaire, se trouvait Mickey, resplendissant dans un costume de soirée historique.

Ils pénétrèrent dans la salle de bal et slalomèrent entre les gentlemen masqués en habits chics escortant de mystérieuses dames en robes glamour aussi colorées que les plumes de paon qui décoraient la pièce. Les masques féminins étaient les plus sophistiqués, avec les sequins et les plumes qui les ornaient, comme celui de Kitty.

Matt identifia rapidement les hommes de l'inspecteur Greville malgré leur déguisement. Il y avait quelque chose chez eux qui criait immédiatement « police » à son regard de militaire aguerri. Walter Cribbs était également présent, accompagné par un photographe, et il passait d'une table à l'autre en discutant avec les huiles de Dartmouth. Il ressemblait plus que jamais à un scarabée noir, avec son masque qui lui couvrait les yeux sous ses lunettes.

Matt devait bien admettre que le travail acharné de Kitty avait payé : les plantes, les arrière-plans peints et le changement de disposition rehaussaient l'atmosphère de la pièce. Les verts, ors et bleus de la palette exotique des plumes de paon miroitaient dans la lumière électrique des superbes lustres de verre. La piste de danse était déjà investie par des invités qui se balançaient au rythme de l'orchestre.

Les jeunes gens de Torquay étaient venus en nombre; radieuses, les demoiselles arboraient des robes audacieuses, courtes par rapport à celles, plus traditionnelles, qui avaient la préférence de Kitty, et les jeunes messieurs les accompagnant avaient les cheveux gominés et portaient des costumes au revers large, suivant la dernière mode. Cocktails et champagne paraissaient couler à flots.

Kitty étant partie comme une flèche réprimander une petite serveuse qui, à ce qu'il semblait, ne portait pas son uniforme comme il le fallait, Matt se balada d'une table à l'autre, écoutant les bribes de conversation, cherchant du regard un individu susceptible d'être Colin Wakes ou Edgar Underhay.

Une légère brume de fumée de cigarette et de cigare était suspendue dans l'air, et les employés avaient ouvert les fenêtres aux vitraux losangés afin de faire circuler l'air nocturne. Matt attrapa un verre de champagne au bar et reprit sa surveillance. Il garda un œil attentif sur Kitty, qui, elle aussi, faisait le tour de la pièce, saluant ses invités. Il aurait cru que l'or de sa robe et la coupe courte si distinctive de ses cheveux blonds seraient faciles à repérer dans la foule, mais il y avait tant de monde autour d'eux que ne pas la perdre s'avérait complexe, ce qui l'inquiétait plus qu'il n'aurait voulu l'admettre.

⁂

Kitty regarda l'heure sur la petite montre de soirée que sa grand-mère lui avait offerte pour son vingt et unième anniversaire. La première prestation de Vivien allait bientôt commencer. Tout semblait bien se dérouler. La salle était pleine, et ses invités paraissaient passer un bon moment. Tout augurait un franc succès, mais elle se rendait bien compte qu'elle ne pouvait pas trop se féliciter tant que la soirée n'était pas terminée.

Elle se dirigea vers la scène, prête à faire son annonce. La conversation de Matt avec sa grand-mère, ou du moins le côté qu'elle en avait entendu, se rejouait en boucle dans son esprit. C'était peut-être déraisonnable de sa part de ne pas remettre le rubis à l'inspecteur Greville et de ne pas l'informer qu'elle avait été en contact avec son père. Mais toute sa vie durant, elle s'était demandé qui était son géniteur, où il se trouvait et pourquoi il n'était pas venu vers elle. Elle savait qu'elle ne pourrait pas se résoudre à se séparer du rubis avant de l'avoir vu et de lui avoir parlé.

La lettre qu'il lui avait envoyée débordait d'une inquiétude pleine de tendresse vis-à-vis de son bien-être. Ce n'était pas le ton de quelqu'un qui lui voudrait du mal. Elle se fraya un passage parmi la cohue de la piste de danse et sauva de justesse sa robe des verres de champagne de noceurs enthousiastes.

Bobby se trouvait à côté de l'estrade, en partie caché par l'un des gigantesques pots contenant les palmiers luxuriants. Elle eut à peine le temps de le voir s'éponger le front avec un de ses mouchoirs en soie colorés tout en buvant à une flasque argentée que les musiciens cessèrent de jouer, signal qu'il était temps pour elle de grimper sur scène.

— Mesdames et messieurs, elle se produit à guichet fermé ici, au Dolphin, pour la dernière fois de la saison : la merveilleuse Vivien Delaware !

Elle s'éloigna du microphone et descendit les quelques marches tandis que Vivien faisait son entrée.

Vêtue d'une robe fourreau ajustée d'un vert émeraude scintillant, le visage dissimulé par un masque bandeau or et violet paré de grandes plumes de paon qui faisait le tour de sa tête, Vivien était une créature véritablement exotique. Kitty s'émerveilla, et ce n'était pas la première fois, à l'idée que quelqu'un comme Vivien eût épousé quelqu'un comme Bobby.

Il n'était plus là où elle l'avait vu quelques secondes auparavant. Elle balaya la pièce du regard à sa recherche, mais la piste de danse était à nouveau remplie, et elle n'était pas assez grande pour voir au-dessus des têtes et repérer Bobby ou Matt dans l'espace bondé.

Sur scène, Vivien chantait, et sa haute silhouette élégante oscillait sur les rythmes jazziques de la formation de l'hôtel comme sur ceux de ses propres musiciens. Kitty commençait à avoir mal aux pieds à force d'être restée debout et d'avoir marché toute la journée, et elle se chercha un siège vacant. Elle finit par repérer une place libre à une table discrètement cachée derrière un pilier, s'y assit avec soulagement et se libéra de ses chaussures dissimulée derrière la nappe en lin blanc. Elle agita et étira ses orteils à l'intérieur de ses chaussettes en soupirant de contentement.

— Champagne, mademoiselle Underhay.

Une coupe posée sur une serviette en papier apparut devant elle. Surprise, Kitty se tourna pour voir qui la lui avait apportée, mais pas de serveurs en vue. Lorsqu'elle leva le verre pour en boire une gorgée, elle se rendit compte qu'il y avait à l'intérieur de la serviette un papier plié. Elle vérifia autour d'elle que personne ne l'observait, puis prit le message dans sa main et, à l'abri derrière la nappe, le glissa vivement dans sa chaussette montante, sous sa jarretière. Elle le lirait plus tard, en privé, à l'abri des regards curieux.

Elle eut à peine terminé l'opération et remis sa robe en place du plat de la main qu'apparut devant elle le visage menaçant de Walter Cribbs, la reluquant derrière son masque.

— Mademoiselle Underhay, Kitty, ma chère, je suis venu profiter de ma danse.

Il avait une haleine de vieil oignon et de whisky, et Kitty plissa le nez de dégoût.

— Je suis désolée, monsieur Cribbs, mes pieds me font souffrir et je prends un moment pour me reposer. Je ne danserai donc pas ce soir.

Ni jamais, si c'est avec vous, ajouta-t-elle en silence.

Elle vit son expression changer malgré le masque : une lueur s'alluma dans ses yeux, et sa bouche se tordit en un pli agacé.

— Alors vous devez me permettre de vous tenir compagnie pendant vos quelques minutes de détente.

Là-dessus, il se glissa dans la chaise face à elle, et elle regretta tout à coup d'avoir choisi un siège dos au mur ; elle se retrouvait prise au piège.

— Vous appréciez le bal ? demanda-t-elle en buvant une gorgée de champagne.

Elle espéra que le message ne l'avertissait pas justement de ne pas y toucher. Cela dit, si Walter ne s'en allait pas rapidement, il lui faudrait quelque chose de plus fort.

— Je l'apprécie encore plus maintenant que j'ai fini de travailler et que je suis avec vous, ma chère, rétorqua Walter en lui lançant un regard lubrique et en tendant la main pour attraper la sienne.

Par chance, elle fut plus rapide que lui et la retira de la table avant que les doigts moites de sueur ne parvinssent à la capturer.

— Monsieur Cribbs, il me semblait avoir été parfaitement claire vis-à-vis de mes sentiments Noël dernier, dit-elle, glaciale.

Elle se redressa pour regarder par-dessus l'épaule de son interlocuteur, espérant que Matt la remarquerait. Elle n'avait pas besoin de son aide pour se débarrasser de Walter, mais elle n'avait ni l'énergie ni l'envie de prolonger sa conversation avec lui.

— Ah, mais c'est que ma situation a changé depuis, ma douce. Je peux comprendre vos réticences à contracter ce que vous avez peut-être considéré comme une mésalliance, mais je peux vous assurer que mes fonds se sont largement renfloués. Vous n'avez pas à craindre de vous retrouver désavantagée dans la société en tant que mon épouse.

Kitty le regarda, les yeux ronds et la mâchoire pendante, prononcer ce discours extraordinaire.

— Monsieur Cribbs, je peux vous assurer que l'idée de vos possessions matérielles, ou de leur insuffisance, ne m'a jamais traversé l'esprit.

Il ne pouvait tout de même pas être en train de la demander en mariage ?

— Dans ce cas, vous ne pouvez avoir d'objection à ce que je vous fasse la cour, ma très chère Kitty, répondit Walter avec un sourire suffisant.

Elle referma la bouche de stupeur. Cet homme avait soit perdu l'esprit, soit largement forcé sur le whisky.

— Monsieur Cribbs, navrée de me montrer aussi brusque, mais je ne souhaite certainement pas être courtisée par vous. Jamais. En aucune circonstance.

Elle retrouva ses chaussures du bout des orteils et tâcha de les renfiler pour prendre la tangente. Il était complètement fou.

— Mon adorée Kitty, vous n'êtes pas sérieuse. Et je vous en prie, appelez-moi Walter. L'on trouvera étrange que des fiancés fassent tant de ronds de jambe l'un avec l'autre.

À nouveau, il plongea vers elle, et parvint cette fois à attraper ses doigts dans sa main humide.

— Je vous prie de me relâcher immédiatement, monsieur Cribbs. Je n'ai pas la moindre intention de me fiancer à vous. Je ne peux attribuer votre présent comportement qu'à un excès d'alcool. Jamais je ne vous ai en connaissance de cause donné de raison de croire que je pouvais avoir un quelconque intérêt romantique pour vous.

À nouveau chaussée, elle tenta de se lever et de retirer sa main de sa prise.

— Asseyez-vous, ma chère, lui intima Walter. Je suis certain que vous ne souhaitez pas attirer l'attention.

Son ton était différent, cette fois, plus dangereux, et il la força à reprendre sa place.

— Je vous prie de me relâcher, monsieur Cribbs, rétorqua Kitty, secouée par une onde d'angoisse. J'ai du travail et je n'ai pas davantage de temps à perdre avec ces idioties.

Il resserra ses doigts sur les siens, la faisant tressaillir.

— Vous n'avez pas à craindre que je retienne contre vous votre discutable filiation lorsque nous serons mariés. Je ne vous reprocherais jamais le manque de patriotisme de votre paternel, ni son casier judiciaire.

— Monsieur Cribbs, pour la dernière fois, lâchez-moi et renoncez à cette conversation absurde.

— Après tout, ma chère, vous ne souhaiteriez pas que le moindre mal soit fait à votre père, n'est-ce pas ? insinua Walter en se penchant vers elle, lui arrachant un mouvement de recul.

— Pourquoi le moindre mal serait-il fait à mon père ?

Elle continuait d'essayer de se libérer. L'attitude de Walter suintait d'une menace sous-jacente, et la sensation de froid qui s'emparait d'elle se fit de plus en plus mordante.

De sa main libre, il pianota sur le dessus de la table.

— Mes sources m'informent que les hommes de l'inspecteur Greville ne sont pas les seuls qui aimeraient beaucoup interroger votre père concernant un certain rubis perdu ainsi que la mort de Hubert Farjeon et de Cora Wakes, déclara-t-il en resserrant tant sa poigne sur ses doigts qu'un petit gémissement de douleur s'échappa de ses lèvres.

— Monsieur Cribbs, vous me faites mal.

Il la relâcha juste assez pour que la souffrance s'arrêtât.

— Je suis profondément désolé, ma douce. Mais je veux que vous compreniez. Ce serait terrible si ces autres individus qui sont eux aussi à la recherche de votre père le trouvaient avant l'inspecteur Greville et ses hommes.

Kitty déglutit.

— Savez-vous où se trouve mon père ?

Walter sourit comme un gros chat déplaisant en train de jouer avec une souris.

— Oh, oui, je crois bien que je le sais.

— Alors je vous suggère d'en informer l'inspecteur Greville, répliqua-t-elle en tentant à nouveau d'extraire sa main de son emprise.

— Pas si vite, ma douce. Il y a le petit problème du rubis. Après tout, il n'y a pas que votre père qui est susceptible de tomber entre les mauvaises mains.

Elle tira à nouveau dans un mouvement impatient, et, à sa satisfaction, parvint cette fois à se libérer.

— J'ignore où vous voulez en venir avec vos histoires de rubis, monsieur Cribbs, et si vous savez où se trouve mon père, alors c'est au commissariat que vous devez vous rendre. À présent, je dois retourner à mes invités. Je vous prie de ne plus venir me déranger avec vos attentions non sollicitées.

Elle se leva rapidement et réussit à lui passer devant avant qu'il pût lui bloquer la route. Les jambes tremblantes, elle se força à rester en mouvement, angoissée. Il fallait qu'elle trouvât Matt et l'informât de ce qui venait d'arriver.

CHAPITRE 26

Elle eut à peine fait quelques pas qu'elle tomba immédiatement sur Matt.

— Kitty, je vous cherchais, lui lança-t-il en lui attrapant les biceps pour l'arrêter.

— Alors où étiez-vous pendant que cette brute de Walter Cribbs me demandait en mariage ? rétorqua-t-elle.

Sa voix se brisa, et une larme roula sur sa joue.

— Quoi ? bredouilla Matt en la regardant fixement, un mélange d'inquiétude et de stupéfaction dans les yeux.

— M. Cribbs a renouvelé ses avances indésirables, et quand je l'ai envoyé sur les roses, il a essayé de m'arracher un oui avec des menaces à l'encontre de la sécurité de mon père. Il a dit savoir où il se trouve et sous-entendu qu'il n'hésiterait pas à révéler son emplacement à ceux qui les cherchent, le rubis et lui.

Kitty essuya sa joue d'un vif revers de la main.

— Cribbs sait où se cache votre père ? Comment vous sentez-vous ? demanda Matt, qui fouillait déjà la pièce du regard à la recherche du journaliste.

— Bien, je crois. Rien ne dit que ce n'était pas du chiqué. Il ne m'a donné aucune garantie qu'il disait la vérité.

Sa peur reculait, à présent, remplacée par une colère grandissante. Elle était furieuse que Walter Cribbs eût osé poser ses mains sur elle et la menacer ainsi.

— Qu'a-t-il dit d'autre ? demanda Matt.

— Il s'est mis en tête que si j'ai refusé ses avances, c'est à cause de son manque de moyens, et il m'a affirmé qu'il serait bientôt riche, raconta Kitty en se renfrognant. L'audace de cet homme est impayable. Je suis certaine qu'il était ivre.

— Il s'attend à recevoir de l'argent bientôt. Je me demande d'où ou de qui.

— Bobby ? suggéra Kitty en jetant un coup d'œil à Vivien, toujours en train de chanter sur l'estrade.

— Hubert Farjeon n'est peut-être pas le seul à tenter la carte du chantage.

Kitty renifla et frissonna.

— Vivien est en train de terminer son premier passage sur scène. Je dois vérifier que tout est prêt pour le service du dîner. Pouvez-vous trouver l'inspecteur Greville et lui faire savoir ce qu'a dit M. Cribbs, s'il vous plaît ?

⁂

Matt se mit à la recherche des hommes de l'inspecteur Greville. Il avait la ferme intention de faire interroger Walter Cribbs aussi rapidement que possible au sujet de ses prétendues informations quant au repaire d'Edgar Underhay. Il trouva l'un des agents près de l'entrée de la salle à manger et fit passer le message. Il ne vit pas l'ombre de Walter dans la salle de bal et supposa qu'il avait dû partir après avoir vu ses avances rejetées.

C'était désormais le pianiste qui occupait la scène pour l'interlude du repas, et Matt décida donc d'aller faire un tour du côté de la berge pour vérifier que tout allait bien devant l'hôtel.

— Bonsoir, capitaine Bryant, dit Mickey en lui adressant un hochement de tête au niveau du vestiaire.

— Tout se passe bien, Mickey ? Rien qui vous inquiète ?

Mickey balaya du regard le couloir passant et baissa la voix.

— « Inquiéter », le mot est fort, mais, hmm, l'homme qui est là avec la chanteuse est sorti il n'y a pas longtemps. Il était très pressé et il avait l'air vraiment fâché. Il n'est pas rentré depuis.

— Merci, Mickey, répondit Matt en gratifiant le vieil homme d'une tape sur l'épaule avant de poursuivre son chemin vers le hall.

L'entrée était plus calme, maintenant que la majorité des invités étaient occupés à dîner avant la tombée des masques et le grand final de Vivien. Le portier de nuit, qui montait toujours la garde près du guichet, hocha le menton en direction de Matt.

— Avez-vous vu Bobby, l'agent de Mlle Delaware, ce soir ? demanda Matt, se demandant si Bobby avait pu revenir à l'hôtel et monter rejoindre leur suite, à Vivien et lui.

— Non, monsieur, il est parti il y a environ une heure et n'est pas encore revenu.

— Repérez-le au moment où il reviendra, voulez-vous ?

Matt n'aurait su dire pourquoi, mais un sentiment de malaise lui montait dans l'estomac. Bobby restait toujours près de la scène pendant les performances de Vivien.

— Et Walter Cribbs, ce journaliste du *Herald*, vous l'auriez vu passer ?

— Oui, monsieur, il est parti aussi, il y a une minute environ, peu de temps après le premier.

L'air frais accueillit Matt lorsqu'il quitta l'hôtel et arriva sur la berge. Quelques couples étaient également sortis, et il entendit une fille rire, un peu éméchée, à quelque chose que son compagnon lui avait dit. Il décida de se diriger vers le Boat Float.

Plus il s'éloignait du Dolphin, plus les rues se faisaient calmes. Il pouvait entendre le clapotis du fleuve contre la rive et sentir le léger parfum de sel que faisait flotter dans l'air la mer entrant dans l'estuaire. Lorsqu'il atteignit la marina, il décida de revenir sur ses pas. Il s'inquiétait pour Kitty, et il n'avait aperçu ni Walter Cribbs ni Bobby.

Sur le chemin du retour, il vit l'hôtel et la silhouette du château sur la colline derrière le poste de douane. La lumière qui se déversait des fenêtres du Dolphin éclairait les entrées et les sorties des invités. En approchant du bâtiment, il passa devant une petite ruelle obscure.

Un éclat de tissu coloré attira son attention, et il sortit son briquet pour mieux y voir dans les ombres. C'est alors qu'il entendit un gémissement bas.

— Bobby ! s'exclama-t-il.

Il se pencha dans le passage et vit Bobby étalé au sol, mi-assis, mi-allongé dans la gouttière. Sa veste était déchirée, son masque n'était plus là, et un vilain boursouflement commençait à gonfler autour de son œil droit.

— Là, laissez-moi vous aider.

Il laissa retomber son briquet dans sa poche, et, moyennant un peu de manutention, parvint à positionner Bobby de sorte à pouvoir l'aider à marcher, ou plutôt tituber, jusqu'à l'hôtel.

Leur arrivée dans l'entrée fit murmurer. Le portier de nuit se précipita pour l'aider à asseoir l'infortuné Bobby dans le petit bureau derrière le guichet, à l'abri des invités.

— Bobby, que s'est-il passé ?

Sous la lumière plus vive du bureau, il devenait évident que Bobby avait été agressé. Il présentait une coupure sanguinolente à la tête, et l'œil au beurre noir que Matt avait remarqué dans la ruelle serait sans doute douloureux d'ici quelques heures.

Le portier revint avec un verre de brandy et l'un des policiers stationnés dans la salle de bal.

— J'étais dehors, en train de prendre l'air, marmonna Bobby. Le type m'a sauté dessus par-derrière.

— Voulez-vous que j'aille chercher Vivien ? demanda Matt.

Bobby releva brusquement la tête, et la panique s'empara de son visage malmené.

— Non, elle doit terminer sa performance. Pas la peine de la troubler pour l'instant, assura-t-il avant de boire une gorgée du brandy qui le fit grimacer. J'aurais préféré un bourbon.

— Vous a-t-on volé quelque chose, monsieur Delaware ? lui demanda l'agent, son calepin dégainé.

Bobby tâta la poche intérieure de sa veste. Bouger ses mains le fit grimacer.

— Mon portefeuille a disparu.

Matt remarqua qu'il portait toujours sa montre, qui lui avait tout l'air d'être assez coûteuse.

— Souhaitez-vous que nous fassions venir un médecin ? demanda-t-il tandis que Bobby poussait un nouveau geignement.

— Non, pas de toubib, rétorqua-t-il sèchement.

— Avez-vous vu votre assaillant ? voulut savoir le policier.

Bobby secoua la tête avec précaution.

— Non, je vous ai dit. Le type m'a sauté dessus par-derrière. J'ai fait ce que j'ai pu pour me débattre, mais il m'a mis des coups de pied quand j'étais à terre. Il faisait sombre, tout s'est passé très vite.

— Que faisiez-vous sur la berge ? demanda Matt. Je sais que d'habitude, vous restez auprès de Vivien tout le long de ses performances.

Ses yeux injectés de sang plissés, Bobby lui lança un regard irascible.

— J'avais besoin de prendre l'air. C'était un peu suffocant à l'intérieur.

— Quand avez-vous été attaqué, monsieur? poursuivit l'agent en léchant le bout de son crayon, prêt à reprendre ses notes.

— Il y a environ une demi-heure, une heure? Je ne sais pas bien, je suis tombé dans les pommes, je crois.

Au loin, Matt entendit des exclamations joyeuses dans la salle de bal, et il supposa que les invités étaient en train de retirer leurs masques. Il enleva le sien et le rangea dans la poche de sa veste. Le policier l'imita.

— Votre assaillant vous a-t-il pris quoi que ce soit d'autre? demanda Matt.

— J'ai toujours ma montre à mon poignet et ma flasque en argent dans ma poche. J'avais environ cinquante livres dans mon portefeuille.

Matt haussa légèrement les sourcils. Une sacrée somme.

— Je crois que Vivien vient tout juste de commencer sa dernière performance. Souhaitez-vous de l'aide pour regagner votre chambre et nettoyer vos plaies avant qu'elle quitte la scène?

Bobby vida la fin de son brandy en grimaçant.

— Non, je vais m'en sortir, assura-t-il avant de se mettre sur ses pieds, légèrement chancelant. D'autres questions, monsieur l'agent?

— Plus pour l'instant, monsieur. Serez-vous disponible demain si l'inspecteur a quoi que ce soit à vous demander?

— Oui. Je vais devoir contacter ma banque pour récupérer un peu de liquide, donc je n'irai nulle part avant qu'il soit temps d'embarquer pour rentrer à Chicago.

Il tituba jusqu'à la porte, et, quelques minutes plus tard, ils l'entendirent gravir péniblement l'escalier.

— Qu'en pensez-vous, monsieur ? demanda Matt au policier. Y a-t-il des voyous locaux qui seraient susceptibles de s'en prendre à M. Delaware ?

L'agent sembla content qu'on lui demandât son opinion.

— Il avait une belle somme dans son portefeuille, mais cette montre avait l'air de valoir cher, et la flasque aurait été facile à mettre en gage.

— Peut-être l'attaquant aurait-il été interrompu ? suggéra Matt.

— Peut-être, monsieur, ou peut-être qu'il a décidé que le liquide lui suffisait quand il a vu le montant.

Vivien s'était changée pour son bouquet final, et arborait désormais une robe cramoisie et un bandeau doré serti de pierres rouges. Matt se demanda comment elle prendrait la nouvelle de l'agression et du vol de Bobby. Il était possible qu'il eût été pris pour cible par hasard, mais il y avait quelque chose d'incohérent là-dedans. Bobby avait quitté l'hôtel en coup de vent et de mauvaise humeur, peut-être pour rencontrer quelqu'un qui lui avait réclamé de l'argent. Walter Cribbs avait également quitté le bâtiment, et Colin Wakes ainsi que le père de Kitty étaient aussi toujours dans les parages. Il n'aimait pas cela ; il n'aimait pas cela du tout.

CHAPITRE 27

Matt trouva Kitty assise à une table près du bar, en train de siroter un cocktail. Son masque était posé à côté d'elle. Elle l'accueillit d'un froncement de sourcils.

— Où étiez-vous ?

— Longue histoire.

Elle fut choquée d'apprendre ce qui était arrivé à Bobby.

— C'est très étrange. De l'autre côté de la ville, là où se trouvent les ménages plus pauvres, il y a une certaine criminalité, même si cela m'attriste de le dire, mais ce quartier est très sûr, et il y avait tant de passage ce soir, avec le bal… dit-elle avant de jeter un coup d'œil vers la scène. Vivien sera bouleversée.

— Bobby ne voulait pas que nous lui en parlions avant la fin de son spectacle.

— Pensez-vous que cette attaque soit liée au rubis ? demanda Kitty.

Matt vola à Kitty une gorgée de son cocktail, s'attirant un regard indigné de sa part.

— Peut-être. Peut-être qu'on a voulu le fouiller, et qu'en se rendant compte qu'il n'avait pas le joyau sur lui, on s'est rabattu sur son portefeuille.

Kitty jeta un coup d'œil à sa montre.

— Vivien est sur le point d'entamer sa dernière chanson.

— Dansez avec moi, dit-il en lui prenant la main.

Il avait apprécié leurs quelques pas ensemble, la dernière fois ; de brefs instants qui avaient été une parenthèse joyeuse dans une période terrible.

Elle fronça les sourcils, le regard incertain, désarçonnée par sa requête.

— D'accord.

Il la conduisit sur la piste de danse, et il passa ses bras autour d'elle tandis que la voix poignante de Vivien emplissait la pièce.

— Vous dansez mieux que Walter Cribbs, le taquina Kitty.

— Oh, mais je vous remercie, mademoiselle Underhay, je le prends comme un grand compliment.

Elle rit tandis qu'il la faisait tournoyer. Elle dansait bien elle aussi, et il laissa le cauchemar des tunnels s'estomper, remplacé par des pensées plus joyeuses, par la sensation de son corps élancé près du sien.

La musique se termina, et Vivien entama son discours d'adieu. Kitty et Matt se faufilèrent vers le bord de la scène, prêts à l'intercepter ensuite. Le premier musicien lui remit un énorme bouquet au nom du Dolphin, et le spectacle se termina.

— Vivien ! l'appela Kitty en se dépêchant de franchir les quelques pas qui la séparaient de la scène.

La chanteuse fronça les sourcils en voyant Kitty et Matt.

— Merci pour les fleurs, mademoiselle Underhay.

— Avec plaisir ; votre voix est vraiment merveilleuse.

Elle marqua une pause avant de reprendre, d'une voix plus douce :

— Vivien, j'ai de mauvaises nouvelles à vous annoncer.

La femme d'âge mûr pâlit et tangua sur ses talons hauts.

— De quoi s'agit-il ?

— Je suis terriblement désolée. Bobby a été attaqué ce soir, devant l'hôtel, près de la berge. Il va bien, mais il a été malmené. Son agresseur lui a pris son portefeuille.

— Où est-il ? demanda Vivien, une lueur d'alarme dans ses yeux marron foncé.

— Il a insisté pour retourner dans votre suite sans voir de médecin, dit Matt.

Vivien serra les fleurs contre elle.

— Je dois aller le voir. Ce sot va finir par se faire tuer, un de ces jours.

— Ce n'est pas la première fois qu'un incident de ce genre se produit ?

La bouche de Vivien se plissa en une ligne amère.

— C'est un homme blanc marié à une femme noire, répondit-elle d'une voix âpre. La violence ne nous est pas étrangère.

— Souhaitez-vous que nous venions avec vous ? demanda Kitty.

Vivien s'éloignait déjà de la scène.

— Non, merci. Je peux m'occuper de Bobby.

⁂

Il était plus de 3 heures du matin lorsque Kitty s'assit avec Matt dans la suite de sa grand-mère, avec entre les mains une grande tasse de lait chaud sucré au whisky.

— Quelle nuit, commenta Matt.

Il avait retiré sa cravate et défait le col de sa chemise. Kitty était trop fatiguée pour lutter contre ses yeux, qui, entêtés, persistaient à s'égarer vers le V à la base de son cou.

Pour la dernière fois, elle se débarrassa de ses chaussures d'un coup de pied et s'étira les orteils.

— Ça fait au moins six heures que mes pieds me font souffrir le martyre.

Lorsqu'elle bougea la jambe, le message qu'elle avait rangé à l'abri dans le haut de sa chaussette quelques heures plus tôt se froissa contre sa peau. Avec tous les autres événements de la nuit, elle l'avait oublié.

L'épuisement la tiraillait de toute part, et elle ne se sentait pas la force d'étudier le contenu de la note immédiatement pour en discuter avec Matt. Si l'expéditeur était son père, elle voulait la lire seule et découvrir ce qu'il avait à lui dire avant de permettre à quelqu'un d'autre de poser les yeux dessus.

— Je vais vous souhaiter bonne nuit, vous semblez éreintée, dit Matt en se levant et en se dirigeant vers la porte. Merci pour la danse.

Il lui sourit, et son cœur eut un frémissement qui la prit par surprise.

— Bonne nuit, à demain.

Une fois Matt parti, elle ferma la porte à clé et plaça la table devant le battant pour faire bonne mesure. Elle emporta son verre dans la chambre et se déshabilla. Une fois bien au fond de son lit, le dos contre une pile de coussins, elle sirota ce qu'il restait de sa boisson et déplia le message.

Ma très chère Kitty,

J'espérais être capable de passer du temps avec toi ce soir, mais les circonstances sont contre moi. Je crains de devoir quitter la région bientôt, pour ma sécurité comme pour la tienne. Je voudrais de tout mon cœur te voir, quelques minutes seulement, avant de partir. J'aurais aimé que tu trouves le rubis qu'Elowed avait gardé en lieu sûr pour moi, mais si ce n'est pas ce que veut le destin, alors soit. Je ne suis pas le seul à être à sa recherche, ces autres individus sont très dangereux, et je ne peux pas risquer de te causer le moindre mal, ma chère enfant. Au cours de ma vie, je me suis donné beaucoup de raisons d'avoir honte et peu d'être fier ; ma plus grande fierté, c'est toi, ma chère fille. Je serai à l'église Saint-Sauveur demain soir à 21 h 30, lorsque les sonneurs de cloches auront terminé leur exercice. Si tu trouvais dans ton cœur la volonté de m'y rencontrer pour me dire au revoir, tu apporterais énormément de bonheur à un vieil homme. Sinon, je comprendrai. Je te souhaite santé, fortune et bonheur, ma chérie, pour toute ta vie.

Ton père, Edgar Underhay

Les larmes coulèrent librement le long des joues de Kitty. Elle était contente de ne pas avoir fait part à Matt de la lettre ; elle était profondément personnelle, et les sentiments exprimés par son père la touchaient beaucoup. Elle n'était cependant pas naïve au point de ne pas envisager qu'il pût avoir une autre raison de souhaiter la voir et continuer d'espérer qu'elle amènerait le rubis.

Elle relut une dernière fois le mot avant de le plier avec soin et de le glisser dans la bible qu'elle gardait toujours dans le tiroir de sa table de nuit. Elle éteignit ensuite la lumière et se pelotonna dans son lit pour dormir, incapable de garder les yeux ouverts une minute de plus. Elle déciderait que faire et que dire à Matt au matin.

Quand Kitty se leva, tard, elle ne savait pas davantage ce qu'elle était censée faire. Elle voulait désespérément voir son père, ne fût-ce que pour entendre sa version des événements. Elle brûlait d'en apprendre davantage sur son mariage avec sa mère et de découvrir s'il était capable de l'éclairer quant à ce qui avait pu se passer toutes ces années auparavant.

Si ce qu'il avait dit dans son message était vrai et qu'il était bel et bien sur le point de partir, alors ce serait sa seule et unique chance de lui parler. Elle n'aurait peut-être plus jamais l'occasion de le voir ou de recevoir de ses nouvelles. Si elle en parlait à Matt, elle savait qu'il tenterait de la dissuader d'honorer le rendez-vous, ou pire, de prévenir l'inspecteur Greville.

Kitty replaça la table à sa juste place et appela la réception pour demander qu'on montât son petit déjeuner dans la chambre de la suite. Il y avait aussi la question du rubis et de ce qu'il fallait en faire. À son avis, il serait beaucoup plus simple que son père l'emportât et qu'elle en fût libérée. Une fois le joyau et son géniteur partis, tout finirait bien par revenir à la normale.

La femme de chambre toqua à la porte et entra avec son plateau. Kitty s'installa à la petite table dont sa grand-mère se servait pour les repas et s'attaqua à ses œufs brouillés et à son bacon. Réfléchir l'estomac vide n'avait jamais été son fort.

Le temps de vider sa deuxième tasse de thé, elle se sentait beaucoup mieux. Plus elle pensait aux meurtres, moins il lui semblait probable que son père pût en être l'auteur. Il ne connaissait pas Hubert Farjeon, qui aurait eu bien de la peine à le faire chanter. Colin Wakes était un suspect beaucoup plus crédible pour l'ensemble des affaires. Il était tout à fait possible qu'il fût l'agresseur de Bobby, surtout s'il avait un besoin pressant d'argent. Il n'aurait dans ce cas pas pris la flasque de Bobby ni sa montre de peur de se faire identifier en essayant de les mettre en gage.

Rencontrer son père était une entreprise dangereuse, et elle devrait trouver un moyen de quitter l'hôtel sans que Matt découvrît le pot aux roses. Était-ce téméraire ? Oui, mais il y avait des choses dans la vie qui valaient la peine qu'on prît des risques, et elle n'était pas surprise.

Le milieu de l'après-midi arriva sous une bruine grise et morne, et Kitty avait les nerfs à vif. Vivien avait pris son repas du midi seule dans la salle à manger de l'hôtel après avoir demandé un plateau pour Bobby, qui semblait faire profil bas.

— Je dois aller à la banque, annonça-t-elle à Matt, qui l'avait rejointe pour déjeuner.

Elle voulait s'échapper de l'hôtel pour se vider la tête.

— Souhaitez-vous que je vous accompagne ? demanda Matt.

Elle savait qu'il trouverait une excuse pour l'escorter même si elle lui disait qu'elle préférait sortir seule. En réalité, sa présence ne la dérangeait pas, elle se sentirait plus en sécurité. Sans compter qu'il serait ainsi moins susceptible de la soupçonner de vouloir sortir seule ensuite le soir même.

Il pleuvait toujours quand ils quittèrent l'hôtel, une pluie douce et légère. Kitty tint son gros parapluie noir au-dessus d'eux.

— Je n'ai vraiment pas envie de perdre un autre chapeau. Celui-ci n'a jamais totalement retrouvé sa forme originelle après ma dernière sortie sous l'eau, je le crains.

Leur trajet les mena devant le passage dans lequel Matt avait trouvé Bobby, quelques heures auparavant. Kitty ne put s'empêcher de jeter un petit coup d'œil en passant. Que faisait-il donc là ? Il avait dû sortir rencontrer quelqu'un.

La ville était calme autour d'eux lorsqu'ils dépassèrent le Boat Float et se dirigèrent vers le Butterwalk. Le temps affreux avait de toute évidence dissuadé vacanciers et visiteurs à la journée, et c'étaient majoritairement les habitants de Dartmouth qui circulaient dans les rues, occupés par leurs affaires quotidiennes. Kitty sourit et salua quelques personnes qu'elle connaissait en passant.

Son passage à la banque ne lui prit pas longtemps, et une fois la question réglée, elle rejoignit Matt devant le fleuriste, prête à reprendre le chemin de l'hôtel. Matt se rendit compte qu'il devait faire un saut au bureau de poste pour y déposer une lettre à sa mère, qu'il gardait sur lui depuis quelques jours, et ils prirent donc un autre chemin pour leur retour.

— Nous pouvons couper par là, dit Kitty en désignant un étroit passage reliant leur rue à sa parallèle. C'est légèrement plus rapide, et nous serons peut-être davantage à l'abri de cette affreuse pluie.

La ruelle les protégea effectivement un peu du crachin, et lorsqu'ils émergèrent de l'autre côté, Kitty poussa un hoquet et agrippa le bras de son voisin.

— Matt, ici, j'en suis sûre… Oui, c'est Colin Wakes.

Elle le reconnaissait, pour l'avoir vu régulièrement quand il venait retrouver Cora à la fin d'une journée à l'hôtel. Il ne semblait pas au mieux de sa forme, à présent, entre son manteau sale et sa barbe de plusieurs jours.

— Restez ici, lui ordonna Matt en se dirigeant vers Colin.

Ce dernier croisa le regard de Kitty et se rendit compte qu'il était repéré. Il se mit tout de suite à courir, en direction de la partie plus délabrée de la ville, dans la périphérie.

— Hé, vous, arrêtez-vous! s'écria Matt en s'élançant à sa suite.

Kitty ignora l'instruction de Matt et les suivit aussi rapidement que ses talons et sa jupe le lui permirent. C'est la respiration sifflante qu'elle tourna au coin de la rue à temps pour voir Matt s'emparer de la veste de Colin.

Le fuyard se mit immédiatement à se tortiller pour essayer de lui échapper, et, face à son échec, tenta d'assener un coup de poing à Matt. Ce dernier parvint à l'esquiver, mais il perdit l'équilibre sur les pavés mouillés et glissants. Colin ne manqua pas l'ouverture et poussa violemment Matt vers le mur, contre un poteau en bois.

Matt relâcha sa prise en tombant, et Kitty se précipita vers lui. Colin saisit sa chance de s'enfuir et disparut dans le labyrinthe de ruelles qu'était cette partie de la ville.

— Matt, tout va bien ? demanda Kitty en se baissant pour le voir grimacer, les doigts serrés sur son omoplate.

— Je l'avais, bon sang. Cette satanée épaule… grogna-t-il en parvenant à se relever.

— Vous êtes blessé ?

Elle sentit l'angoisse l'étreindre en voyant que Matt continuait de se tenir le bras, le visage contracté de douleur.

— Ça ira, j'ai eu des problèmes à cet endroit par le passé.

— Venez, retournons à l'hôtel. Je vais appeler le médecin, et nous pourrons dire à l'inspecteur Greville que nous avons aperçu Colin.

Kitty se mordit la lèvre. Matt avait pâli, et elle voyait bien que chaque pas lui était douloureux. Elle fut soulagée quand, enfin, la façade à colombages du Dolphin apparut et Matt put s'asseoir dans le petit bureau derrière le guichet.

CHAPITRE 28

Kitty appela le médecin et l'inspecteur Greville. C'est le policier qui arriva le premier, l'autre étant occupé auprès d'une patiente en train d'accoucher de jumeaux. Matt s'était un peu ressaisi, au moins, grâce à son verre de brandy, lorsque l'inspecteur entra dans le bureau.

— Je suis venu dès que j'ai reçu votre message. Mes hommes sont en train de fouiller les maisons de la ville en ce moment même. Dites-moi ce qui s'est passé.

Matt lui résuma les événements qui s'étaient soldés par la fuite de Colin.

— C'était l'homme dans le tunnel, j'en mettrais ma main à couper.

— Et maintenant, vous êtes blessé ?

Matt s'efforçait de soutenir son bras et son épaule, avec un inconfort évident, et l'inspecteur le regarda avec inquiétude.

— Un fichu coup de malchance. J'ai pris une balle de ce côté pendant la guerre, et je crois que j'ai heurté le coin de ce bâtiment en plein sur l'ancienne plaie. Ma fierté aussi en a pris un sacré coup, dit-il, essayant de minimiser sa douleur.

— Vous devez attraper cet homme, inspecteur, affirma Kitty. C'est de toute évidence notre meurtrier.

L'inspecteur se caressa la moustache.

— Nous faisons de notre mieux, mademoiselle Underhay. Je suis d'accord avec vous, il est clairement très dangereux.

Des coups se firent entendre à la porte du bureau, et on fit entrer le docteur Carter dans le petit espace.

— Navré du retard. Deux petits garçons viennent de naître en parfaite santé, annonça celui-ci en adressant au groupe un sourire radieux de sous le bord de son chapeau.

Il évoqua à Kitty un innocent chérubin de quarante ans, avec son visage lisse et rond et ses grands yeux bleu clair qui pétillaient derrière les petits cercles de ses lunettes.

— Bien, au travail, maintenant, fit-il en posant sa sacoche sur la table et en inspectant le bras de Matt.

— Je dois retourner au commissariat, annonça l'inspecteur, avant de préciser, à l'intention de Matt : Si nous avons du nouveau, je vous le ferai savoir.

Avec précaution, le docteur Carter aida Matt à retirer sa veste ; il entreprit ensuite d'en faire autant de sa chemise, et Kitty s'apprêtait à quitter la pièce pour le laisser examiner Matt en toute intimité quand il la réquisitionna pour servir d'infirmière.

Un peu gênée, elle se tint là et tendit au médecin rouleaux de gaze, sparadrap et ciseaux tandis qu'il découpait le maillot de corps de Matt et commençait à bander sa poitrine et son épaule. Elle jeta un coup d'œil discret et vit le relief blanc des contours d'un tissu cicatriciel tout autour de son omoplate. De toute évidence, elle avait sous-estimé la gravité des blessures qu'il avait subies durant la guerre.

Matt garda les paupières bien fermées tout au long de l'opération. Elle entendit un sifflement s'échapper d'entre ses lèvres les quelques fois où le bon docteur se montra un peu énergique avec la gaze. Enfin, sa tâche accomplie, le médecin l'aida à remettre sa chemise sur son bras valide avant de passer dans une écharpe le second, bien sanglé, afin de bien le maintenir en place.

— Voilà, conclut le docteur Carter en sortant de sa sacoche un petit flacon marron contenant quelques pilules. Prenez-en deux maintenant, deux autres ce soir, et reposez votre bras. Vous devriez vous sentir un peu mieux d'ici demain, mais il vous faudra sans doute une bonne semaine avant de pouvoir enlever le bandage.

Le pronostic ne sembla pas ravir Matt. Kitty remercia le médecin et le raccompagna vers la sortie.

— Vous avez entendu le docteur, dit-elle ensuite à Matt en s'empressant de réunir les affaires du blessé. Vous feriez mieux d'aller dans votre chambre et de vous reposer. Souhaitez-vous que je vous fasse monter un plateau ?

— C'est ridicule. Je n'arrive pas à croire que Colin ait réussi à s'enfuir, grommela Matt, une grimace sur ses traits, en se préparant à quitter les lieux.

— Les pavés étaient très glissants, et il a réussi à vous cueillir quand vous avez perdu l'équilibre, tenta de le consoler Kitty en l'aidant à gravir l'escalier.

Elle escorta Matt à sa chambre et insista pour qu'il prît du repos. Elle donna des consignes pour qu'on lui fît apporter un plateau à thé et les journaux du jour afin qu'il pût se distraire – écouter la radio, rattraper l'actualité – pendant sa convalescence.

Elle savait que se retrouver sur la touche ne plaisait pas à Matt. D'une certaine façon, s'il était confiné à ses appartements, il serait plus facile pour elle de quitter l'hôtel sans être vue, plus tard dans la soirée, après le travail. Elle se répéta qu'il avait besoin de prendre soin de lui pour soulager sa culpabilité de ne pas lui avoir fait part de la lettre de son père.

Seule dans la suite de sa grand-mère, elle sécurisa la porte et entama ses préparatifs. Elle prit le rubis dans le coffre-fort secret sous le banc ménagé dans la fenêtre et l'enveloppa soigneusement dans un vieux mouchoir. Rejetant l'idée de le cacher dans un sac à main, elle se choisit un vieux manteau bleu marine et fendit la doublure juste assez pour glisser le rubis à l'intérieur, niché entre la grosse laine du dehors et le satin du dedans, comme dans un petit écrin. Elle pourrait le récupérer et le tendre à son père, mais quiconque fouillerait ses poches n'y trouverait qu'un mouchoir propre et un peu de liquide.

Kitty fouilla parmi ses chaussures et trouva une vieille paire dont les talons légèrement plus bas lui permettraient de filer rapidement si nécessaire. Elle coiffa le même chapeau que tout à l'heure et accompagna le tout de son parapluie solide en guise de protection à la fois contre la pluie et contre un potentiel agresseur. Elle avait beau détester l'idée, il lui fallait bien se montrer pragmatique.

Puis elle s'occupa de ses précautions finales : assise au bureau de sa grand-mère, elle écrivit deux lettres, ferma les enveloppes et inscrivit dessus heures et noms. L'une était pour Matt, l'autre pour l'inspecteur Greville.

Quand l'heure de rencontrer son père approcha, Kitty enfila avec précaution la tenue qu'elle s'était préparée et alla déposer ses messages au guichet.

— Faites en sorte que ces lettres atteignent leurs destinataires exactement à l'heure écrite sur le devant de l'enveloppe, je vous prie. Pas plus tôt, pas plus tard, ordonna-t-elle d'une voix sévère à Alice, qui s'occupait du hall.

La jeune fille accueillit les instructions inattendues et inhabituelles en arrondissant les yeux.

— Oui, mademoiselle Underhay.

Kitty balaya rapidement le hall du regard pour s'assurer que le portier de nuit et Mickey étaient tous deux temporairement absents et se glissa à travers la porte d'entrée. Bien contente d'être protégée par son parapluie, elle traversa à nouveau la ville en passant par le Boat Float et arriva au pied de la petite colline menant à Saint-Sauveur. L'entraînement des sonneurs avait duré tout le long de son ascension, qui avait été rythmée par les « dong » retentissants des cloches.

Mais à présent, ceux-ci s'étaient interrompus, et elle attendit dans les ombres du mur de pierre de l'église que les sonneurs sortissent et se dissent bonne nuit les uns aux autres. Le concierge n'allait sans doute pas tarder à venir fermer les portes de l'église, ce qui ne lui laissait pas beaucoup de temps avec son père.

Lorsqu'elle fut certaine que le dernier sonneur avait quitté les lieux, Kitty monta à la hâte la pente menant à l'entrée de l'église. Saint-Sauveur, avec sa construction qui datait du haut Moyen Âge, était l'un des plus vieux bâtiments de Dartmouth. La grande porte en bois de chêne avait au moins sept cents ans ; les motifs de cuivre sophistiqués qui la décoraient lui avaient été ajoutés quelques siècles plus tard, de même que les sculptures d'animaux. Elle avait toujours trouvé l'ouvrage magnifique, mais elle était aujourd'hui trop tendue pour l'admirer comme d'habitude. Le porche était allumé, mais l'intérieur de l'église était plongé dans la pénombre. Seules brûlaient, d'un seul côté, quelques chandelles sur une applique en fer forgé noir. L'air de l'église, humide et froid, sentait les fleurs, la lavande et la cire d'abeille.

La lumière tamisée des bougies projetait des ombres sur les dalles du sol, les colonnes et les panneaux en bois sculptés et peints. Elle retint son souffle quand elle remarqua la silhouette d'un homme, la tête inclinée comme dans une prière, assise dans les ombres sur le banc du fond, tout au bout.

— Père ?

Elle avait murmuré, mais l'espace sembla porter sa voix, répéter le nom en écho. L'homme leva la tête, et Kitty s'efforça de voir son visage dans l'ombre du bord de son chapeau.

— Ma chère fille, tu es venue.

Il avait la voix plus douce que lors de leur dernière rencontre, lui sembla-t-il. Les genoux tremblants, elle se glissa sur le banc de bois, à côté de lui. Elle l'avait immédiatement reconnu : c'était l'homme qui avait prétendu s'appeler « M. Kelly » quand il l'avait rencontrée en ville et au premier concert de Mlle Delaware, au Dolphin.

— Nous n'avons pas beaucoup de temps, ma chérie, le concierge ne va pas tarder, commença son père en prenant sa main dans la sienne. Ma chérie, je suis profondément désolé de t'avoir apporté tous ces problèmes. Je sais que je te dois une explication. Ce que tu m'as dit au sujet de ta mère a été un véritable choc. Je ne savais pas du tout qu'il était arrivé quelque chose.

Il soupira.

— Quand la guerre a commencé, j'ai dû faire un choix : rester me battre ou retourner en Amérique. Ta grand-mère t'a très certainement dit ce qu'elle pensait de ma décision, et je n'ai rien à dire pour ma défense. J'avais des perspectives en Amérique, de l'argent à gagner, des affaires à monter, et pas la moindre envie de risquer ma vie au front. J'avais bien l'intention de vous envoyer chercher, Elowed et toi, dès que j'aurais réglé quelques soucis sur place et que je nous aurais obtenu une maison. La guerre aurait dû être terminée à Noël, mais le temps a passé, et mon retour a été impossible.

— Alors, que s'est-il passé ? Il n'y avait rien dans les affaires de ma mère. Pas de lettres, pas de photographies, pas la moindre trace de vous. Tout ce que j'avais, c'était une copie du certificat de mariage de ma mère et mon acte de naissance.

La voix de Kitty frémissait. Son corps tout entier tremblait. Enfin, elle pouvait poser les questions qu'elle avait toujours voulu poser.

— La guerre ne s'est pas terminée à Noël. Mes affaires commerciales ont commencé à se compliquer. Pour tout te dire, Kitty, j'avais de gros ennuis auprès d'individus qu'il n'est pas sage de mettre en colère.

— Était-ce au moment où vous avez pris ce rubis ?

Elle vit les coins de sa bouche se relever dans un petit rictus sans joie.

— Non, ta mère l'avait déjà avec elle quand elle est arrivée à Londres, avant que je retourne en Amérique. Un gentleman me l'avait cédé à titre de garantie, le temps de régler ses dettes de jeu. Il a malheureusement été victime d'un accident impliquant plusieurs balles de revolver, et je me suis dit qu'il était plus prudent de faire profil bas et de vous tenir à l'écart du danger, ta mère et toi.

— Vous ne saviez pas où elle l'avait caché ? demanda Kitty.

Il secoua la tête.

— Elle m'a assuré qu'il était en lieu sûr. Elle ne voulait rien avoir à faire avec lui, mais elle craignait pour ma sécurité et pour la tienne. Nous pensions tous les deux qu'il nous garantirait une certaine sécurité financière pour l'avenir. C'étaient des temps incertains.

Kitty réfléchit à ses réponses.

— Pourquoi n'avez-vous pas écrit?

— J'ai écrit, à quelques reprises, mais n'ai jamais obtenu de réponses. J'ai craint que ta mère n'ait décidé ne plus vouloir de ce mariage avec moi. J'étais constamment en déplacement entre les États-Unis et le Canada. Les rapports parlaient de bombardements à Londres et ailleurs en Angleterre.

— Vivien a dit que vous aviez fait de la prison, dit Kitty.

Il soupira à nouveau.

— Oui, brièvement. Je me suis retrouvé au mauvais endroit, au mauvais moment, avec les mauvaises personnes. La disparition de ta mère doit avoir eu lieu vers ce moment-là. Avant, je recevais quelques nouvelles d'Angleterre par ma sœur, ta tante Hortense, mais elle et moi ne sommes pas en bons termes. Elle a une mauvaise opinion de moi.

— J'ai une tante?

C'était une information nouvelle pour Kitty; elle avait toujours cru avoir pour seule famille sa grand-mère et sa grand-tante Livvy. Ni sa mère ni sa grand-mère n'avaient jamais parlé de qui que ce fût d'autre.

— Oui, ma chérie. Ta tante s'appelle Lady Medford, et elle a une fille, Lucy, âgée d'un ou deux ans de moins que toi. Elles ont un domaine près d'Exeter. C'est triste à dire, mais ma sœur m'a pratiquement renié. Son mari, Lord Medford, a menacé de lâcher les chiens la dernière fois que je suis passé les voir.

L'expression ahurie de Kitty lui arracha un petit gloussement.

— Ça fait beaucoup à accepter, ma chérie, je sais.

— Savent-ils que j'existe? demanda Kitty.

— Maintenant, oui. J'ai envoyé un télégramme à ma sœur aujourd'hui. Je me doutais qu'elle brûlerait sans doute une lettre de ma part, et elle n'ignorerait jamais un télégramme.

— Que comptez-vous faire, à présent? demanda Kitty, dont l'esprit peinait toujours à digérer la nouvelle qu'elle avait une tante et une cousine à seulement quelques kilomètres de là, dans le même comté.

— Je prévois de quitter le pays pour un temps. J'ai des amis qui m'assisteront, et je retournerai en Amérique. J'aimerais rester en contact avec toi, si tu me le permets. Et j'aimerais vraiment beaucoup essayer de découvrir ce qui est arrivé à Elowed. Tu lui ressembles beaucoup, tu sais, dit-il en touchant tendrement sa joue du bout du doigt.

— J'en serais heureuse, souffla Kitty, à qui les larmes étaient montées aux yeux sans qu'elle s'en rendît compte.

Conscients que leur temps ensemble était pratiquement écoulé, ils se levèrent, prêts à quitter l'église.

— Père, avant que nous nous disions au revoir, j'ai quelque chose à vous donner pour le voyage, déclara Kitty avant de marquer une pause, prête à tâter la doublure de son manteau pour en retirer le rubis.

C'est alors que le son de pas contre le sol du porche les fit tous les deux se précipiter dans les ombres à côté de l'escalier de chêne finement sculpté qui menait à la tribune et au clocher.

— Vous pouvez approcher tous les deux. Le jeu est terminé, clama dans l'église la voix flûtée de Walter Cribbs tandis que la porte extérieure se refermait dans un violent claquement et que les lumières électriques s'allumaient au-dessus de leur tête.

CHAPITRE 29

La lumière soudaine des ampoules électriques fit cligner des yeux à Kitty. À côté d'elle, Edgar lui serra rapidement la main dans un geste de réconfort.

— Walter ?

Il était là, planté juste devant la porte du porche, une autre silhouette dressée derrière lui. À son horreur, elle découvrit, étalé au sol dans l'enceinte de la porte de bois verrouillée de l'église, le corps du concierge.

— Tiens donc, voilà que vous m'appelez Walter, à présent, ma tendre Kitty ? la railla-t-il.

Il se dirigea vers elle, et Kitty se recula pour se rapprocher de son père.

— Si j'avais su qu'une petite frayeur stimulerait vos affections, j'aurais essayé quelque chose plus tôt. Quelque chose de moins dérisoire que la tentative de Colin de vous faire peur avec un accident de la route.

— Que voulez-vous ? demanda Edgar.

— Tss, tss, fit Walter. Mais enfin, le rubis, bien sûr. Vous ne croyez pas que je me suis donné tout ce mal pour rien, tout de même ?

— Comment ça, tout ce mal ? demanda Kitty.

Elle craignait d'entendre la réponse, mais les pièces du puzzle commençaient déjà à se mettre en place.

— Ma très chère Kitty, ne vous ai-je pas parlé de mes belles perspectives financières ? J'échafaude mes plans depuis que Colin ici présent m'a parlé du rubis.

Là-dessus, Colin Wakes quitta les ombres. Elle sentit son père se raidir.

— Vous ! Espèce de canaille, vous m'avez doublé !

— Qu'avez-vous fait au concierge ? demanda Kitty, espérant, priant pour que l'homme ne fût qu'inconscient.

Colin secoua le corps du bout du pied.

— Il fait une petite sieste, c'est tout.

Le concierge poussa un grognement sourd, et Kitty sentit ses genoux fléchir légèrement sous le coup du soulagement.

— Vous savez que nous ne sommes pas en possession du rubis, n'est-ce pas ? lança-t-elle en se concentrant sur Walter à nouveau.

Les yeux de celui-ci étincelaient derrière ses lunettes, et Kitty se rendit compte que c'était le regard d'un fou qu'elle avait devant elle.

— Je crois que vous savez où se trouve la pierre, ma fiancée chérie.

— Je ne suis pas votre fiancée. Je ne le serai jamais. Je ne vous épouserais pas même si vous étiez le dernier homme à Dartmouth.

Entendant cela, Walter plongea en avant comme pour l'agripper, mais son père s'interposa.

— Bas les pattes. Ne touchez pas à ma fille.

— Occupez-vous de lui, Colin ! ordonna Walter.

Kitty, horrifiée, regarda Colin s'élancer en avant et essayer de maîtriser son père tandis que Walter observait sans intervenir.

Colin, plus jeune et plus en forme qu'Edgar, malgré l'inconfort dans lequel il avait vécu la semaine précédente, eut bientôt le dessus, et le père de Kitty tomba à genoux.

Furieuse, Kitty serra fermement son parapluie dans son poing, et, presque sans réfléchir, l'abattit contre l'arrière de la tête de Colin. Il y eut un « crac » retentissant lorsque l'objet se brisa en deux sous le choc.

Colin s'arrêta, le poing en l'air, et Kitty sentit son cœur lui bondir dans la bouche lorsqu'elle crut ne pas avoir frappé assez fort pour le mettre hors d'état de nuire. Il tourna vers elle un visage surpris avant de s'effondrer. Elle poussa un petit cri lorsqu'il tomba à ses pieds.

Son père parvint à se redresser, titubant, une coupure sanglante sous l'œil, et se dirigea vers la porte de l'église, seulement pour se rendre compte que la grosse clé de fer avait disparu de la serrure.

— Tss, tss, fit Walter. C'était vraiment très stupide.

Kitty se retourna brutalement vers lui, et la prise de conscience la frappa comme une douche glacée. Walter avait la clé dans une main, mais surtout un revolver dans l'autre. Il agita la première dans leur direction avant de la laisser retomber dans la poche de son manteau.

— J'espère bien que vous n'avez pas frappé Colin trop fort ; il s'est montré extrêmement utile jusqu'ici, commenta-t-il en assenant un coup de pied à son collègue inconscient.

— Utile, c'est-à-dire ? A-t-il assassiné sa mère, tué Hubert Farjeon et M. Blaas ? demanda Kitty d'une voix tremblante.

Walter intima à son père, d'un mouvement de la main qui tenait son arme, d'aller rejoindre Kitty.

— Cora en savait trop, elle voulait que Colin s'arrête. Les informations et les diversions qu'elle a pu nous offrir nous ont servi un temps, mais une fois qu'elle a cessé d'être utile, il fallait bien qu'elle disparaisse. Je ne peux pas laisser à Colin le mérite de sa mort, cependant, il avait pour cette vieille femme un attachement idiot. Non, j'ai bien mieux fait de m'occuper du problème moi-même et de le convaincre que c'était vous, mon cher monsieur Underhay, l'auteur du crime. M. Blaas n'était qu'un plus en passant.

Walter eut le sourire narquois d'un homme content de lui, et Kitty sentit la bile lui monter dans la gorge.

— Et Mme Craven ? Qui l'a attaquée ?

Walter soupira.

— J'ai dû fouiller sa maison lorsque la mère de Colin nous a informés qu'il n'était pas impossible que le rubis soit là. J'ai exhorté par lettres votre chère grand-mère à remettre la pierre. C'est sa faute, en réalité, si son amie a été blessée ; elle aurait dû faire ce que je lui disais. Il aurait mieux valu que Mme Craven ne survive pas. Les témoins peuvent être de véritables plaies.

Ses yeux étincelèrent à nouveau, et Kitty se rendit tout à coup compte qu'il les considérait eux aussi comme des témoins, son père et elle, et qu'il n'avait pas la moindre intention de les laisser en vie après ses aveux. Elle n'arrivait pas à croire que c'était lui, la main qui avait rédigé ces lettres anonymes.

— Et Hubert Farjeon ?

Son père plaça son bras autour de sa taille, et elle puisa de la force dans sa présence.

Le sourire fou de Walter s'étira encore.

— Très satisfaisant. Impressionnant, tout le sang qu'on peut trouver dans un vieil homme tout flétri. Il a eu la témérité de me faire du chantage. À moi ! Comme si j'allais le permettre. Il m'avait vu depuis sa boutique. Je lui ai fait croire que j'allais le payer, puis lui accorder une part de la vente du rubis. Il m'a ouvert sa porte sans soupçonner quoi que ce soit. C'était tellement facile.

— Et que viennent faire Vivien Delaware et Bobby dans tout cela ? demanda-t-elle.

Il fallait seulement qu'elle continuât de le faire parler assez longtemps pour trouver un moyen d'attraper le revolver, ou pour permettre à Matt et à l'inspecteur Greville de recevoir les lettres qu'elle leur avait écrites. Elle arrivait presque à réfléchir clairement, à présent qu'elle avait un objectif sur lequel se concentrer.

Un rictus méprisant ourla les coins de la bouche de Walter.

— Bobby est un idiot. M. Blaas nous a fourni des informations très intéressantes quand nous nous sommes débarrassés de lui – je ne voulais vraiment pas qu'il marche sur mes plates-bandes, j'avais déjà engagé M. DeVries pour ce travail. Il nous a prévenus que Bobby était en route, et qu'il représente un quelconque Américain véreux qui le paie pour ça. Du gang qui avait justement missionné M. Blaas. Apparemment, Edgar, Vivien vous a vu à ce club à Londres où vous avez rencontré Colin, et Bobby et elle ont fait le lien. Ils veulent également mettre la main sur le rubis.

Le père de Kitty sembla s'affaisser à côté d'elle.

— Tout est ma faute, chuchota-t-il.

Mais Kitty ne s'autoriserait pas à désespérer. Elle devait continuer de faire parler Walter.

— Mais pourquoi Bobby vous a-t-il donné de l'argent ? Car c'est bien ce qui s'est passé, n'est-ce pas ?

Elle se demanda quelle heure il était. Les lettres où elle leur avait expliqué où la trouver devaient être entre les mains de l'inspecteur Greville et de Matt, à présent.

Le canon du revolver capta la lumière lorsque Walter le fit tournoyer dans de grands moulinets.

— Oh, oui, cet homme s'est montré une source de revenus très satisfaisante. C'est toujours dangereux de travailler pour les mauvaises personnes, surtout quand lesdites mauvaises personnes vous soupçonnent de vouloir les doubler. Il n'aurait pas voulu que certains murmures remontent à ses chefs. Je le lui ai rappelé, gloussa Walter.

— Et était-ce vrai ? Prévoyait-il de les doubler ?

Elle voyait bien que Walter se complaisait dans le sentiment de sa propre intelligence – celle qu'il pensait posséder du moins – et qu'il était ravi d'avoir une occasion de se vanter de ses crimes.

— Bien sûr. Bobby et Vivien voulaient le rubis pour eux. Mais ils l'ont rattrapé, à présent, hein ?

— Il n'y a pas d'honneur chez les voleurs, dit tristement Edgar.

Le concierge gémit et commença à s'agiter. Walter avança d'un pas et frappa l'homme d'un coup de pied en pleine tête. Le bout de sa chaussure rencontra le crâne du concierge dans un craquement affreux ; Kitty grimaça, ferma les yeux et se blottit dans les bras de son père.

— Bien, la plaisanterie a assez duré. Kitty chérie, où se trouve le rubis ?

Voyant Walter darder son regard malveillant sur Kitty, Edgar s'avança légèrement, la protégeant à moitié de son corps.

— Ma fille vous a dit qu'elle ne l'avait pas.

— Restez où vous êtes ! ordonna Walter en agitant à nouveau le revolver. Alors, vous devez savoir, vous. Dites-moi, vieille fripouille, où est-il ?

Edgar soupira.

— Ma femme l'avait en sa possession quand elle est rentrée à Dartmouth pour le garder en lieu sûr. Je n'ai jamais su où elle l'avait caché. C'est la vérité.

Les yeux de Walter scintillèrent.

— Je ne vous crois pas. Vous êtes revenu récupérer la pierre, vous deviez bien avoir une idée d'où elle était.

— La disparition de ma mère avait-elle à voir avec le rubis ? demanda Kitty.

Bien sûr, Walter était enfant à l'époque, mais de toute évidence, elle avait sous-estimé ses facultés à déterrer des secrets.

— Comment saurais-je quoi que ce soit au sujet de la disparition de votre mère ? rétorqua Walter, l'air pris par surprise par sa question.

— Vous travaillez pour le *Herald*, vous avez sûrement fouillé dans les fichiers du journal à la recherche d'un indice ? persista Kitty.

Elle avait cru entendre de légers bruits de pas sur le gravier devant la porte d'entrée de l'église.

L'expression de Walter changea, et Kitty devina qu'il avait bel et bien fouillé les archives.

— Bien sûr que j'ai cherché des indices. Après tout, elle aurait pu emporter le rubis avec elle, le vendre et démarrer une nouvelle vie ailleurs.

— Et donc ?

Elle toussa aussi fort qu'elle l'osa, espérant que, s'il y avait effectivement quelqu'un dehors, il s'arrêterait pour tendre l'oreille au lieu d'essayer d'ouvrir la porte.

— Rien. Rien qui indique où elle aurait pu s'enfuir, et rien au sujet de la pierre. Et maintenant, où est ce fichu rubis ? répéta-t-il en désignant une nouvelle fois Edgar de son revolver.

Kitty déglutit. Elle se raccrochait au minuscule espoir que quelqu'un se trouvât devant l'église et pût entendre au moins une partie de ce qui se passait.

— Je ne l'ai pas. Elowed s'est évaporée avant d'avoir pu me dire où il était. Mes lettres sont restées sans réponse, et avant de revenir ici, j'ignorais ce qui lui était arrivé. Votre homme de main ici même, continua-t-il en désignant Colin du menton, m'a caché cette information. Il m'a laissé croire qu'elle était toujours au Dolphin avec Kitty et sa grand-mère, en pleine forme. Ce n'est que lorsque je suis arrivé à Dartmouth que je me suis rendu compte qu'on s'était joué de moi.

Un sourire narquois étira les lèvres de Walter.

— Oui, Colin a bien fait son travail. Quelle chance que vous soyez tombé sur lui par hasard et ayez décidé qu'il pourrait vous êtes utile.

Kitty en était sûre, cette fois : elle avait entendu un petit bruit à l'intérieur de l'église, et elle reprit un peu espoir. Tout ce qu'elle devait faire, c'était garder l'attention de Walter et s'assurer qu'il restât de bonne humeur et fier de lui, encore un peu.

— Vous aviez tout prévu, n'est-ce pas ? Ce n'est pas « par hasard » que mon père a croisé Colin. Vous avez forcé la rencontre après avoir concocté une petite histoire pour le pousser à vous dire où se trouvait le rubis. Mais comment avez-vous su que mon père se trouvait en Angleterre, comment avez-vous relié tous ces différents points ?

— Ah, ma douce et tendre Kitty, vous voyez maintenant l'étendue des facultés de mon cerveau, et vous comprenez le grand honneur que je vous ai fait en vous proposant d'être ma femme. Mais, pour dire la vérité, j'ai eu de la chance au-delà de mon génie, gloussa Walter. J'ai beaucoup de relations grâce à mon travail de journaliste. On m'a demandé d'étudier la liste des passagers d'un certain paquebot, où était supposée se trouver une vedette de cinéma très en vue venue en Angleterre en catimini. Un sympathique petit scandale impliquant un enfant secret et un député marié. Eh bien, j'ai trouvé ladite dame, et j'ai également trouvé votre père. Votre nom de famille n'est pas si commun, et quelques vérifications m'ont rapidement permis de réunir les pièces du puzzle et de monter un plan.

— Et comment avez-vous su, pour le rubis ?

Elle était sûre et certaine d'avoir entendu un tout petit bruit, plus près cette fois.

— J'ai des sources en Amérique, et ce dévoué Colin, bien sûr.

Walter se tut et scruta l'obscurité de l'église, derrière Kitty et son père.

— Qui est là ?

Pas de réponse. Il se dirigea vers l'interrupteur qui illuminerait la nef de l'église, mais, avant qu'il pût l'actionner, Edgar se mit en mouvement et plongea vers le revolver de Walter. Ils luttèrent, un coup partit dans un rugissement assourdissant, et l'ampoule au-dessus de leurs têtes explosa, les plongeant dans l'obscurité et répandant sur eux une pluie d'éclats de verre.

CHAPITRE 30

Kitty se figea et tâcha d'identifier où se trouvaient les uns et les autres dans l'obscurité. Le seul éclairage était à présent le vague halo des bougies au niveau de la porte secondaire, à côté du banc où elle s'était assise avec son père, un peu plus tôt.

— Papa ! s'écria-t-elle.

Les deux hommes étaient toujours aux prises l'un avec l'autre, et, dans le noir, elle n'arrivait pas à voir qui était qui. Elle essaya de contourner les protagonistes mais trébucha sur ce qu'elle devina être le corps allongé de Colin.

— Kitty, la porte ! lança son père.

C'est alors qu'elle entendit un bruit métallique contre le sol. Elle réagit vivement et tomba à genoux pour tâter le sol à la recherche de ce qu'elle espérait être la clé. Si seulement elle pouvait s'en emparer et déverrouiller l'entrée, ils pourraient être sauvés par les hommes de Greville qu'elle espérait se trouver juste devant.

Au moment où ses doigts se refermèrent sur une grosse tige métallique, un pied lourd s'écrasa sur sa main, et la lumière électrique s'alluma dans la nef. Grimaçant de douleur, elle leva les yeux ; Walter la scrutait d'au-dessus.

— Oh, je ne pense pas, cingla-t-il en lui faisant signe de se lever d'un mouvement du revolver. Debout.

Il libéra sa main, et elle se dépêcha de se mettre sur ses pieds. Son père était affaissé contre l'escalier menant à l'étage supérieur; le sang continuait de couler de la plaie à son visage, rouge et collant le long de sa joue.

— Papa !

Où était la personne qu'ils avaient entendue dans l'église ? Il y avait eu quelqu'un là-dedans avec eux. Ou n'avait-ce été que son imagination ?

— Que lui avez-vous fait ? s'exclama-t-elle en se précipitant vers son père.

— Restez où vous êtes, ordonna Walter. Il va bien.

Elle eut une certaine satisfaction à constater que Walter lui-même n'était pas sorti indemne de leur combat. Un filet de sang coulait de son nez, et l'un de ses yeux avait commencé à gonfler.

Le soulagement explosa dans ses veines lorsque son père poussa un grognement et eut un mouvement. Walter assena à Edgar un coup sec dans les côtes avec le baril du revolver.

— C'est l'heure d'y aller, annonça-t-il avant de se tourner vers Kitty. Vous aussi.

Elle passa devant Colin et vint se poster à côté de son père pour qu'il pût s'appuyer contre elle. Ses doigts lui faisaient toujours mal, et elle se demanda si Walter lui avait cassé l'auriculaire.

— En route, ordonna Walter avec un nouveau moulinet de son arme dans leur direction.

Il les fit marcher devant lui vers une petite porte latérale. Le père de Kitty était presque complètement effondré sur elle, et son souffle était rauque dans l'air frais.

— Walter, c'est de la folie. Que comptez-vous faire ?

Sa question lui valut un méchant coup dans le dos de la bouche du revolver.

— Ce que je compte faire ne vous concerne plus, ma chère Kitty. Vous avez refusé ma demande en mariage, vous vous souvenez ? À présent, vous allez devoir vivre avec les conséquences. Ou pas, justement.

Il pouffa comme s'il avait dit quelque chose d'amusant.

— Ouvrez la porte.

Ce devait être cet horrible ricanement, haut perché et féminin, que Mme Craven avait entendu. Elle tendit la main pour relever le loquet de la porte devant elle avec une lenteur réticente, s'efforçant de repousser le moment fatidique autant qu'elle s'en sentait le courage. Elle savait qu'une fois qu'ils seraient à l'intérieur de la pièce ou du placard ou de ce qui pouvait bien se trouver derrière le battant, leur destin serait sans doute scellé.

C'est à cet instant qu'elle entendit marteler et secouer la grande porte médiévale derrière eux.

— Police, ouvrez.

Walter se renfrogna.

— Ouvrez, vite, aboya-t-il.

Les coups à l'extérieur se firent plus forts. Il y avait une clé à tourner sous le loquet, et sa main tremblante la fit tomber au sol dans un tintement métallique. L'attention de Walter était divisée entre le bruit du côté de l'entrée et Kitty qu'il essayait de presser. Son père lui semblait à peine conscient.

— Ramassez ça, grogna Walter.

Dans un mouvement maladroit, elle appuya son père contre le mur et se baissa pour obéir. En se penchant, elle vit un mouvement derrière Walter, dans les ombres. Celui qui était entré dans l'église un peu plus tôt avait réussi à se faufiler plus près d'eux.

C'était forcément Matt. Elle attrapa la clé et la laissa retomber exprès, feignant la maladresse.

— Dépêchez-vous, ou votre père prend une balle dès maintenant, dit Walter en pointant le canon de l'arme vers celui-ci.

— J'ai mal à la main depuis que vous avez marché dessus, protesta Kitty.

À cet instant, une silhouette émergea d'un coup des ombres et percuta de plein fouet Walter. En tombant, il laissa échapper le revolver, qui glissa sur le sol jusqu'au pied de l'escalier.

— Kitty, le pistolet! ordonna Matt.

Elle se précipita en avant, bondit au-dessus de Colin et attrapa l'arme.

— Stop! s'exclama-t-elle en braquant le canon vers Walter et en s'efforçant de ne pas trembler.

Walter se figea, permettant à Matt de le plaquer au sol et de s'agenouiller sur lui.

— Beau travail, Kitty.

Matt grimaçait, et elle voyait bien que son épaule blessée le faisait terriblement souffrir. Le revolver toujours pointé vers Walter, qui tentait vainement de se débattre sous le poids de Matt, elle récupéra la clé de la porte principale tombée au sol. Quelques secondes plus tard, l'église était ouverte et les hommes de l'inspecteur Greville qui attendaient de pied ferme sur le porche inondèrent les lieux.

Dès que Walter fut menotté et le revolver confié à d'autres mains, Kitty se précipita aux côtés de son père.

— Papa, dit-elle en l'aidant à s'asseoir sur un banc.

Matt les rejoignit en boitant; dans un concert de jurons et de cris, Walter fut mi-conduit, mi-traîné par deux agents aux larges épaules vers la voiture de police qui attendait dehors.

— Le docteur Carter est en chemin. Je lui ai envoyé un message dès que j'ai reçu votre lettre.

Matt ferma les yeux et poussa un soupir entre ses dents.

— Dieu merci, j'ai trouvé une fenêtre ouverte. Qu'est-ce que vous croyiez faire, bon sang ?

— Capturer un assassin.

Elle regarda la police diriger les ambulanciers déplaçant le concierge, qui avait repris connaissance, jusqu'au véhicule stationné devant le bâtiment. Puis l'équipe médicale revint avec une civière pour Colin.

— Je ne l'ai pas tué, n'est-ce pas ? demanda-t-elle.

— Malheureusement, non, répondit l'inspecteur Greville, qui se posta face à leur trio. Cela dit, il ne fait aucun doute qu'il finira sur la potence pour ses crimes, comme Walter Cribbs. J'aurai besoin de vos dépositions à tous une fois que vous aurez été examinés par le médecin.

Il s'éloigna pour superviser ses hommes, et le docteur Carter entra dans l'église, serrant dans sa main sa sacoche médicale en cuir marron foncé. Le pasteur, à ses côtés, examina la porte et l'intérieur de l'église en se tordant les mains, évaluant les dégâts. Le visage rond et poupin du docteur Carter était tout rose d'émoi.

— Mais que s'est-il passé ici ? demanda-t-il en posant précautionneusement son matériel sur le banc à côté d'Edgar.

— C'est une longue histoire, doc, répondit Matt en grimaçant.

Le médecin fit la moue et fronça les sourcils.

— Je vois que vous n'avez pas suivi mes instructions.

Il ouvrit sa sacoche et commença par s'occuper d'Edgar. Il nettoya sa plaie au visage et vérifia ses réflexes.

— Pas de dégâts à long terme, et vous échappez aux points de suture.

Il lui appliqua un pansement et entoura le tout d'un bandage.

— J'ai un gros mal de tête, se plaignit Edgar d'une voix faible.

— Par rapport à ce qui aurait pu vous arriver, un mal de tête, ce n'est rien.

Kitty se sentit malade en pensant à ce qui avait failli se passer.

— Je crois que la migraine de Colin sera bien pire quand il se réveillera. Tu as cassé ton parapluie, ma chérie, observa son père, ironique.

— Alors c'est vous qui avez enfoncé son crâne, dit Matt. J'aurais dû m'en douter.

Matt grimaça tandis que le médecin inspectait le bandage dont il lui avait entouré la poitrine et l'épaule quelques heures plus tôt. Il grogna, et le docteur Carter, faisant claquer sa langue, ajouta des tours de gaze supplémentaires.

— Maintenant, conclut le médecin en passant une écharpe toute neuve autour du cou de Matt, avant de faire un nœud bien serré et de se tourner vers Kitty, mademoiselle Underhay, blessures, je vous prie.

— Ma main. Walter m'a écrasé les doigts. Je n'arrive pas bien à bouger mon petit doigt.

Avec délicatesse, le médecin lui étala les phalanges à plat pour pouvoir les examiner.

— Je crois que ce n'est qu'un gros hématome. Passez à l'hôpital demain, et nous vérifierons s'il faut placer une attelle. Pour l'instant, je vais vous les bander. Je vous conseille d'appliquer des compresses froides pour limiter le gonflement.

— Il est très tard, dit l'inspecteur Greville en revenant vers eux. Je vous suggère de retourner au Dolphin dormir un peu. Je serai là à 10 heures demain pour recueillir vos dépositions.

Kitty regarda sa montre et découvrit avec surprise qu'il était presque 1 heure du matin.

— Laissez-moi vous ramener à l'hôtel, dit le docteur Carter en refermant sa sacoche. Ma voiture est juste là, dans la rue.

Il les regardait d'un air si rayonnant qu'on aurait pu croire que c'étaient eux qui lui faisaient une faveur et non l'inverse.

Le médecin aida Matt à prendre place sur le siège passager avant tandis que Kitty soutenait son père pour l'installer sur la banquette arrière.

— Et c'est parti, lança le docteur Carter en démarrant le moteur.

Là-dessus, ils foncèrent dans la ville déserte à travers les quelques rues qui les séparaient de l'hôtel.

— Merci, doc, dit Matt en descendant de la voiture avec précaution.

Kitty était soulagée qu'il se fût agi d'un trajet court. Le docteur Carter semblait n'avoir que deux vitesses : à l'arrêt ou à tombeau ouvert. Un long voyage dans sa voiture devait être proprement terrifiant.

Le portier de nuit les fit entrer dans le hall. Le choc qui se peignit sur ses traits quand il les vit tout sanglants et malmenés la fit presque sourire.

— Père, prenez ma chambre au grenier, à côté de celle de Matt, je dormirai à nouveau dans la suite de mamie ce soir.

Elle les mena jusqu'à l'ascenseur. Le portier vint leur ouvrir la grille de métal pour leur permettre d'entrer. Elle accompagna les deux hommes jusqu'au dernier étage et souhaita une bonne nuit à Matt avant de conduire son père à sa chambre. Une étrange émotion brillait dans les yeux de Matt lorsqu'il les salua, mais Kitty n'avait pas l'énergie de s'attarder dessus pour l'instant ; elle avait épuisé toutes ses réserves de bravoure pour la nuit.

— Merci, Kitty, dit son père en prenant ses mains dans les siennes. Tu as été très courageuse ce soir. C'est un tel soulagement que rien ne te soit arrivé.

Elle se dressa sur la pointe des pieds pour l'embrasser sur la joue.

— Moi aussi, répondit-elle en libérant sa main pour tâter l'intérieur de son manteau. D'ailleurs, j'ai quelque chose pour vous.

Elle plongea dans la poche secrète qu'elle avait façonnée dans la doublure et révéla le mouchoir contenant le rubis. Elle mit le paquet dans sa paume.

— Prenez-le, faites-en ce que vous voulez, tant que vous l'emportez quelque part où il ne peut plus faire de mal.

Le regard humide d'émotion de son père croisa le sien.

— Je te promets qu'il ne te causera plus de chagrin, mon enfant. Tu as le visage de ta mère, mais aussi son courage et son tempérament.

À sa surprise, sa vision se brouilla de larmes.

— Ma fille chérie, dit-il en se penchant pour lui embrasser le front. Bonne nuit.

Elle le laissa dans sa chambre après avoir promis d'envoyer une femme de chambre avec un plateau à thé et des toasts au matin, avant que l'inspecteur vînt prendre leurs dépositions. Elle regagna la suite de sa grand-mère dans un état de profond épuisement. Ses doigts lui faisaient mal et elle avait des courbatures partout. Au moins, avec Walter derrière les verrous, le danger était écarté. Sa grand-mère serait bientôt de retour avec sa tante Livvy, et elle réussirait peut-être à persuader son père de rester un peu plus longtemps à présent qu'il ne risquait plus de se faire arrêter.

CHAPITRE 31

Kitty se réveilla le lendemain matin au son de la porte de la suite qui s'ouvrait puis de légers coups frappés à celle de la chambre.

— Bonjour, mademoiselle Underhay, du thé et des toasts, annonça Alice, la petite employée rousse, en posant le plateau sur la table de nuit. Voulez-vous que j'ouvre les rideaux, mademoiselle ?

— Oui, s'il vous plaît. Quelle heure est-il ?

Elle essaya de regarder sa montre, qu'elle avait retirée et posée à côté de son lit, mais elle y voyait encore flou.

— Huit heures et demie, mademoiselle. Puis-je faire quoi que ce soit d'autre pour vous ? demanda la jeune fille en se retournant après avoir fait entrer la lumière dans la pièce, un sourire joyeux aux lèvres.

— Non, merci.

Kitty releva ses oreillers, grimaça – elle avait oublié que le docteur Carter lui avait bandé les doigts –, puis se servit en thé et en toasts.

Une heure plus tard, lavée et nourrie, elle grimpa l'escalier en fredonnant, le pas vif, pour aller frapper à la porte de son père. Ne recevant pas de réponse, elle essaya d'actionner la poignée. La pièce était ouverte.

— Papa.

Elle entra. Le lit avait été soigneusement fait et tout était parfaitement en ordre. Il y avait deux enveloppes posées sur sa commode, la première à son intention, la seconde à celle de l'inspecteur Greville. Entendant toquer à la porte, elle tourna la tête et trouva la haute silhouette de Matt.

— Il est parti, n'est-ce pas ? demanda-t-elle.

— On dirait que vous vous y attendiez.

Elle hocha la tête.

— J'espérais qu'il reste un petit peu.

Elle toucha le coin de l'enveloppe qu'il avait laissée pour elle du bout de sa main bandée. C'était décevant, mais pas inattendu. Elle avait eu l'intuition qu'il était le genre d'homme qui ne s'attarde jamais nulle part très longtemps.

— A-t-il pris le rubis ? demanda Matt en franchissant le seuil.

Il s'assit précautionneusement sur un fauteuil en faisant attention à son bras blessé.

— J'espère bien.

— Tout sera plus simple une fois cette pierre loin de nous, j'en suis sûr, dit Matt en souriant.

Kitty se laissa tomber sur le bord de son lit.

— Il a laissé des lettres, une pour moi et une pour l'inspecteur Greville.

— L'inspecteur Greville sera bientôt là, dit Matt, qui poussa un grognement en se levant. Je commence à me dire que sauter sur Walter Cribbs hier soir n'était peut-être pas d'une intelligence fulgurante.

— Je vous suis très reconnaissante de l'avoir fait, lui assura Kitty en s'emparant des lettres pour les emporter dans la suite de sa grand-mère.

Lentement, ils descendirent ensemble l'escalier et s'arrêtèrent devant la porte de la suite.

— La nuit dernière était complètement surréaliste. Ce bandage m'agace, commenta-t-elle en peinant à faire tourner la clé dans la serrure.

— Ne m'en parlez pas, répondit Matt en la suivant à l'intérieur. J'espère que personne n'inspectera mon rasage de trop près ce matin.

Elle plaça la lettre à destination de l'inspecteur Greville sur le bureau et déchira le rabat de la sienne à l'aide du coupe-papier.

— Je l'ai ouverte, dit-elle en sortant le message de l'enveloppe.

Ma tendre Kitty,

Je suis certain que tu comprendras que je ne puisse rester. Ta grand-mère sera bientôt là avec ta tante, et je soupçonne ne plus être le bienvenu dans sa maison. Je te promets que je t'écrirai et te donnerai mon adresse une fois de retour en Amérique. J'espère que tu auras des nouvelles de ta tante Hortense et de ta cousine Lucy. Je pense que cette dernière te plaira; c'est une jeune femme très moderne, ce me semble. Je présume que mon départ précipité fera dire à votre grand-mère qu'on ne change pas une vieille canaille. Peut-être a-t-elle raison. Mais n'oublie jamais, ma fille chérie, que cette vieille canaille t'aime tendrement.

En attendant notre prochaine rencontre, prends soin de toi. Toute mon affection,

Ton papa aimant

Kitty cligna des yeux et tâta ses poches pour trouver un mouchoir.

— Je sais que c'est un voyou malhonnête, mais il a quelque chose.

— Qui sont votre tante Hortense et votre cousine Lucy? demanda Matt.

— Lady Medford est la sœur de mon père. Sans grande surprise, ils ne sont plus en contact, et il vient tout juste de l'informer de mon existence et moi de la sienne. Elles ont un domaine à côté d'Exeter.

Matt siffla discrètement, et Kitty rit.

— Je sais.

On frappa à la porte, et un bagagiste fit entrer l'inspecteur Greville. Celui-ci releva poliment son chapeau en direction de Kitty, et, sur son invitation, le retira et vint prendre un siège.

— M. Underhay se joindra-t-il à nous? demanda-t-il tandis que la femme de chambre revenait avec un plateau à thé et des biscuits.

— Mon père a laissé ceci pour vous, lui répondit Kitty en lui tendant la lettre à son nom.

L'inspecteur ouvrit l'enveloppe et sortit plusieurs feuilles de papier. Il les parcourut en silence; seuls ses haussements de sourcils indiquaient de temps à autre ce qu'il pensait de leur contenu. Une fois sa lecture terminée, il les replia, les remit à l'intérieur et plaça le tout à l'arrière de son calepin.

— On dirait que votre père a laissé derrière lui un compte rendu des événements complet et détaillé, mademoiselle Underhay. Naturellement, je devrai tout de même prendre vos dépositions, au capitaine Bryant et à vous, au sujet des événements d'hier soir, dit-il en regardant Kitty, qui lui tendait l'assiette de biscuits.

— Bien sûr, assura celle-ci en se servant au passage et en grignotant le coin de son gâteau.

— M. Cribbs est en détention provisoire, mais il a été examiné par un psychiatre, et on s'attend à ce qu'il soit peut-être envoyé à l'hospice. Les événements d'hier soir semblent l'avoir fait complètement basculer.

L'inspecteur épousseta sa cravate pour la débarrasser des miettes et tourna un regard plein d'espoir vers les biscuits. Kitty, obligeante, lui tendit l'assiette à nouveau.

— Colin Wakes est à l'hôpital, sous surveillance policière. Il a repris connaissance et a été ravi de passer aux aveux concernant Walter Cribbs. Il bavarde comme une pie, même, continua l'inspecteur en mordant dans son biscuit avec un soupir de satisfaction.

— Je suis soulagé que Kitty soit en sécurité et Cribbs sous les verrous, dit Matt en reposant sa tasse sur sa sous-tasse.

— Resterez-vous au Dolphin, capitaine ? demanda l'inspecteur.

Matt échangea un regard avec Kitty. Elle n'avait pas beaucoup réfléchi à ce qui allait se passer, maintenant que tout était fini et que le mystère était résolu.

— Mme Treadwell arrive demain avec sa sœur. Il faudra que nous discutions de ce qu'il advient de mon contrat, maintenant que ses clauses principales sont caduques.

Kitty se sentit étrangement mélancolique à la pensée du départ de Matt. Certes, les deux dernières semaines avaient été dangereuses et angoissantes, mais cela faisait longtemps qu'elle ne s'était pas sentie aussi vivante. Et puis, elle appréciait la compagnie de Matt, même si ses tendances protectrices étaient parfois agaçantes.

— Resterez-vous dans la région ? demanda l'inspecteur.

Il porta sur l'assiette de biscuits vides un regard éploré. Peut-être avait-il manqué le petit déjeuner.

— J'y pense, oui, répondit Matt, à la surprise de Kitty.

— Bien, bien. Ma foi, et si nous nous mettions au travail ?

L'inspecteur posa son thé et entama le long processus du recueil de leurs témoignages. Le temps de régler les derniers détails, l'heure du déjeuner était arrivée. L'inspecteur se retira et leur demanda de se rendre au commissariat dans les prochains jours, le temps que les procès-verbaux fussent tapés, pour les vérifier et les signer. Kitty promit de prévenir l'inspecteur si son père la contactait afin que le sien pût également être approuvé.

Une fois l'inspecteur parti, ils se dirigèrent vers la salle à manger pour déjeuner.

— Il faut que vous alliez vous reposer dès que nous aurons fini de manger, intima Kitty, inquiète pour Matt, qui avait de nouveau commencé à pâlir.

— Pour une fois, je ne lutterai pas.

Vivien et Bobby se trouvaient à leur table habituelle, et Kitty nota que Vivien portait son costume de voyage. La jeune femme grimaça en découvrant l'énorme hématome violet et bleu qui déformait le visage de Bobby. Ils étaient en train de terminer leur repas lorsque Matt et Kitty s'assirent.

Le serveur prit leur commande puis s'éloigna. Bobby et Vivien vinrent à leur table. Immédiatement, Matt se leva et offrit à Vivien de prendre un siège.

— Non, merci, mon cher. Notre voiture sera bientôt là, et il faut que je supervise le chargement des valises. Il paraît que les meurtriers ont été arrêtés hier soir ? demanda-t-elle en louchant sur les doigts bandés de Kitty et sur l'écharpe de Matt.

— Oui, Walter Cribbs et Colin Wakes sont derrière les barreaux, dit Kitty.

— Ma femme de chambre m'a dit qu'Edgar a également dormi ici la nuit dernière ?

Kitty se rendit compte que Vivien avait l'air fatiguée ; il y avait de fines rides aux coins de ses yeux.

— Oui, en effet, mais il a dû partir tôt ce matin.

Vivien regarda Bobby.

— Bobby était d'avis que je vienne vous présenter mes excuses, Kitty. Tout dans notre séjour n'a pas été entièrement honnête, et certains incidents se sont produits, commença-t-elle avant de marquer une pause et de poser à nouveau les yeux sur son mari. Disons simplement qu'il y a certaines choses que j'ai faites que je regrette amèrement.

Kitty se rendait compte que, de la part de Vivien, c'était un gros aveu.

— Je comprends.

Maintenant que le rubis était parti et son père en sécurité, elle pouvait même pardonner à Vivien d'avoir endommagé son horloge chérie.

— Si vous voulez bien m'excuser, dit Bobby en toussant légèrement, je me demande si la voiture n'est pas arrivée.

Vivien l'observa quitter la salle à manger.

— Avez-vous déjà été amoureuse, mademoiselle Underhay ?

Le rouge lui montant aux joues, Kitty secoua la tête.

— Beaucoup ont du mal à comprendre, mais j'aime Bobby. Il est venu à mon secours à un moment où j'ai vraiment cru que j'allais mourir. La grande dépression a frappé fort en Amérique, en particulier ceux d'entre nous qui n'avaient déjà pas beaucoup au départ, voire rien. Bobby m'a sauvée. Si nous avions trouvé ce rubis, nous aurions été libres. Libres de rester en Europe – à Paris, peut-être –, où nous sommes davantage acceptés. Nous aurions été en sécurité. On commet des actes terribles par désespoir. On commet des actes terribles par amour.

Kitty prit la paume de Vivien dans sa main valide.

— Je suis désolée. Je vous assure que je comprends. Est-ce que vous allez vous en sortir ?

— J'espère, répondit Vivien avec un petit sourire. Je voulais m'expliquer avant notre départ. Je suis contente que vous ayez rencontré Eddie. Ce n'est pas un mauvais bougre, j'imagine qu'il voulait seulement une vie meilleure.

Kitty relâcha la main de Vivien.

— Je sais. Je vous souhaite un retour sans heurts, à Bobby et vous, et j'espère que votre situation à tous les deux se débloquera.

Là-dessus, Vivien partit superviser le chargement des bagages ; après avoir secoué la main de Matt, elle s'éloigna de ses grandes enjambées fières et accepta ses fourrures des mains du personnel.

— Je ne vous ai jamais demandé ce que vous comptiez faire maintenant que cette affaire est close. Allez-vous rester dans le Devon ? demanda Kitty une fois leur repas devant eux.

— Il se trouve que j'ai vu une maison à Galmpton, de l'autre côté du fleuve, dans le coin de Churston, non loin du terrain de golf. J'étais un peu désorienté depuis mon départ de l'armée et, ma foi, de Londres. Mes parents aimeraient me voir m'installer définitivement quelque part, et je n'ai pas la moindre envie de retourner à la capitale.

Il avait le regard sombre, et Kitty savait que c'était son passé qui le hantait.

— À cause d'Edith ? demanda-t-elle, pensant à ce que Vivien venait de lui dire sur l'amour.

— Oui.

— Que comptez-vous faire ?

Elle tenta d'embrocher un morceau de pomme de terre avec sa fourchette. Manger à une seule main s'avérait difficile. Apprendre qu'il prévoyait de rester dans la région l'emplissait d'un bonheur déraisonnablement démesuré.

— J'envisageais de rester dans le domaine de la sécurité et de l'enquête. J'ai déjà reçu une proposition d'un hôtelier de Torquay avec qui j'ai discuté pendant le bal masqué au sujet d'un problème de vols de la part de clients. Quelquefois, ces choses-là sont des questions trop délicates pour la police.

Les lèvres de Kitty s'étirèrent.

— Un projet intéressant. Bien sûr, si jamais vous vouliez une aide à l'occasion, là où une touche féminine pourrait s'avérer utile… ?

Elle laissa sa phrase en suspens et le regarda en haussant un sourcil. Son pouls accéléra un peu.

— Pourrai-je faire appel à vous le cas échéant ? demanda-t-il en lui souriant.

— Absolument, répondit-elle, rayonnante. Je manie extrêmement bien le parapluie.

— D'ailleurs… commença-t-il avant de s'essuyer la bouche avec sa serviette et de faire un signe à un serveur. J'ai un petit quelque chose pour vous.

— Pour moi ? répéta Kitty, perplexe.

L'employé revint, une grande boîte en carton dans les bras. Elle écarta son assiette pour qu'il pût la poser devant elle.

— Qu'est-ce que c'est ?

— Voyez par vous-même, dit Matt.

Curieuse, elle ouvrit avec précaution les rabats du haut et écarta le papier de soie.

— Oh, Matt, c'est l'horloge à coucou de ma mère. Mais comment… ? Et elle est réparée ! Oh, merci !

Elle ravala les larmes de joie qui menaçaient de la submerger. Le motif chantourné avait été remplacé, et l'ensemble était comme neuf.

— Je sais à quel point vous y teniez. Cela dit, il n'y a pas de joyau secret caché à l'intérieur, cette fois. Les poids sont en plomb tous les deux. La précision de l'horloge devrait en être améliorée.

— Merci, dit-elle en contemplant l'objet. Pensez-vous que je découvrirai un jour ce qui lui est arrivé, Matt ?

Les mots lui manquaient pour exprimer la joie qu'elle ressentait à retrouver un de ses derniers liens avec sa mère.

— Je garderai le dossier ouvert, promit-il.

Le serveur revint avec une enveloppe.

— Navré de vous déranger, mademoiselle Underhay, mais nous venons de recevoir ceci, dit-il en lui tendant un télégramme.

Une vague de panique la balaya.

— Oh, j'espère que tout va bien pour mamie et tante Livvy.

Elle déchira le rabat, les doigts tremblants. Il n'était rien arrivé à son père, n'est-ce pas ?

Recevrez bientôt invitation à séjourner chez nous.
Hâte de vous rencontrer. Cousine Lucy

Elle le lut à voix haute à Matt avant de se tourner vers l'employé, submergée par le soulagement.

— Pas de réponse, merci.

— Très bien, mademoiselle Kitty, répondit-il avant de s'éloigner.

Elle se demanda ce que sa grand-mère ferait de l'information nouvelle – l'existence de cette tante et de cette cousine, non loin d'elles. Dire que quelques semaines plus tôt à peine, elle avait souhaité de voir son quotidien un peu bousculé, d'échapper à l'hôtel… L'univers a parfois une façon bien cruelle de réaliser les vœux. Mais d'un autre côté, elle avait à présent de nouveaux membres de sa famille à rencontrer, et la perspective, peut-être, d'assister Matt dans son projet à venir.

Matt leva son verre, une étincelle dans ses yeux bleu foncé.

— Aux nouveaux départs.

Kitty lui rendit son sourire.

— Aux nouveaux départs.

LETTRE D'HELENA

Un immense merci d'avoir choisi *Meurtre au Dolphin Hotel.* S'il vous a plu et que vous souhaitez vous tenir au courant de mes dernières sorties, vous pouvez vous inscrire en cliquant sur le lien ci-dessous. Votre adresse e-mail ne sera transmise à personne et vous pourrez vous désinscrire à tout moment.

www.bookouture.com/helena-dixon

Les années 1930 étaient au Royaume-Uni une ère de bouleversements forte en contrastes, ce qui colore *Meurtre au Dolphin Hotel* d'une dimension supplémentaire. J'adore Dartmouth et la région de Torbay, et j'espère que vous avez apprécié lire les aventures de Kitty et Matt autant que moi les créer. Leur collaboration se poursuivra à l'avenir autour d'autres mystères épineux, et j'espère que vous aimerez les retrouver.

J'espère que *Meurtre au Dolphin Hotel* vous a plu, et le cas échéant, je vous serais très reconnaissante de laisser un avis sur le livre. Je serais ravie de savoir ce que vous en avez pensé, et ça aide énormément à permettre à un public nouveau de découvrir l'un de mes livres.

J'adore également recevoir des messages de mes lecteurs et lectrices ; vous pouvez me contacter via ma page Facebook, Twitter, Goodreads ou mon site internet.

Merci,
Helena Dixon

nelldixonauthor
@NellDixon
www.nelldixon.com

REMERCIEMENTS

Je souhaite remercier les habitants de Dartmouth pour toute l'aide qu'ils m'ont aimablement et généreusement apportée en répondant à mes questions et en m'autorisant à fictionnaliser en partie leur jolie ville. La Société Historique de Dartmouth a été un appui précieux, et ses archives sont une ressource merveilleuse. *Meurtre au Dolphin Hotel* est le premier tome d'une série qui me trotte dans la tête depuis de nombreuses années, et il n'aurait pas pu voir le jour sans le soutien du Club Café, à savoir mes incroyables amies autrices, Elizabeth Hanbury et Phillipa Ashley. Merci à mes excellentes et fidèles bêta-lectrices, Sandra Forder, Kimberley Menozzi et Lisa Chalmers, qui sont aussi toutes d'excellentes écrivaines.

Je souhaite également remercier l'English Heritage pour son aide concernant le château de Dartmouth et son histoire. Un merci tout particulier aussi au pasteur de l'église Saint-Sauveur de Dartmouth, qui a pris de son temps, un froid matin de janvier, alors qu'il était en train de démonter un sapin de Noël, pour me faire visiter les lieux et me parler de son passé. C'est une église vraiment superbe et très spéciale.

J'ai, cela va sans dire, aussi d'autres individus très importants à remercier ; mon mari, David, qui est également mon assistant de recherches, et mes filles, Robyn, Corinne et Alannah, mes pom-pom girls personnelles. Les derniers mais non les moindres : merci à toute l'équipe de Bookouture d'avoir adoré Kitty autant que moi, merci à Emily Gowers, mon excellente éditrice, et merci à Kate Nash, mon incroyable agente. Vous êtes des stars.

Imprimé en France par CPI
en septembre 2025
Dépôt légal : septembre 2025
N° d'impression : 184499

Talent Éditions est engagé dans le développement durable afin de limiter l'empreinte carbone de la fabrication de ses livres. Soucieux de l'impact environnemental de notre métier, nos ouvrages sont imprimés en France sur du papier certifié issu de plantations gérées de manière écoresponsable. Les livres non commercialisables sont recyclés et réutilisés pour la fabrication d'autres produits cartonnés.